— AN ASSASSIN'S CREED SERIES —

LAST DESCENDANTS

O DESTINO DOS DEUSES

Obras do autor publicadas pela Galera Record

An Assassin's Creed Series – Last Descendants

Revolta em Nova York
O túmulo do Khan
O destino dos deuses

— AN **ASSASSIN'S CREED** SERIES —

LAST DESCENDANTS

O DESTINO DOS DEUSES

MATTHEW J. KIRBY

Tradução
Ivanir Alves Calado

1ª edição

— **Galera** —

RIO DE JANEIRO

2019

CIP-BRASIL. CATALOGAÇÃO NA PUBLICAÇÃO
SINDICATO NACIONAL DOS EDITORES DE LIVROS, RJ

K65L
Kirby, Matthew J.
Last descendants 3: o destino dos deuses / Matthew J. Kirby; tradução de Ivanir Alves Calado. – 1ª ed. – Rio de Janeiro: Galera Record, 2019.
(Assassin's creed: last descendants; 3)

Tradução de: An Assassin's Creed series – Last descendants: fate of the gods
ISBN 978-85-01-11522-5

1. Ficção americana. I. Calado, Ivanir Alves. II. Título. III. Série.

18-49935

CDD: 813
CDU: 82-3(73)

Meri Gleice Rodrigues de Souza – Bibliotecária – CRB-7/6439

Título original:
An Assassin's Creed series – Last descendants: Fate of The Gods
ISBN da edição original: 978-1-338-16395-7

Copyright © 2018 Ubisoft Entertainment.

Todos os direitos reservados. Assassin's Creed, Ubisoft, e o logo da Ubisoft são marcas de Ubisoft Entertainment nos EUA e/ou outros países.

Edição em português publicada por Editora Record Ltda. mediante acordo com Scholastic Inc., 557 Broadway, New York, NY 10012, USA.

Todos os direitos reservados.
Proibida a reprodução, no todo ou em parte, através de quaisquer meios.
Os direitos morais do autor foram assegurados.

Texto revisado segundo o novo Acordo Ortográfico da Língua Portuguesa.

Direitos exclusivos de publicação em língua portuguesa somente para o Brasil adquiridos pela EDITORA RECORD LTDA.
Rua Argentina, 171 – Rio de Janeiro, RJ – 20921-380 – Tel.: (21) 2585-2000,
que se reserva a propriedade literária desta tradução.

Impresso no Brasil

ISBN 978-85-01-11522-5

Seja um leitor preferencial Record.
Cadastre-se em www.record.com.br e receba informações sobre nossos lançamentos e nossas promoções.

Atendimento e venda direta ao leitor:
mdireto@record.com.br ou (21) 2585-2002.

Para meu sobrinho Will, um aventureiro como eu.

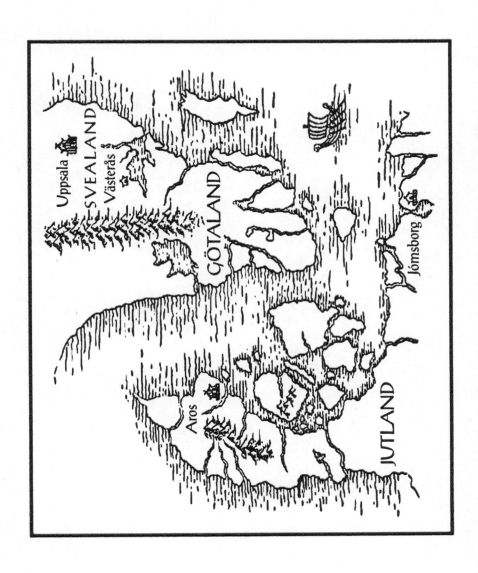

I

Sean tinha se acostumado com a violência, mas ainda não a apreciava como seu ancestral viking. Styrbjörn se deleitava com as visões, os sons e os cheiros da batalha: a sensação do despedaçar de um escudo sob o golpe de seu machado, Randgríð; de membros decepados pela espada Ingelrii; do grasnar dos corvos sobrevoando os cadáveres.

Na verdade, em seu íntimo, Styrbjörn estava contente pelo rei dinamarquês, Harald Dente Azul, ter rejeitado a oferta de paz. Isso significava que a batalha poderia finalmente começar. Ainda que Sean não estivesse ansioso por tomar parte na violência da memória, podia admitir a si mesmo o gosto pela força e pelo poder que sentia no corpo do ancestral.

A frota de Styrbjörn esperava no litoral da Jutland, em Aros, enquanto os navios dragão de Harald vinham a seu encontro. A fortaleza do rei dinamarquês jamais suportaria um ataque por terra das forças dos jomsvikings de Styrbjörn, e, sem dúvida, ele acreditava que sua frota maior poderia facilmente vencer uma batalha no mar. Também era possível que Harald suspeitasse de que Gyrid, sua mulher — e irmã de Styrbjörn — cometeria alguma traição caso não fosse mantida longe da batalha. Independentemente do motivo, Styrbjörn sorriu ao ver a aproximação dos navios.

Sean sentia gosto de sal no ar enquanto cormorões e pelicanos mergulhavam nas águas ensolaradas ao redor. A jornada até aquele momento demorara semanas no Animus, percorrendo anos da vida de Styrbjörn, buscando o momento quando seu ancestral finalmente obteria a adaga de Harald Dente Azul: o terceiro dente do Tridente do Éden, outrora desmembrado. No entanto, para encontrar o local onde ele se encontrava nos dias atuais, Sean ainda precisava descobrir o que Styrbjörn havia feito com a adaga antes de morrer.

A simulação está se sustentando muito bem, comentou Isaiah no ouvido de Sean. *Parece que outra batalha vai acontecer. Está preparado?*

— Estou — respondeu Sean.

Isaiah havia retirado Sean da instalação do Ninho da Águia dez dias antes, depois de o local ter sido descoberto. Sean ainda não recebera notícias de Grace, David ou Natalya, nem ficara sabendo o que havia acontecido com eles. Isaiah lhe dissera que eles tinham se desgarrado e que Victoria os estava ajudando, talvez até trabalhando com a Irmandade dos Assassinos. Agora cabia a Sean encontrar o Pedaço do Éden antes que caísse em mãos erradas.

Sua força continua a me impressionar, disse Isaiah.

— Obrigado, senhor.

O mundo tem uma dívida de gratidão para com você.

Sean sorriu em meio à correnteza da mente de Styrbjörn.

— Fico feliz em poder ajudar.

Sigamos em frente.

Sean voltou a atenção para a simulação, concentrando-se no movimento das tábuas do navio sob seus pés e nos gritos que lhe chegavam por cima da água, na direção de Styrbjörn, vindos dos navios de Harald. Virou-se para seus homens, seus temíveis jomsvikings. Tinha ordenado que duas dúzias de navios fossem amarrados juntos no coração da frota, criando uma fortaleza flutuante da qual seus homens poderiam disparar lanças e flechas. Os outros navios enfrentariam o inimigo em combate direto, abalroando, lançando arpéus e abordando. Styrbjörn planejava encontrar a embarcação de Harald de modo a atrair o rei dinamarquês para um combate mano a mano e encerrar a batalha depressa. Não faria bem à causa de Styrbjörn seus homens matarem os guerreiros que ele pretendia comandar.

— Estou contando pelo menos duzentos navios — disse Palnatoke a seu lado, endurecido e grisalho. Nos anos desde que Styrbjörn havia derrotado o chefe tribal e assumido a liderança dos jomsvikings, os dois tinham alcançado um relutante respeito mútuo. — Não, são mais de duzentos. Você tem certeza do que quer fazer?

— Tenho. Mas, se lhe servir de conforto, ontem à noite vários homens fizeram uma oferenda a Thor. Um deles disse que teve uma visão em que eu chegava ao litoral de meu país natal com Harald Dente Azul amarrado no mastro de meu navio, como um cachorro. — Styrbjörn tirou o manto de pele e, em seguida, soltou do cinto seu machado, Randgríð. — A frota de Harald será minha.

— Imagino se Dente Azul fez oferendas a seu Cristo Branco — resmungou Palnatoke.

Styrbjörn fez um gesto para a água, na direção dos navios que se aproximavam.

— Se tiver feito, isso o preocupa?

— Não. O Cristo não é um deus da guerra.

Styrbjörn fungou.

— Então para que ele serve?

— A que deus você faz oferendas?

Styrbjörn olhou para seu machado.

— Não preciso de nenhum deus.

As batidas dos tambores de Harald Dente Azul ficaram mais altas, o ritmo pelo qual seus navios avançavam pelas ondas, e Sean se deixou ser levado pela correnteza da fúria de Styrbjörn. Levantou seu machado e soltou um grito de batalha com a voz do ancestral, e os jomsvikings ecoaram seu terrível ímpeto de luta. Deu a ordem, e a frota avançou, as proas de dragão rasgando as ondas, os borrifos do mar salgando os lábios de Styrbjörn.

A distância entre seus navios e os de Harald diminuiu depressa, até que o inimigo estava ao alcance. Styrbjörn esperou até o momento exato e, então, deu a ordem. Os navios na vanguarda se desviaram para o lado, cortando as ondas, abrindo um corredor para a fortaleza no centro da frota de Styrbjörn, onde os arqueiros e lanceiros à espera dispararam seus projéteis. A chuva de flechas e lanças caiu intensa sobre os homens de Harald, provocando tumulto, quebrando o ritmo dos remadores e a direção dos navios. Algumas embarcações dinamarquesas colidiram umas contra as outras, sacudindo-se e atirando homens ao mar.

Styrbjörn conteve a satisfação e deu a segunda ordem. Os navios na vanguarda voltaram para a brecha sem alterar o ritmo e se chocaram a toda velocidade contra o inimigo desorganizado. As embarcações de Harald, ainda lutando para se recuperar da chuva de flechas e lanças, receberam o impacto nos costados, rachando escudos e emborcando alguns navios. Em instantes, o mar se agitava com a violência de uma tempestade de batalha, com os gritos de homens se afogando e da madeira se partindo.

Em meio ao caos, Styrbjörn procurou o estandarte de Harald no horizonte e, quando o encontrou, ordenou que a dianteira agisse. Dois navios de cada lado formaram uma cunha e partiram a linha inimiga, permitindo que seus remadores levassem seu navio para o meio das fileiras de Harald. Styrbjörn precisava alcançar o rei depressa, aproveitando os momentos de confusão restantes até que os dinamarqueses se reagrupassem e encontrassem um navio sveas no coração de sua frota.

Os jomsvikings atrás de Styrbjörn rasgavam as ondas em silêncio, sem cantos ou tambores, com a visão vermelha afiada. Styrbjörn segurou o machado com uma das mãos e apoiou a outra no dragão que era a figura de proa de seu navio, ficando a postos. Chegou mais perto do navio de Harald. Antes de alcançá-lo, no entanto, gritos de alarme soaram entre os dinamarqueses. Então, flechas e lanças caíram no navio de Styrbjörn. As pontas de ferro se cravaram em madeira e carne, e, apesar de alguns dos remadores terem sido atingidos, nenhum gritou, e os demais continuaram remando. Styrbjörn recuou para longe da proa, preparando-se.

Agora via Harald.

E, então, Harald o viu.

Mas um navio dinamarquês se colocou entre eles, protegendo o rei e bloqueando o caminho.

Incapaz de parar, o navio viking abalroou o novo inimigo, e a erupção de madeira e ondas jogou Styrbjörn no mar. Sean sentiu o gosto da água salgada, que ardeu nos pulmões. Engasgou e tossiu com a água preta e fria ao redor.

A simulação ficou turva.

Mantenha-se firme, disse Isaiah. *Você está bem. Sabemos que seu ancestral não se afogou.*

Certo. Sean mergulhou de volta na memória, deixando as águas o encobrirem, e nadou com Styrbjörn para a superfície. Sua armadura e as armas o arrastavam, puxando para baixo, mas ele conseguiu romper as ondas e se prender com a ponta curva de Randgríð à amurada de um navio que passava. Depois usou o machado para se içar do mar para o convés, onde rolou e se levantou, pesado com a água.

O navio de Harald ainda estava ao alcance, mas Styrbjörn precisaria atravessar o convés de duas embarcações dinamarquesas para chegar até ele. Seu escudo fora perdido na água, mas ainda tinha o machado. Tirou a adaga da bainha justo quando os dois primeiros dinamarqueses o atacaram.

Abaixou-se e aparou os golpes, desequilibrando os dois, e conseguiu acertar um deles nas costas com a adaga enquanto o sujeito passava cambaleando. Numa batalha diferente, num dia diferente, teria ficado para terminar o serviço, mas não havia tempo a perder. Correu pelo convés do navio, empurrando homens de lado com os ombros, bloqueando seus golpes e desviando, deixando Randgríð sentir gosto de sangue quando podia.

Assim que chegou à popa, cortou com a faca o homem no leme e saltou sobre vários metros de oceano até o convés do navio seguinte. Os dinamarqueses ali já estavam preparados para ele, e uma massa de guerreiros bloqueou seu caminho. Para além deles, o navio de Harald já havia começado a recuar. Styrbjörn embainhou as armas. Depois arrancou um pesado remo do tolete e, segurando-o atravessado diante do peito, partiu para cima dos inimigos, usando-o como um touro usa os chifres.

Chocou-se contra a linha de homens, firmou os calcanhares no convés e empurrou os inimigos. Alguns caíram no mar, e alguns tombaram e foram pisoteados por Styrbjörn e seus próprios companheiros. Os que conseguiram ficar de pé tentaram golpeá-lo com as armas, mas ele os manteve recuando, e nenhum golpe o acertou. Suas costas, os braços e as pernas faziam força, o calor dos músculos transformando em vapor a água do mar nas roupas, até que ele havia empurrado a linha de inimigos, chegando à proa.

Dentro da força da memória de Styrbjörn, Sean percebeu como o feito vivenciado era quase inacreditável; se tivesse lido a respeito, iria descartá-lo tal qual uma lenda exagerada. Contudo, a força que experimentava no corpo do ancestral era muito verdadeira.

Agora Styrbjörn, na proa, via que o navio de Harald já havia se afastado mais do que conseguiria saltar. Mas ele não podia permitir a fuga do rei. A batalha precisaria terminar com a derrota de Harald diante de Styrbjörn, e não de qualquer outro modo.

Jogou o remo de lado e, antes de qualquer dinamarquês que derrubara conseguir se levantar, mergulhou na água. O frio o engoliu e as ondas o empurraram, as profundezas tentaram puxá-lo, mas ele atravessou a água na direção da embarcação de Harald, e logo flechas e lanças rasgavam a água ao redor. Antes que ele alcançasse o navio do rei, uma flecha se cravou funda na parte de trás de sua coxa.

Sean e Styrbjörn soltaram um rugido de dor, mas o viking continuou nadando. Instantes depois, ele apanhou Randgríð e o usou mais uma vez para subir ao navio.

Caiu com força no convés, exausto, encharcado e sangrando, mas, mesmo assim, se ergueu acima dos chocados dinamarqueses. Estes testemunharam, boquiabertos, quando Styrbjörn arrancou a flecha da perna e a jogou no mar; mas, logo que o choque do momento passou, dois o atacaram. Styrbjörn os derrubou antes de partir para Harald.

— Você não é homem nem rei! — berrou.

A intenção de tais palavras não poderia deixar de ser entendida. Harald, dois palmos mais baixo que Styrbjörn, encolheu-se e hesitou, cedendo terreno antes mesmo de o combate começar, e, naquele momento Styrbjörn soube que tinha vencido. Harald, porém, também precisava ficar sabendo. Assim como os dinamarqueses.

Styrbjörn não esperou que o oponente recuperasse o equilíbrio antes de atacar. O primeiro golpe de Randgríð rachou o escudo do rei, o segundo o despedaçou. Harald levantou a espada numa postura de defesa débil, mas seu braço não tinha força e o medo enchia seus olhos.

A gargalhada de Styrbjörn preencheu o navio.

— Você se rende?

— Eu me rendo! — disse Harald. Sua espada caiu com estardalhaço no convés. — Eu me rendo a você, Bjorn, filho de Olof.

Styrbjörn confirmou com a cabeça.

— Então dê o sinal antes que mais algum de seus dinamarqueses morra.

Harald o encarou por um momento antes de assentir para um de seus homens, que levantou uma enorme trombeta de chifre. Então, a ordem de rendição ressoou sobre as ondas, aumentou de volume e foi até os limites da frota. Vários minutos depois, o clamor da batalha havia cessado, com navios dos dinamarqueses e dos jomsvikings oscilando com as ondas.

— Não precisava ter chegado a esse ponto — disse Harald.

Styrbjörn soltou um suspiro pesado.

— Você preferiria que eu continuasse a saquear seus povoados?

— Poderíamos ter chegado a um acordo.

— Eu tentei. Minha irmã, sua mulher, tentou convencê-lo...

— Você pediu demais, Styrbjörn.

— Mas agora tenho tudo.

— Você quer minha coroa? É isso?

— Minha irmã já tem sua coroa. Vim pegar sua frota.

— Para atacar seu tio? Você levaria meus homens à Svealand?

— É — respondeu Styrbjörn. — E você irá com eles.

Sean sentiu a empolgação da vitória do ancestral, apesar da dor na coxa, mas também notou a adaga no cinto de Harald Dente Azul. Ela era estranhamente curva e, obviamente, não era uma arma comum, mas também ficava claro que Harald não tinha ideia do que era nem de como usá-la. A adaga era todo o motivo para a simulação e, em algum momento, passaria para as mãos de Styrbjörn. Parte de Sean queria simplesmente estender a mão e pegar o Pedaço do Éden, mas isso faria com que se dessincronizasse da memória e fosse arrancado violentamente do Animus. Em vez disso precisava esperar, com o máximo de paciência possível, e deixar que a memória se desdobrasse como havia acontecido. Sean não poderia fazer nada para mudar o passado.

Mas o passado poderia mudar o presente. E o futuro.

2

Owen se recostou no parapeito de vidro do terceiro andar, acima do átrio aberto. As paredes de vidro do Ninho da Águia filtravam a luz verde-clara da floresta de montanha que engolfava a instalação. Griffin estava a seu lado, e juntos observaram os três Templários de terno escuro, dois homens e uma mulher, marchando pelo piso do hall em direção ao elevador, os passos ecoando no espaço abobadado.

— Quem são eles? — perguntou Owen ao Assassino.

— Não sei — respondeu Griffin. — Mas presumo que pelo menos um seja membro do salão interno sagrado.

— Salão interno sagrado?

— O corpo diretor dos Templários. — A postura de Griffin parecia tensa, e Owen sabia o que isso significava. Era o modo como o outro ficava antes do ataque, a lâmina oculta não mais oculta.

— Isso o incomoda, não é? — Owen apontou com a cabeça para os elevadores assim que um deles fez um barulho e os Templários entraram. — Simplesmente olhar para eles indo e vindo.

— Templários mataram meus amigos. Gente que eu considerava irmãos e irmãs. Então, sim, me incomoda. — Griffin flexionou uma das mãos, fechando-a e abrindo-a. — Não importa. A única coisa que importa é impedir Isaiah. Isso significa deixá-los ir e vir.

— Está preocupado com a hipótese de Victoria entregá-lo?

— Estou. Mas decidi confiar nela.

— O que será que os Templários fariam se soubessem que você está aqui?

— Quer dizer, o que eles *tentariam* fazer.

Owen deu de ombros.

— Isso, pode ser.

— Victoria tem tudo sob controle. E minha aliança é com ela, não com a Ordem.

— O que eles fariam com ela se descobrissem?

Na Mongólia, Victoria entendera a necessidade de se aliar a Griffin contra um inimigo comum. Agora que Isaiah tinha duas das três adagas, os dentes do Tridente do Éden, ele já se tornara poderoso demais para que Assassinos ou Templários o impedissem por conta própria. Se encontrasse a terceira, seria todo-poderoso. Um conquistador e um rei-deus diferente de qualquer um que o mundo já vira, desde Alexandre, o Grande. A humanidade não tinha tempo para antigas rivalidades e políticas. Victoria e Griffin haviam mantido a aliança em segredo, escondendo-a de seus mestres, pois não podiam se arriscar a qualquer interferência no plano.

— Victoria já traiu a Ordem uma vez — lembrou Griffin. — Eles lhe perdoaram. Não creio que perdoariam uma segunda vez. Claro, se não impedirmos Isaiah, nada disso importará.

— E depois de impedirmos Isaiah?

— Pelo bem dela, espero que os Templários reconheçam que foi necessário.

— E você? O que a Irmandade fará com você?

— Comigo? — Griffin olhou para o teto do átrio, uma cúpula de vidro preenchida pelo céu azul e dois rastros de condensação de aviões cruzados. — Para mim, não há volta.

Owen hesitou.

— Nunca?

Griffin balançou a cabeça.

— Por quê?

Griffin não respondeu, e Owen franziu a testa. Era seu primeiro momento a sós com o Assassino desde que haviam deixado a Mongólia, e ainda tinha sérias dúvidas com relação à Irmandade.

— Na última vez que estive no Animus — começou Owen —, minha ancestral matou Möngke Khan. Depois disso, o exército mongol recuou e nunca mais se recuperou. Ela literalmente mudou a história do mundo, sozinha, mas por causa de um ferimento no joelho a Irmandade simplesmente a abandonou. Até levaram a lâmina oculta que tinha pertencido a seu pai. — Owen ainda tremia um pouco com a dor e a confusão daquela lembrança. Sentia raiva com relação à frieza e ao cálculo implacável de deixar alguém para trás. — O mentor disse que ela não era mais "útil".

— Ela *não era* mais útil. Seu joelho nunca mais seria o mesmo. Ela não poderia...

— E daí? Não é justo. Ela era uma heroína.

— Ninguém falou o contrário.

— Mas você quer dizer que a Irmandade faria a mesma coisa com você só por estar trabalhando com Victoria?

— Na última vez que um espião Templário se infiltrou na Irmandade, quase fomos apagados do mapa. Portanto, sim, estou dizendo que trabalhar com um Templário significa que minha vida como Assassino acabou. Não me arrependo da escolha que fiz, e não culpo mais ninguém por ela.

Owen achava difícil de acreditar.

— Quer dizer que você concorda com sua expulsão da Irmandade?

A postura de Griffin se suavizou. Seus ombros relaxaram.

— Sim — respondeu.

— Mas isso não está certo. Não é justo...

— Ou talvez você seja só um garoto e não entenda — disse Griffin, com a voz áspera. — Para servir à humanidade e ao Credo, é preciso abandonar o que acha ser verdade. Precisa deixar de lado as ideias de justiça. Até as noções de certo e errado. Um dia talvez precise fazer coisas que não se imagina fazendo agora. Precisa perceber que, a qualquer momento, o que é melhor para o mundo pode não se encaixar muito bem em sua zona de conforto.

Owen olhou para longe, de volta ao piso do átrio.

— Não sei se quero fazer parte de algo assim.

— Ninguém está o obrigando.

Owen deu as costas para o átrio aberto e se encostou no parapeito. Não importava o que Griffin dissesse, era importante diferenciar o certo do errado. A justiça era importante. Precisava ser, caso contrário não importaria se o pai de Owen era culpado de roubar um banco e atirar num segurança ou não. Não importaria que ele tivesse morrido na prisão por um crime que não cometera. Owen não podia aceitar uma ideia dessas, porque essas coisas importavam mais para ele que qualquer outra.

— Isaiah me mostrou uma lembrança no Animus — disse Owen. — A memória de meu pai.

Griffin assentiu.

— Monroe me contou a respeito.

— Ele contou a você sobre o Assassino? A Irmandade forçou meu pai a roubar aquele banco, depois fez com que ele fosse culpado pelo assassinato.

— Ele contou que foi isso que Isaiah mostrou a você.

— Você vai negar?

Griffin fez um gesto amplo com o braço.

— Olhe onde você está. Olhe o que Isaiah fez. E precisa de mim para negar?

— Preciso. Se não é verdade, negue.

— E se eu não negar? E se eu me recusar, porque me ofende que você ao menos pense em acreditar na palavra de Isaiah? O que você faria, então?

Owen afastou o olhar, com uma carranca, e os dois ficaram parados até que os três Templários de terno saíram de novo do elevador, atravessaram o piso do átrio e deixaram o Ninho da Águia.

— Quando nos conhecemos — começou Owen. — Você disse que meu pai não era um Assassino. Mas disse que ele poderia ter algum envolvimento. Você nunca explicou isso. Portanto, não. Não acredito na palavra de Isaiah, mas também não acredito na sua.

Griffin suspirou.

— Olhe, o banco que seu pai roubou... desculpe, que ele foi acusado de roubar, era um banco de Malta. É um braço financeiro da Abstergo. É só isso que eu quis dizer. — Ele ficou quieto. — É melhor falarmos com Victoria.

Então, encaminharam-se ao elevador e subiram até o último andar, até o escritório que pertencera a Isaiah antes de sua deserção. O lugar fez com que Owen se lembrasse de uma capela, com fileiras de bancos e um grande altar similar a uma escrivaninha na frente. Os outros também foram, e Owen se sentou perto do melhor amigo, Javier. Ali perto, Natalya parecia exausta, com bolsas escuras sob os olhos e uma expressão um tanto vazia. Ela ainda se culpava pela morte da Assassina Yanmei, apesar de todo mundo dizer que não era sua culpa. A última simulação também fora difícil para Natalya: seu ancestral disparara a flecha que arruinara o joelho de Owen. Ou o joelho da ancestral. Às vezes era difícil manter as coisas separadas.

Grace e David estavam sentados do outro lado, perto de Monroe, e Victoria estava de pé na frente da sala, diante da mesa, segurando o tablet junto ao peito.

— Duvido de que iremos receber outra visita assim durante pelo menos uma semana — disse ela. — Talvez duas. Acho que é seguro retomar nosso trabalho a sério.

— O que eles disseram? — perguntou Monroe, inclinando-se, dedos entrelaçados.

— Estão concentrando a maior parte dos esforços táticos em encontrar Isaiah e já têm algumas pistas quanto a isso. No meio-tempo, querem que eu continue procurando a terceira parte do Tridente no Animus. Com todos vocês.

— Eles vão mandar mais agentes? — perguntou Griffin.

— Estão tentando manter a situação na surdina — respondeu ela. — Quanto menos Templários souberem que um dos nossos virou a casaca, melhor. Por enquanto o Ninho da Águia é nosso.

— E nossos pais? — perguntou Grace.

— Continuam sem saber o que aconteceu. Se eles quiserem visitá-los, como de costume, serão bem-vindos. — Victoria fechou os olhos e esfregou as têmporas com as pontas dos dedos. — O que me traz a uma coisa que devo dizer.

— O que é? — perguntou David.

— Não vou obrigá-los a continuar aqui. Depois do que aconteceu no Ninho e na Mongólia, não posso em sã consciência mantê-los contra a vontade. Se quiserem partir, pedirei a seus pais que venham buscá-los. Têm minha palavra de que a Abstergo e os Templários os deixarão em paz.

O silêncio que veio em seguida levou Owen a pensar se alguns dos outros sopesavam a oferta. E por que não o fariam? Suas vidas corriam perigo se ficassem. Mas o mesmo valia para o resto do mundo, agora que Isaiah tinha dois terços de uma arma de destruição em massa. Owen poderia ir embora do Ninho da Águia, poderia até ficar a salvo dos Templários, mas isso não significava que estaria seguro. Não significava que sua mãe e seus avós estariam seguros. O único modo de protegê-los seria impedir Isaiah, e para isso Owen precisava trabalhar com Victoria.

— Ainda estou dentro — decidiu ele.

— Eu também — completou Javier.

Grace e David se entreolharam, comunicando-se daquele modo sem palavras típico de irmãos. Desde a Mongólia alguma coisa havia mudado na rivalidade fraterna dos dois, e Owen notara que ambos pareciam mais afinados entre si.

— Estamos dentro — disse Grace.

Victoria assentiu.

— Assim só resta você, Natalya.

Natalya olhou para o chão por mais um momento, depois levantou a cabeça.

— Onde Sean está?

— Vídeos de segurança mostram que ele foi embora com Isaiah — respondeu Victoria. — Presumo que esteja trabalhando com Isaiah para localizar o terceiro Pedaço do Éden.

— Voluntariamente? — perguntou Javier.

— Não sei se essa palavra ainda pode ser usada — respondeu Monroe. — Principalmente quando Isaiah tem dois dentes do Tridente.

— Vou ficar — disse Natalya, e todo mundo se virou para olhá-la. — Vou ficar por Sean. Nós precisamos salvá-lo de Isaiah.

— Entendo — disse Victoria.

— E se ele não quiser ser salvo? — perguntou David. — Ele já optou por ficar para trás uma vez.

— Precisamos dar essa chance a ele — disse Natalya.

— Concordo. — Victoria se afastou da mesa, na direção do grupo. — E, se quisermos ajudar Sean e impedir Isaiah, não temos tempo a perder.

— Qual é o plano? — perguntou Griffin.

Victoria passou a mão em seu tablet, e um holograma apareceu acima da mesa. Mostrava as sequências de hélice dupla do DNA de todos eles, com trechos de concordância marcados, os lugares onde suas memórias genéticas se cruzavam e se sobrepunham. No início de tudo, tinha parecido uma coincidência quase impossível que Owen e os outros tivessem ancestrais presentes em tantos dos mesmos acontecimentos históricos. Contudo, a pesquisa de Monroe havia revelado que não existia nenhuma coincidência ou acaso naquilo.

Alguma coisa havia atado seus ancestrais à história do Tridente. A mesma influência, ou força, juntara os seis naquele momento no tempo. Monroe havia descoberto que cada um deles carregava no DNA um pedaço do inconsciente coletivo, as memórias e os mitos mais profundos e antigos da humanidade. Monroe nomeara esse fenômeno Evento de Ascendência, mas ainda não entendia o que o provocava nem o que significava.

— Acreditamos que Sean e Isaiah têm uma pista na busca do terceiro pedaço do Tridente — disse Victoria. Em seguida, bateu na tela do tablet e o holograma mudou para uma imagem da Terra, com uma área destacada que incluía a Suécia. — A última simulação de Sean aconteceu nas memórias de Styrbjörn, o Forte, um guerreiro viking que enfrentou o tio para se apossar do trono sueco no final do século X. Baseado em minha análise, alguns de vocês tinham ancestrais presentes naquela última batalha, no ano de 985.

— Alguns? — perguntou Owen.

— É — respondeu Victoria. — Javier, Grace e David.

— O quê!? — exclamou Grace. — Vikings? Sério mesmo?

— Isso é inesperado — comentou Javier, num tom seco.

— Talvez. — Victoria mudou a imagem de volta para o DNA. — Mas não deveria ser surpresa, realmente. Os vikings foram um dos povos que mais viajaram pelo mundo durante a Idade Média. Eles deixaram marcas do Oriente Médio ao Canadá.

— E nós? — Owen assentiu na direção de Natalya. — Não temos ancestrais lá?

— Não — respondeu Victoria.

Natalya suspirou, e Owen percebeu que ela estava, provavelmente, agradecida pela folga. Ele, não. Não gostava da ideia de ficar esperando fora do Animus. Queria voltar com os outros.

— Vocês dois podem me ajudar — disse Monroe. — Tenho muito mais trabalho a fazer.

— Tudo bem — concordou Natalya.

Owen confirmou com a cabeça. Pelo menos era alguma coisa. Além disso, se não pudesse estar no Animus tentando impedir Isaiah, talvez, pelo menos, pudesse usar aquele tempo para descobrir a verdade sobre o pai.

— A simulação viking está quase pronta — avisou Victoria. — David e Grace, vocês vão ficar em suas salas de costume no Animus. Javier pode usar uma de reserva. Por que não descemos todos e encontramos alguma coisa para comer antes de começar?

— Não estou com fome de verdade — confessou Javier.

— Então vá lá para baixo descansar. Essa simulação vai ser exaustiva.

Aquela orientação tinha um objetivo claro: Victoria queria discutir coisas com Monroe e Griffin a sós, e Owen não gostava disso. Significava que continuavam guardando segredos, e ele estava cansado de segredos. Mas aquela não parecia ser a hora certa para pressionar, por isso saiu da sala com os outros e seguiu com eles para o elevador.

— É estranho ver esse lugar tão vazio — comentou David. — Não sobra ninguém para fazer a comida.

— Deve haver alguns salgadinhos lá embaixo — sugeriu Grace.

Owen apertou o botão para chamar o elevador, e um instante depois a porta se abriu. Ele olhou para Natalya enquanto todos entravam, desejando ser capaz de fazê-la se sentir melhor. A jovem manteve a cabeça baixa durante a descida, depois ficou atrás de Grace e David, que caminharam com Javier na direção da ala do Animus, na instalação do Ninho da Águia.

Owen decidiu parar e esperar por ela.

— Você está bem?

— Estou indo.

— Verdade? Não parece que...

Ela parou e se virou para ele.

— Você está bem? — perguntou ela, e Owen sentiu uma fagulha de raiva na voz de Natalya. — Está? Com tudo que vem acontecendo, diga como você responderia a uma pergunta assim.

— Eu... eu acho que... não sei.

— Não estou bem, Owen. Mas, se eu disser isso, você vai querer conversar a respeito, e eu não quero.

— Não precisamos falar sobre isso.

— Ótimo.

— Acho que eu só queria que soubesse... que me preocupo com você.

— Então diga.

— Certo. Estou preocupado com você.

— Obrigada. Estou preocupada com você, também. Estou preocupada com Sean. Estou preocupada com todos nós.

— Não precisa se preocupar comigo.

— Não? Atirei uma flecha em seu joelho.

— Não atirou, não. Era minha ancestral. E o seu ancestral.

— E daí? Eu passei pela experiência. Como se tivesse acontecido comigo. Mas não pude mudar. Não tive escolha, e isso quase faz com que seja ainda pior. Você, Sean e os outros acham que o Animus dá liberdade, mas para mim é uma prisão. O passado é uma prisão, onde a gente não tem escolha, e não quero viver ali.

Ela se afastou, e ele a seguiu. Entraram num quente corredor de vidro que se estendia em meio à floresta até chegar a outro prédio. Antes que Owen pudesse pensar em alguma coisa para dizer, os dois entraram na sala comunitária, onde os outros já haviam encontrado um pouco de comida, principalmente sacos de batata frita e barras de granola. A geladeira ainda tinha um bocado de iogurte, leite e suco. Depois de cada um encontrar o que queria, sentaram-se em volta de uma mesa para comer.

— Vocês confiam na Victoria? — perguntou Javier.

Grace tirou a tampa do seu iogurte rosado, de morango.

— Você confia no Griffin?

— Acho que não podemos confiar de verdade em nenhum dos dois — argumentou Owen, abrindo uma barra de granola e partindo um pedaço. Javier tinha passado tempo com os Assassinos, e Grace, com os Templários. Lealdades já haviam começado a se formar, mas não para Owen. — Os dois estão escondendo coisas de nós.

David tirou os óculos e usou a camisa para limpá-los.

— Victoria poderia ter entregado a gente aos Templários, mas não o fez. Griffin poderia ter dado uma de Assassino e matado a gente se quisesse, mas não matou. Só porque eles têm segredos isso não quer dizer que a gente não possa confiar neles.

— Verdade — admitiu Grace.

— Ainda acho que precisamos tomar cuidado com Victoria — observou Javier. — Tentem não contar nada a ela.

— Eu tentei — disse Natalya. Ela não tinha trazido comida para a mesa. Só ficou sentada, olhando para cada um deles. — Tentei não contar a eles nada do que sabia. E Yanmei acabou morta por causa disso.

— Não foi sua culpa. — David recolocou os óculos e encarou Natalya. — Lembra o que Griffin disse? Isso é uma guerra, e Isaiah, o inimigo.

— Na verdade, não é tão fácil para mim simplesmente culpar Isaiah por meus erros — retrucou Natalya.

Javier cruzou os braços e se recostou na cadeira.

— Só estou dizendo que precisamos ser cautelosos com Victoria.

— E eu concordo com você — disse Natalya. — Ainda estou preocupada com o que vai acontecer depois de encontrarmos o terceiro pedaço. Mesmo se pudermos impedir Isaiah, o que acontece depois disso? Templários e Assassinos vão simplesmente voltar a lutar pelo Tridente, e acho que nenhum dos grupos deveria ficar com ele.

— Então o que você quer dizer? — perguntou Grace.

— Não sei. Não sei o que fazer. Por enquanto precisamos salvar Sean. Ou, pelo menos, lhe dar a chance. Depois disso, só espero que a gente consiga bolar alguma coisa.

Alguns minutos depois, Victoria entrou na sala comunitária com Monroe e Griffin.

— A simulação está pronta — avisou ela. — É hora de começar.

3

David se perguntou como seria seu tempo no Animus. Ele e Grace teriam o mesmo ancestral, mas os dois não podiam estar em suas memórias ao mesmo tempo. Durante a simulação dos Tumultos do Alistamento, ele só havia experimentado uma memória indireta, uma reconstrução a partir de dados extrapolados, enquanto Grace recebia a dose completa. Era o único modo de estarem juntos na simulação, mas também significava que David, ou pelo menos seu ancestral, podia morrer nas mãos dos brutamontes racistas, uma experiência apavorante em que ele jamais queria pensar, muito menos repetir.

— Javier — chamou Victoria.

Ao lado de David, Javier se empertigou na cadeira.

— Sim, senhora?

— Preparamos seu Animus. Monroe vai levá-lo e situá-lo.

— Nós vamos todos para a mesma simulação? — perguntou Javier.

— Não. — Victoria olhou para o tablet. — Vocês vão estar em simulações separadas, mas podem interagir com o ancestral do outro.

— Por que ficaremos separados? — perguntou David.

— Para reduzir o risco de dessincronização. Simulações compartilhadas são menos estáveis, e não temos tempo de antever os problemas. Vamos executar essa operação do modo mais limpo possível.

— Certo, então. — Javier se levantou, e ele e Monroe saíram da sala comunitária.

— Como isso vai funcionar conosco? — perguntou Grace, assentindo na direção de David. Pelo jeito, ela havia pensado no mesmo que ele. — Temos o mesmo ancestral.

— Vão se revezar — explicou Victoria. — Cada um experimentará as memórias genéticas. Se ficar claro que um de vocês se ajusta melhor a essa simulação, podemos parar de trocar.

David olhou para Grace. Outrora poderiam ter transformado aquilo numa competição, porque, claro, ele é que queria entrar no Animus. Fazia pouco tempo que encarara a situação toda como se fosse um jogo de realidade virtual, enquanto seu ancestral pilotava aviões na Segunda Guerra Mundial. No entanto, desde então as coisas tinham mudado: ele sabia como era importante acharem o Pedaço do Éden. Se isso significava que Grace seria um viking em vez dele, tudo bem.

— Você pode ir primeiro — concedeu Grace.

— Eu ia dizer a mesma coisa.

— Claro que ia.

Ele lhe deu um sorriso, e então Victoria pediu que os dois a acompanhassem.

Deixaram Owen e Natalya na sala comunitária com Griffin e acompanharam a doutora pelos corredores de vidro do Ninho da Águia até a sala do Animus, onde David tinha passado um bocado de tempo nas últimas semanas. O cheiro de cobre da eletricidade e o zumbido súbito, mas insistente, de máquinas carregavam o ar, e vários monitores de computador piscavam nas paredes brancas e estéreis. David seguiu até o Animus e se acomodou no anel de metal que ficava no nível da cintura. Prendeu os pés nas plataformas móveis, dando às pernas liberdade de movimento quase completa, e, em seguida, Victoria o ajudou a subir na estrutura de corpo inteiro que sustentava cada articulação, permitindo até os menores movimentos. Dentro daquele anel, David podia andar, correr, pular e escalar, como a simulação exigisse, tudo isso sem sair do lugar.

Victoria prendeu as últimas braçadeiras e correias.

— Está firme?

— Sim — respondeu David.

— Me deixe verificar a calibração de novo antes de colocarmos o capacete. — Victoria se afastou para um dos consoles de computador ali perto.

— Você vai parecer bem idiota com aqueles chifres — disse Grace.

— Na verdade, os vikings não tinham chifres nos capacetes — explicou David. — Numa batalha de verdade, os chifres iriam...

— Eu sei. — Grace balançou a cabeça. — Só tome cuidado, está bem?

Sua voz exibia o mesmo tom de quando lhe dizia para não falar com membros de gangues e quais ruas evitar no caminho de casa para a escola. Mas David não era mais aquele garoto.

— Você não precisa cuidar de mim. Estou bem.

— Diga isso a papai. Talvez, então, ele pare de pegar em meu pé por sua causa.

— Vou tomar cuidado.

Victoria voltou para perto do Animus.

— Tudo parece ótimo. Você está pronto?

David confirmou com a cabeça, e Grace recuou alguns passos.

Victoria baixou o capacete de seu ninho de fios.

— Certo, aqui vamos nós.

Ela pôs o capacete em cima da cabeça de David, e o mundo inteiro ficou preto. Nenhuma visão. Nenhum som. Era como ser esmagado pelo nada.

Está me ouvindo?, perguntou Victoria através do capacete.

— Estou.

Bom. Aqui está tudo pronto.

— Quando você quiser.

Carregando o Corredor da Memória em três, dois, um...

Um clarão de luz rasgou o nada preto dentro do capacete de David, e ele fechou os olhos. Quando os abriu, viu cinza. Um vazio de sombra e névoa em movimento o cercou. O Corredor da Memória deveria facilitar a transição para a simulação completa, e David achou que provavelmente servia bem ao propósito, só que nada poderia tornar mais fácil a parte seguinte.

Inserção parietal em três, dois, um...

David respirou fundo, então a cabeça recebeu uma pancada eletromagnética. Os pulsos elétricos tinham o papel de acalmar a parte do cérebro que o mantinha situado no tempo e no espaço, mas durante vários instantes ele não conseguia pensar em mais nada além de no martelo que lhe golpeava o crânio.

Carregando a identidade genética em três, dois, um...

A dor recuou. David esperou um momento, então abriu os olhos para enxergar a si mesmo, piscando a fim de afastar o resto da desorientação. Logo sentiu um novo tipo de confusão à espreita.

Ele era um gigante.

Ou o mais próximo de um gigante a que um homem poderia chegar.

Levantou as mãos do ancestral e as examinou, fascinado. Não era a pele branca que lhe deixava atordoado, embora aquilo fosse estranho, mas o simples tamanho. De algum modo eram mais que simplesmente mãos, como se David estivesse vestindo luvas de beisebol. Os braços e as pernas eram gigantescos, também, mas não como se ele malhasse numa academia. Ele não parecia um fisiculturista. Era simplesmente enorme. Alto, largo e forte.

David?, perguntou Victoria. *Como estamos indo?*

— Bem — respondeu David. — Mas parece estranho você me chamar por esse nome quando me sinto mais Golias que Davi.

Victoria riu em seu ouvido.

Os registros escritos sobre esse período são escassos e pouquíssimo confiáveis. Sabemos muito pouco sobre quem é seu ancestral e como ele vai se envolver com o Pedaço do Éden. Nem sei dizer seu nome.

— Devo deduzir tudo isso quando me acomodar nas memórias.

Ótimo. Só que talvez seja uma transição meio difícil até você conseguir.

— Se não der certo, Grace pode tentar.

Essa é a ideia. Está pronto para eu carregar a simulação completa?

— Me dê um momentinho.

Claro.

David voltou seus pensamentos para dentro, procurando a mente do ancestral dentro da sua, escavando fundo em busca de uma voz que não era a própria, ouvindo com atenção. Quando por fim a escutou, começou a conversar com aquela voz. Não com palavras, mas com pensamentos e memórias do ancestral, um agricultor e guerreiro chamado Östen Jorundsson.

Östen era dono da própria terra, uma modesta propriedade na base de uma colina, relativamente perto de um lago, com pastos, um pequeno bosque de abetos e carvalhos, e uma fonte que borbulhava água fria a ponto de rachar os dentes. Östen sentia muito mais orgulho daquela terra que das muitas vitórias em batalha. Lutava quando seu rei o convocava ou quando a honra o exigia, mas preferia ficar em casa, passando momentos ao lado da mulher em frente a um fogo cálido, pescando com o filho ou cantando com as filhas. Era uma vida que David desejaria para si mesmo.

— Acho que estou pronto — disse o garoto.

Excelente. Carregando a simulação completa em três, dois, um...

O Corredor da Memória se estilhaçou numa poeira ofuscante, cristalina, que ondulava e rodopiava, depois aos poucos se aglutinou em estruturas mais firmes, assumindo formas vagas de construções, árvores e navios. Os olhos de David se ajustaram àquela nova realidade que abria caminho em sua mente. Contudo, não era de fato uma nova realidade. Era uma realidade antiga, uma voz ancestral que falava pela primeira vez em séculos, e logo David mergulhava completamente no mundo de Östen.

Diante dele o capim verde e luxuriante cobria o pasto principal, onde estavam suas vinte e seis cabeças de gado. Eram de uma forte cepa montanhesa, brancos com manchas pretas em sua maioria, e ele não tinha lhes serrado os chifres, porque assim provocavam hesitação nos ursos e lobos. O sol tinha começado a descer, espalhando uma pátina dourada sobre sua fazenda e a terra lá embaixo, até as margens do lago Mälaren, ao sul.

Através de Östen, David soube que era hora de recolher o rebanho. Por isso deu a Östen a própria voz, em seguida pôs as mãos em concha junto à boca. As vacas levantaram a cabeça ao ouvi-lo, mas voltaram a pastar, mais interessadas no capim de verão que em qualquer coisa que ele tivesse a oferecer. Östen olhou para o Cão de Pedra, deitado a seus pés, perfeitamente imóvel, ansioso, esperando um sinal do dono para disparar pelo campo.

David nunca vira antes um cachorro da raça Cão de Pedra. Era como um cruzamento entre um corgi de patas curtas e um lobo, mas corria muito e sabia arrebanhar o gado, rodeando-o, latindo, juntando as vacas e levando-as na direção de Östen. Elas chegaram mugindo. E, com a ajuda do Cão de Pedra, Östen levou os animais até o cercado onde passariam a noite, um pequeno curral suficientemente próximo para que o vigiasse contra predadores.

— Muito bem — elogiou Östen assim que as vacas estavam em segurança.

A língua do Cão de Pedra pendeu de um dos lados da boca, e seus olhos brilharam.

— Vamos ver como Tørgils está se saindo, que tal?

Östen deu as costas para as vacas no curral e foi para o grande cercado que ficava junto ao estábulo; do outro lado encontrou seu filho partindo lenha. Com 15 anos, Tørgils era quase tão alto quanto o pai o era em sua idade, mas tinha o cabelo quase preto da mãe, cor de terra molhada. Arne, o dinamarquês, trabalhava a seu lado, usando o calção justo e a túnica frouxa, e, enquanto Östen examinava o resultado do trabalho dos dois, uma percepção desagradável se esgueirou até David e o agarrou pelo pescoço.

Arne era escravo.

Östen usava uma palavra diferente em seus pensamentos e memórias. Chamava Arne de *thrall*. Mas a palavra não tinha importância. O que importava era que o ancestral de David possuía um *escravo*.

— Pai? — Tørgils tinha parado com as machadadas. — O senhor está bem?

David não sabia o que dizer. Sentia-se chocado e com raiva demais ao escutar a voz de Östen. Não queria ouvi-la. Pensar no que a escravidão fizera com os afro-americanos e com o mundo, e descobrir que o próprio ancestral escravizara alguém... David queria gritar com Östen, mas não conseguia, porque era para ele *ser* Östen.

A seu lado, o Cão de Pedra rosnou para ele de repente, com os pelos eriçados e a cabeça baixa, enquanto se afastava do garoto estranho que usava o corpo de seu dono.

— Pai? — perguntou Tørgils de novo.

Arne, o dinamarquês, magro e rijo feito um prego, olhou para David.

— Östen?

David balançou a cabeça. Não, ele *não* era Östen.

A simulação tremulou, distorcendo a fazenda com ondulações e emendas, e o terremoto só piorava a cada momento que David se recusava a sincronizar.

O que houve?, perguntou Victoria. *Você parecia muito bem, mas agora perdemos estabilidade. Você está bem?*

— Não — respondeu David.

A simulação está prestes a se desfazer.

— Eu sei!

David, o que quer que esteja acontecendo, você precisa assumir o controle.

Sua raiva não parecia possível de controlar.

Posso tirá-lo e colocar Grace...

— Não. — David não queria que isso acontecesse. Não precisava mais ser protegido ou resgatado por Grace. Além disso, ela provavelmente teria ainda mais dificuldade com seu ancestral escravocrata. — Espere aí — disse ele, e respirou fundo.

Tørgils, Arne, o dinamarquês, e o Cão de Pedra tinham sido apanhados na tempestade de falhas no sistema, tornado imóveis. David se concentrou primeiro no cachorro e prestou atenção na memória de Östen, de como o Cão de Pedra fora pisado por uma vaca de 2 anos quando era filhote, mas saltou de pé e se sacudiu como se nada tivesse acontecido.

— A cabeça desse cachorro deve ser feita de pedra — dissera Arne, e o nome pegou.

David sorriu diante da lembrança, e a simulação voltou à vida, ainda irregular e espasmódica, mas movendo-se de novo.

Excelente, David. Continue o que está fazendo.

Em seguida, David se virou para o filho de Östen, lembrando-se de quando ele era pequenino e perdeu um machado em perfeitas condições ao tentar matar peixes com ele. A água ficou com a arma, e Tørgils pulou para dentro e gritou com o peixe, furioso. Östen riu e ensinou o filho a usar um anzol e uma linha, e Tørgils ficou hábil como um herdeiro do deus Njörðr. Não muito tempo atrás, com 14 invernos, ele pescara um salmão do tamanho da perna de Östen, e o orgulho daquele momento ainda permanecia.

Essas eram memórias que David podia ouvir. Eram momentos dos quais podia querer participar, e eles possibilitaram a sincronização.

Você está quase lá. Sincronização se estabilizando...

Contudo, quando David olhou para Arne, sua raiva chamejou de novo e seu controle sobre a sincronização fraquejou. Não poderia aceitar aquilo. Não era possível se identificar com algo assim. Ia contra tudo o que David sabia ser certo.

Lembrou-se de como, muitos invernos atrás, antes de Tørgils nascer, Östen havia participado de um ataque contra os dinamarqueses, do qual trouxera Arne acorrentado como prisioneiro. Não importava que, desde então, Östen houvesse tirado as correntes nem que não fosse um senhor cruel.

Mesmo assim era errado.

Quando David tentava se convencer de que isso estava certo, ou quando tentava enxergar a escravidão como era vista por Östen, sua raiva agitava a simulação outra vez.

Estamos perdendo tempo, disse Victoria. *Preciso saber se você consegue fazer isso.*

David não queria admitir sua incapacidade. Só precisava de tempo e de perspectiva para pensar num modo da mente entrar em acordo com a de Östen. Não precisava de Grace.

David, a simulação está...

— Eu sei. — Ele podia ver que estava se dessincronizando. — Espere.

Esperar o quê?

Ele não sabia. Olhou mais uma vez para Arne e tentou se obrigar a crer que era certo escravizar o dinamarquês. No entanto, nenhuma vontade era capaz de enfiar em sua cabeça uma coisa que não cabia.

David...

O mundo caiu num liquidificador, levando junto sua mente e seu corpo. Durante vários instantes, sentiu apenas dor que se irradiava de cada ponto de seu corpo, tudo ao mesmo tempo, como se camadas estivessem sendo fatiadas, expondo nervos, até que o último fiapo desapareceu e só restou a mente, girando e girando num turbilhão, separado de qualquer lugar ou tempo, ou mesmo de algum sentimento de quem ele era.

David.

David escutou a voz, mas ela não parecia estática, e ele não sabia de onde vinha.

David, vou tirar seu capacete.

A voz era familiar, mas, antes que ele pudesse deduzir quem falava, uma luz incandescente recolocou seus olhos de volta na cabeça, e o fogo desceu da mente pela coluna, chegando à barriga, aos braços e às pernas.

— David, está escutando? — perguntou a primeira voz.

— David? — chamou outra.

Ele conhecia a segunda voz melhor que a primeira e abriu os olhos. Grace estava a sua frente. Grace, sua irmã. David piscou, e tudo voltou num instante. Quem ele era. Onde estava. Por que estava ali. Como se alguém tivesse aberto as comportas; isso bastou para afogá-lo. Uma onda de náusea subiu pela garganta.

— Vou vomitar — avisou ele.

Victoria levantou um pequeno balde até sua boca, bem a tempo. O estômago se convulsionou, dolorosamente, e ele perdeu a comida que tinha ingerido. Grace ficou ali perto até ele terminar, e então o ajudou a sair do arnês e do Animus, com as pernas bambas.

— E é por isso que não se deve dessincronizar — disse ela.

— Só agora você me diz.

Ela passou o braço pelas costas do irmão.

— O que aconteceu lá?

David balançou a cabeça.

— Me dê um momento.

Grace o ajudou a ir até uma cadeira giratória, e ele se deixou cair ali, com força suficiente para fazê-la rolar mais de meio metro para trás. Victoria foi até ele, cutucando o tablet.

— Seus sinais neurológicos pareciam bons durante a simulação — disse ela. — Mas a pressão sanguínea aumentou.

— Eu estava com raiva.

— De quê? — perguntou Grace.

— Dele. De nosso ancestral.

Grace franziu a testa.

— Por quê?

— Ele... — A cabeça de David ainda latejava, tornando difícil formar uma frase de poucas palavras, e seriam necessárias muitas palavras para explicar. — Podemos... falar sobre isso mais tarde?

Grace olhou para Victoria.

— É claro.

A doutora fez uma pausa, depois assentiu bruscamente.

— Ótimo. Vamos fazer uma pausa. Depois podemos conversar e planejar o próximo passo. Talvez você possa ajudar a preparar sua irmã para a própria tentativa. Enquanto isso, vou verificar Javier.

Ela saiu da sala parecendo irritada, e Grace olhou intensamente para David, sem dizer nada.

— O quê? — perguntou ele por fim.

— Você está bem?

— Não precisa cuidar de mim. Estou bem. Só preciso descansar.

— Ótimo. — Agora era ela que parecia irritada. — Mas, então, vou querer uma explicação.

David confirmou com a cabeça, esperando que o ancestral de Javier fosse quem possuía acesso ao Pedaço do Éden. Desse modo, não importaria quem tinha sido o ancestral de David nem o que fizera.

4

Javier esperou, suspenso num arnês estrutural, enquanto Monroe ligava o núcleo da máquina. Jamais estivera num Animus assim. Os dois anteriores o mantinham reclinado, mas aquele permitia mobilidade estacionária completa, e a ideia de voltar para uma simulação lhe fazia bem. Javier tinha tentado ser útil enquanto Owen explorava as memórias de sua ancestral chinesa. Chegara até a invadir um depósito da polícia, roubando a prova usada no julgamento do pai de Owen. Mas aquilo tudo não era como caçar um Pedaço do Éden pela história. Nada era tão importante quanto encontrar o resto do Tridente antes de Isaiah.

— Eles fizeram alguns melhoramentos no Supressor Parietal — explicou Monroe.

— No quê?

— No Supressor... deixe para lá. Demoraria muito para explicar. O ponto é que isso vai ser diferente de meu Animus e do de Griffin.

— Diferente como?

— É difícil descrever.

— Mas você sabe operá-lo, não é?

— Claro que sei. — Monroe se levantou. — Está pronto?

Javier assentiu com um gesto de cabeça.

— Estou.

Monroe verificou cada tira, prendedor e fivela mais uma vez, garantindo que o rapaz estivesse seguro.

— Então, agora você é um Assassino ou algo do tipo? — perguntou o homem, quase casualmente, enquanto baixava o capacete do Animus do ninho de fios acima.

Javier hesitou antes de responder.

— Não.

— Tem certeza?

— Por quê?

Monroe deu de ombros.

— Só tente se lembrar do que eu lhe disse.

Javier podia não ter ingressado na Irmandade, mas com certeza havia considerado a ideia.

— Acredito no livre-arbítrio.

— Eu também. É por isso que não quero ver nenhum de vocês entregando o seu aos Templários. Ou aos Assassinos. — Ele levantou o capacete. — Vamos lá.

Javier o deixou lhe colocar o capacete, surpreso com a totalidade da barreira criada entre ele e o mundo exterior. Não ouvia nem enxergava nada. Mas, então, algo zumbiu em seu ouvido e Monroe falou:

Está escutando?

A voz de Monroe o havia guiado pelo México do século XVI e pela cidade de Nova York durante os Tumultos do Alistamento de 1863.

— Como nos velhos tempos.

Essa parte não tem a ver com os velhos tempos. Ligarei o Supressor Parietal. Você vai notar, mas a sensação passará depressa. Está bem?

Isso não lhe soou agradável.

— Certo...

É isso aí. Em três, dois, um...

O Animus cravou um furador de gelo no topo da cabeça de Javier, ou, pelo menos, foi isso que pareceu. Ele arfou e trincou os dentes com o choque e a dor, que só piorou quando alguém mexeu o furador de gelo. Javier perdeu a noção de qualquer coisa que não fosse aquela agonia.

Segure as pontas. Estamos quase lá.

Outro momento insuportável passou, e, então, a dor sumiu tão depressa quanto havia surgido. Javier abriu os olhos e enxergou o vazio ondulante do Corredor da Memória.

Você está bem?, perguntou Monroe.

— Estou. — Javier respirou fundo. — Esse negócio faz isso toda vez?

Dizem que fica mais fácil com o tempo.

— Não vejo como poderia ficar mais difícil.

Vou carregar a identidade de seu ancestral. Será mais parecido com o que você já conhece. Está pronto?

— Claro.

Vou fazer a contagem de novo. Três, dois, um...

Javier sentiu um invasor na mente, uma força ocupante marchando por seus pensamentos, tentando substituí-los. Monroe estava certo. Isso parecia familiar. Logo Javier teria de entregar a própria mente para sincronizar com a simulação. Olhou para quem se tornaria e viu um corpo magro, talvez pouco mais de 20 anos, pele branca e pálida e sardas nas costas das mãos. Usava uma roupa justa, de lã, e armadura de couro, tinha barba curta e cabeça raspada.

Não temos nenhuma informação sobre esse cara. Você vai ter de conhecê-lo.

— Então vamos nessa.

Lá vai. Carregando a simulação completa em três, dois, um...

O Corredor da Memória escureceu, virando noite. Sombras negras emergiram, e estrelas brotaram acima. Um instante depois, Javier se viu numa estreita trilha florestal, escutando o vento fustigar as árvores dos dois lados. Sentiu cheiro de madeira queimada no ar, vindo do leste, o que denunciava a proximidade do acampamento.

Mas Javier não sabia que acampamento era. O pensamento chegara sem pedir licença, um batedor vindo antes da força principal. Javier baixou a guarda para deixar entrar um exército de pensamentos, entregando a mente à do ancestral, e Thorvald Hjaltason assumiu o controle. O sveas se agachou e se colocou sob a cobertura das árvores, seguindo a trilha de fumaça, esgueirando-se para o acampamento, e Javier percebeu o modo completamente silencioso como o ancestral se movia. O modo como estendia os sentidos na escuridão quase completa da floresta. A lâmina oculta presa com uma tira em seu pulso.

— Ele é um Assassino — disse Javier.

É o que parece.

Essa não era a voz de Monroe. Era a de Victoria.

— Então, você está me observando agora?

Sim. Monroe tem um trabalho importante a fazer.

Javier se sentia pouco à vontade com a ideia de uma Templária cuidando de sua simulação, ainda que seu ancestral na cidade de Nova York tivesse sido um caçador de Assassinos, Porrete Cormac, neto do Templário Shay Cormac.

Parece que você tem ancestrais Assassinos e Templários.

Javier, contudo, sabia qual dos dois ele preferia, e se acomodou em formação atrás de Thorvald, permitindo ao Assassino realizar seu objetivo, qualquer que fosse. Apesar de o verão ter chegado, o inverno ainda exibia sua lâmina, o ar da noite carregando seu gume gélido. O aroma de fumaça de madeira ficou mais forte, e Thorvald foi em sua direção, contra o vento para o caso de seus alvos terem cachorros capazes de farejar uma aproximação, enquanto o vento encobria os sons de uma coruja incomodada por sua passagem.

Logo ele viu o tremular distante de fogo através das árvores e, nesse ponto, subiu. A copa das árvores escondia sua aproximação enquanto ele escalava, saltava e se balançava, indo na direção do acampamento, numa corrida livre por entre galhos e troncos, exatamente como o ancestral Templário de Javier percorrera os telhados de Manhattan.

Quando chegou ao acampamento, parou nas sombras do alto e se acomodou para ouvir. O fogo estalava abaixo, jogando fagulhas e fumaça para cima. Cinco homens estavam sentados em volta de um círculo de pedras, chupando a cabeça dos peixes que comeram no jantar. Eram servos que tinham fugido de seus senhores antes de pagar as dívidas e viviam no meio do mato, coisa que seus rostos e roupas revelavam com clareza. Thorvald apoiava sua liberdade, mas alguma coisa os havia trazido de volta à Uppland, algo pelo qual valia a pena o risco de captura, e ele precisava descobrir o que era.

Durante um longo tempo, os servos disseram pouca coisa.

Mas a paciência já era familiar a Thorvald. Ele esperou.

Quando o fogo ficou baixo, precisando de mais lenha, um dos homens, cujo nariz parecia um bico de corvo, ordenou que outro fosse pegar.

— Pegue você — disse o outro. — Pela última vez: não recebo ordens suas, Heine.

— E é melhor controlar a língua, Boe Björnsson — retrucou Heine. — Minha memória é longa e afiada como minha lança.

— E, ainda assim, você esquece que eu quebrei seu nariz. — Boe olhou para o primeiro homem por cima dos carvões em brasa.

Os outros três não tinham se mexido, mas pareciam observar o diálogo com leve diversão.

— Não esqueci. — Heine hesitou. — Você vai saber, antes do fim.

— Foi o que você disse. Muitas vezes.

— Você duvida?

Boe gargalhou.

— Eu peguei a lenha?

— Não. Mas vai desejar ter pegado quando eu o estripar...

— Já chega, Heine — disse finalmente um dos outros homens, que parecia ter ficado sem paciência. — Guarde isso para a batalha de verdade. Depois vocês podem se matar como quiserem.

A batalha de verdade? Thorvald não sabia o que aquilo significava, mas parecia que aqueles servos tinham voltado à Uppland esperando uma luta. Mas pelo quê? E contra que inimigo? Tais perguntas precisavam de respostas antes que Thorvald pudesse partir.

O fogo minguou até virar brasa, enchendo o acampamento com a luz vermelha do Muspelheim, e os homens começaram a roncar. Então, Thorvald percebeu Heine voltando, mas não como colega dos outros. Ele veio se esgueirando pelas sombras, permanecendo fora do círculo da fogueira, até parar perto de Boe. Thorvald sabia o que ele pretendia fazer, antes mesmo que o servo tivesse sacado a faca.

No instante seguinte, os olhos de Boe se abriram enquanto Heine o atacava, apertando a boca do sujeito com uma das mãos enquanto, com a outra, cravava a faca em seu pescoço.

— Agora você vê, não vê? — sussurrou Heine, como uma serpente.

Boe se sacudiu debilmente, em silêncio, mas já era um homem morto, e Heine continuou segurando-o até a vida se apagar de seus olhos ainda abertos. O criminoso puxou a faca de volta, limpou a lâmina e as mãos na capa de Boe e, em seguida, pegou sua sacola. Os outros três continuaram dormindo enquanto Heine desaparecia na floresta.

Thorvald os deixou com o cadáver e foi atrás de Heine, mas sem interceptá-lo de imediato. Em vez disso, apenas o acompanhou até que ele tivesse se distanciado o suficiente do acampamento para não acordar os outros. Só então Thorvald avançou à frente por entre os galhos e ficou à espera. E, no momento que Heine passou se esgueirando abaixo, Thorvald caiu em cima do homem, empurrando-o para o chão.

Heine corcoveou com um estalo e um gemido, e, antes que pudesse fazer outro som ou reagir, Thorvald encostou a lâmina oculta em sua garganta.

— Lute e vai se afogar em seu próprio sangue — disse Thorvald, agachando-se sobre Heine.

O sujeito engoliu em seco, e seu pomo de adão fez a ponta da lâmina se mover.

— Quem é você?

— Você ainda não percebeu, mas sua coluna está quebrada. Acha que está em condições de me interrogar?

Um momento de silêncio noturno se passou enquanto Heine olhava para as próprias pernas, mas elas não se mexeram. Seu rosto empalideceu contra a escuridão.

— Agora você vê, não é? — disse Thorvald. — Responda a minhas perguntas, e eu posso lhe dar uma morte rápida.

O movimento de cabeça de Heine foi breve e cheio de medo.

— Você é um servo fugitivo, mas voltou. Por quê?

— Ouvi dizer que eu poderia ganhar a liberdade. Minha própria terra.

— Como?

— Lutando contra o rei.

Thorvald não havia antecipado aquela resposta. Eric tinha inimigos, mas nenhum que seria idiota a ponto de provocar uma rebelião.

— Por quê?

— Porque ele é um usurpador — respondeu Heine, quase cuspindo a última palavra.

— Então é por Styrbjörn que você luta?

Heine balançou a cabeça.

— Não sei. Simplesmente disseram que nos preparássemos para a batalha.

— Seus dias de luta chegaram ao fim.

— Então acabe comigo.

Thorvald segurou a lâmina oculta junto ao pescoço de Heine por mais um momento, mas então a afastou, e com um movimento rápido ela desapareceu, de volta para a luva de couro.

— Não — disse o Assassino, ainda agachado. — Preciso que você transmita uma mensagem aos outros servos.

— Que mensagem?

— Que vou caçá-los. Defendo a liberdade, mas, se eles voltarem para a Uppland como traidores, vou encontrá-los e matá-los. Se já estiverem na Uppland ou fingindo lealdade, vou descobri-los. Se Styrbjörn estiver retornando, haverá guerra, e, se os servos não lutarem por seu rei, não vão lutar por ninguém. Entendeu?

— Como... como espera que eu transmita a mensagem?

Thorvald se levantou e olhou para aquela ruína de homem, com as pernas inúteis dobradas em ângulos errados.

— De manhã, quando seus ex-companheiros descobrirem sua traição contra Boe, virão procurá-lo.

A boca de Heine se abriu.

— Não. Por favor...

— Vai dizer a eles exatamente o que acabei de falar, e nesse ato talvez você recupere um pouco de honra. Então espero que implore por misericórdia.

— Eles não terão nenhuma.

— Assim como você não teve nenhuma por Boe.

Thorvald deu as costas para o criminoso e se afastou, de novo usando os caminhos da floresta pelos quais viera. Imaginou se Heine iria chamá-lo, implorando, mas ele não o fez. Thorvald não sabia se o sujeito repassaria a mensagem, mas as palavras não importavam. O corpo de Heine seria mensagem suficiente. Seus colegas servos quereriam saber o que havia acontecido com ele, e, mesmo se ele não contasse nada, saberiam que corriam perigo. Com sua covardia coletiva, talvez isso bastasse para mandá-los de volta a seus esconderijos. O maior problema seria Styrbjörn, se ele estivesse mesmo se preparando para um ataque.

Thorvald precisava voltar ao Porta-Voz da Lei e contar tudo, e não achava que isso poderia esperar até de manhã.

Atravessou a floresta às pressas, voltando à clareira onde amarrara seu cavalo, Gyllir. O garanhão castanho, como o resto de seus irmãos do norte, tinha apenas quinze palmos de altura, mas era ágil e forte, e jamais se cansava. Thorvald montou e partiu na direção de Uppsala, onde ficavam os salões do rei da Svealand e os templos dos deuses, galopando pela noite através de estradas solitárias.

Perto do alvorecer, enquanto o sol estendia os raios por cima das colinas a leste, Thorvald chegou à fileira de postes que levava ao local sagrado — cada um deles tinha 6 metros de altura e era esculpido com imagens em homenagem aos deuses e heróis que tinham ascendido para viver com estes —, passando pelos montes funerários e as sepulturas de reis, até chegar ao templo propriamente dito.

A luz da manhã reluzia nos escudos, que adornavam as paredes e o teto, e na tinta dourada dos pilares. O tamanho do templo também o diferenciava dos outros salões nobres, tendo o dobro do comprimento e uma vez e meia a largura do salão do rei Eric. Era, contudo, assim mesmo que deveria ser. Aquele lugar abrigava os deuses.

Thorvald apeou diante da enorme porta e levou Gyllir para uma das construções externas perto do templo, uma pequena cabana com paredes de barro e teto de turfa. Amarrou o cavalo do lado de fora e bateu à porta.

— Os deuses ainda não acordaram, eu também não! — gritou alguém lá dentro.

— Sou eu — disse Thorvald.

Passos se aproximaram, e a porta se abriu.

— Thorvald, entre. Não esperava você tão cedo.

Torgny, o Porta-Voz da Lei, sinalizou para ele entrar. Por trás da mente de Thorvald, Javier examinou o sujeito, facilmente a pessoa mais velha que ele jamais vira, além de, com certeza, a coisa mais parecida com um mago. Torgny usava uma túnica comprida, mais parecendo um manto, presa frouxamente com um cinto. O cabelo e a barba eram fartos e brancos. Os olhos leitosos e o modo como ele mantinha a cabeça levantada sem fixar o olhar fizeram com que Javier soubesse que o Porta-Voz da Lei era cego.

Thorvald entrou na cabana e fechou a porta. O cômodo único era mal iluminado, a não ser pelos poucos fachos inclinados que atravessavam rachaduras e buracos nas paredes. Torgny também possuía pouca mobília, mas os dois se sentaram de lados opostos de uma mesa de madeira perto da cama do velho.

— Está com fome? — perguntou o Porta-Voz da Lei.

— Isso pode esperar.

— Quando a comida pode esperar, as Valquírias cavalgam. — Torgny se inclinou mais para perto, por cima da mesa, e baixou a voz. — Diga-me o que descobriu.

— É Styrbjörn.

— O que tem aquele arrivista?

— Os servos que você me mandou encontrar. Eles voltaram para guerrear.

— Styrbjörn pretende guerrear contra Eric?

— Não tenho certeza, mas acho que sim.

Torgny se recostou, batendo na borda da mesa com dedos das duas mãos.

— Ouvi boatos, claro. Ele assumiu o comando dos jomsvikings. Mas vem atacando os dinamarqueses. Achei que ele fosse problema do Dente Azul.

— Talvez fosse.

— Mas talvez não mais.

— O que você quer que eu faça?

Torgny olhou para o colo, de cabeça baixa, uma postura que adotava quando imerso em pensamentos. Ao conhecer o Porta-Voz da Lei e notar aquele hábito, Thorvald pensara que o velho estivesse cochilando. Ainda que isso pudesse acontecer às vezes, apesar das negativas de Torgny, Thorvald tinha aprendido que era tolice presumir que o Porta-Voz da Lei não estivesse escutando.

— Vá para o leste, para o mar — disse o homem mais velho, por fim. — Se Styrbjörn estiver a caminho, vai trazer sua frota pelo Mälaren.

— Sim, Porta-Voz da Lei.

Torgny levantou a cabeça, e seus olhos encontraram os de Thorvald, como se pudesse vê-lo, e parecia que o velho tinha mais alguma coisa a dizer.

— Sim, Porta-Voz da Lei?

— Por que agora? — perguntou o velho, quase para si mesmo.

— Como assim?

— Até agora nossa Irmandade teve sucesso em impedir que a Ordem infectasse esta terra — falou Torgny mais alto. — Mas nosso inimigo está por aí e precisamos nos manter vigilantes.

Então Javier percebeu que aqueles dois homens eram Assassinos, mentor e aluno. Parecia que Thorvald fazia o que Torgny não era mais capaz de fazer.

— Por que menciona a Ordem? — perguntou Thorvald.

— Estou preocupado com o que Styrbjörn trará consigo. A irmã se casou com Dente Azul, que fazia comércio com os francos e com Roma. É possível que Styrbjörn, quer saiba ou não, tenha se tornado um instrumento da Ordem. Ele deve ser impedido, Thorvald. Mesmo se eu estiver errado e ele não servir à Ordem, Styrbjörn não traz liberdade para Svealand. Precisamos manter Eric no poder.

— Entendo.

— Vá — disse o Porta-Voz da Lei. — Vigie os mares. Creio que verá os navios do arrivista em pouco tempo. Quando os vir, me informe.

— Sim, Porta-Voz da Lei. — Thorvald baixou a cabeça. — E o que você vai fazer?

— Vou falar com o rei. Direi a ele que a guerra pode estar chegando. Então vou comer meu desjejum.

5

Natalya estava sentada na sala comunitária com Owen, e as coisas continuavam meio tensas entre eles depois do confronto no corredor. Durante um longo tempo nenhum dos dois falou.

Ela não pretendera descontar seus sentimentos no garoto daquele jeito, mas estava ficando difícil sentir-se tão sozinha. Parecia que nenhum dos outros pensava o mesmo que ela com relação a tudo aquilo. Não parecia que a morte de Yanmei os incomodava como deveria. Como ainda a incomodava. Não parecia que os outros se preocupavam com o que aconteceria com o Tridente depois de o encontrarem. Ou, mais importante, quem iria controlá-lo. Natalya achava exaustivo ser a única que parecia realmente enxergar o que se passava.

— Pelo menos você não precisa se preocupar com a necessidade de entrar no Animus dessa vez — disse Owen, quebrando o silêncio na sala.

Natalya confirmou com a cabeça.

— Parece que sim.

— Achei que você tivesse dito que o passado era uma prisão.

— E é.

— Então por que...

— Não *gosto* de entrar no Animus. Mas, se o fizer, pelo menos posso tentar impedir que os Assassinos e os Templários encontrem o Tridente.

Owen a fitou por um momento.

— Acho que é verdade.

Natalya sabia que, nas duas vezes em que estivera no Animus, Owen tinha experimentado a memória de ancestrais Assassinos. Ele, contudo, não parecia comprometido com a Irmandade, como Javier já aparentava.

— De que lado você está? — perguntou ela.

Ele ficou mexendo no zíper da jaqueta de couro dos Assassinos, que ainda vestia.

— Não sei. Do meu, acho. Tipo Monroe.

— Isaiah mostrou a você uma simulação das memórias de seu pai, não foi?

— Foi. Antes de ficar megalomaníaco.

— Você descobriu alguma coisa com ela?

— Nada em que eu possa confiar. Monroe tem razão. Seria bem fácil para os Templários manipular uma simulação para que eu visse o que queriam. — Owen hesitou. — Por outro lado, também não confio nos Assassinos.

Talvez Owen visse algo do mesmo modo que Natalya.

— E o que vamos fazer?

— Como você disse, precisamos salvar Sean. Por isso, estou planejando fazer o jogo deles por enquanto. O mais importante é impedir Isaiah. Pelo menos Griffin e Victoria sabem disso.

— A trégua não vai durar para sempre.

— É — disse Monroe atrás deles. — Não vai.

Natalya e Owen se viraram, e Monroe, parado junto à porta, levantou as mãos.

— Relaxem, eu não estava espionando vocês. Acabei de chegar. Estão prontos?

Natalya assentiu e se levantou. Owen se juntou a ela, e os dois acompanharam Monroe, saindo da sala comunitária e seguindo pelo corredor de vidro até a área principal do Ninho da Águia. De lá, atravessaram até uma ala da instalação onde cientistas da Abstergo costumavam fazer pesquisas antes da deserção de Isaiah. Passaram por vários laboratórios com as luzes apagadas, cheios de equipamentos e cercados por paredes de vidro. Natalya viu o que pareciam ser próteses de braços e pernas artificiais, além de várias partes e vários tipos de tecnologias do Animus.

— Faz muito tempo desde minha última visita — disse Monroe, levando-os para um dos laboratórios.

Luzes automáticas se acenderam com sua presença, iluminando a sala comprida e enchendo-a com um zumbido quase inaudível. Havia várias e amplas estações de trabalho e diversos cubículos ao longo das paredes e também pelo meio da sala, cada um com uma mesa branca, vários monitores de computador e outros instrumentos e ferramentas. Natalya reconheceu as centrífugas, mas não sabia o que era a maioria das outras coisas.

Monroe foi até um terminal de computador perto de uma tela muito grande, montada na parede, e o ligou. Natalya e Owen ficaram esperando enquanto ele navegava pelo banco de dados do Ninho da Águia.

— Vejamos o que fizeram com todo o meu trabalho — disse ele.

Depois de vários minutos, Monroe pareceu encontrar o que procurava. Transferiu a imagem que estava em seu computador para a tela grande.

— Aí está — disse o homem. — E eles acrescentaram todos os dados atuais.

Natalya examinou as imagens. Na esquerda, viu representações de fragmentos de DNA, um perto de seu nome e de sua foto, e outro perto do nome e da foto de Owen. Cada um dos adolescentes que Monroe reunira possuía um elo numa cadeia maior que aparecia na tela. À direita disso, Natalya viu uma linha temporal da história do mundo, que mostrava o aparecimento do Tridente e de seus dentes.

— Este é o Evento de Ascendência — explicou Monroe. — Há duas dimensões. Na esquerda, vocês podem ver os resultados de meu trabalho estudando o DNA do inconsciente coletivo da humanidade.

— O quê? — perguntou Natalya.

— Ela não estava lá quando você explicou isso — disse Owen.

— Ah. — Monroe olhou em sua direção. — Certo. Bem, psicólogos teorizaram que o ser humano possui uma coleção de memórias antigas, compartilhadas, o que explica por que tantas pessoas sentem automaticamente medo de cobras ou aranhas e por que as histórias de heróis são tão semelhantes em todo o mundo. Chamamos isso de inconsciente coletivo.

Natalya olhou de novo para a tela.

— E vocês encontraram o DNA disso?

— Sim — respondeu Monroe. — Você pode pensar nele como um sinal embutido em nosso genoma. Mas, hoje em dia, ele só sobrevive em fragmentos. Há anos venho tentando juntar a sequência completa, sem sucesso. Então encontrei vocês dois e os outros. — Ele apontou para a tela. — Juntando vocês seis, eu consegui completá-lo.

— Espere aí. — Natalya olhou de novo para as imagens, avaliando o significado do que ele dizia. — Quais são as probabilidades de uma coisa dessas?

— Não chega a ser tremendamente improvável. — Monroe sorriu. — Mas a coisa não para aí. — Ele apontou para a segunda metade da tela. — Por acaso vocês seis estão conectados à história do Tridente através de seus ancestrais, através do tempo e até de continentes. E, respondendo à pergunta, as chances de isso acontecer, em combinação com o inconsciente coletivo, são tão pequenas a ponto de ser impossível. No entanto, estamos aqui. O que significa que tudo isso não pode ser acaso.

— Se não é por acaso — reagiu Natalya. — Isso quer dizer... você está dizendo que é intencional? — Mesmo enquanto fazia a pergunta ela tentou imaginar quem, ou o que, poderia provocar uma coisa daquelas.

— "Intencional" é uma palavra complicada — disse Monroe. — Implica consciência, para começo de conversa, o que não é o que estou dizendo. Não creio que alguém ou alguma coisa esteja tentando guiar esse navio. Mas pode ser que o piloto automático tenha sido ativado.

— Mas isso significa que alguém teve de programar o piloto automático, certo? — perguntou Owen.

Monroe suspirou.

— Não vamos estender demais a metáfora. Sou cientista. Eu me atenho ao que é observável e mensurável, e é isso que vocês farão enquanto me ajudam.

— O que podemos fazer? — perguntou Natalya.

— Temos duas questões. — Monroe foi até o quadro branco e pegou um marcador. Tirou a tampa e começou a escrever, a ponta da caneta guinchando, e Natalya sentiu o cheiro leve da tinta química. — Primeiro, qual é a natureza do DNA do inconsciente coletivo? Isaiah pensava nele em termos de poder e controle, queria saber como poderia usá-lo como arma, mas não creio que o objetivo do inconsciente coletivo seja esse. Segundo, como esse inconsciente coletivo se relaciona com o Tridente? Como discutimos, não pode ser coincidência que essas duas dimensões tenham emergido ao mesmo tempo. Acredito que façam parte de um evento maior. Na verdade, chego a pensar que o inconsciente coletivo pode até mesmo ser a chave para impedir o Tridente.

— Como? — perguntou Natalya.

— Não sei bem. No entanto, se vocês olharem a história dessa arma com seus ancestrais, é quase como se a ascendência do inconsciente coletivo tivesse surgido em *reação* ao Tridente. Mas precisamos entendê-lo antes de concluirmos algo.

— Certo — disse Owen, e se sentou numa das estações de trabalho. — E como vamos entender?

— É aí que as coisas ficam interessantes — respondeu Monroe.

— Interessantes, como? — perguntou Owen.

— Agora que tenho a sequência completa do inconsciente coletivo, posso usar o Animus para criar uma simulação. — Monroe recolocou a tampa no marcador.

Owen se inclinou na cadeira e olhou para Natalya. Ela sentou-se numa cadeira ergonômica feita de malha e plástico brancos. Estava tentando imaginar como seria uma simulação do inconsciente coletivo, mas não conseguiu.

— Como isso funcionaria? — perguntou o garoto.

— Bem, na realidade é apenas memória. Memória antiga. A mais antiga, na verdade. Esse DNA remonta ao começo da humanidade. Ainda assim, é memória, o que significa que o Animus pode usá-la.

Owen apontou para si próprio e para Natalya.

— E você quer que a gente entre nessa simulação?

— Quero. E, respondendo à próxima pergunta, não, não tenho nenhuma ideia de como será. Ela pode não fazer nenhum sentido ou pode ser cheia de arquétipos.

— Arquétipos? — perguntou Natalya. — Tipo... de histórias?

— Basicamente — respondeu Monroe. — Arquétipos são imagens com um significado compartilhado encontradas em todo o mundo. Por exemplo, o modo como quase todo mundo pode reconhecer a figura do velho mentor sábio, ou o fato de que praticamente todas as culturas têm a própria versão de um dragão. O inconsciente coletivo é feito de arquétipos e instintos.

— Vai ser seguro? — perguntou Natalya.

Owen franziu a testa para ela.

— Por que não seria?

— Ela tem razão — disse Monroe, assentindo para ela continuar.

Natalya olhou para Owen.

— Pense em sincronização. Como isso vai funcionar nessa simulação? E a dessincronização? E existem os Efeitos de Sangria. Quais seriam numa simulação assim?

— Exatamente — concordou Monroe. — Essa simulação apresenta riscos porque não sabemos como nossa mente irá recebê-la ou lidar com ela. Para ser honesto, ela pode ser extremamente perigosa.

— Perigosa como? — perguntou Owen.

— Nessa simulação, vocês não vão entrar nas memórias de um ancestral. Vão levar sua própria mente, por inteiro. Caso se percam na simulação ou fiquem profundamente traumatizados, pode haver danos irreparáveis a sua psique. Sua mente pode se partir.

Eram exatamente essas coisas que Natalya temia, ainda que não as colocasse exatamente nessas palavras. Uma mente partida parecia algo aterrorizante.

— E, mesmo assim, quer que a gente vá?

— A decisão é de vocês. Sempre é. Mas não, eu não *quero* que entrem lá. Não quero nada disso. Mas nossa situação é terrível, e esse é o melhor modo, talvez o único, de entender o que o inconsciente coletivo é de fato.

— Por que você não entra? — perguntou Natalya.

— É uma pergunta justa. Uma resposta é que não posso. Talvez você tenha ouvido alguma coisa sobre isso de Isaiah e Victoria. Quando eu era criança, meu pai foi... — Ele baixou a cabeça, e a rugas apareceram em volta de seus olhos, como se ele sentisse dor. — Bem, só digamos que ele deixou marcas. Cicatrizes profundas. Físicas e emocionais. Tentei usar o Animus como um modo de voltar e confrontar meu pai. Isso só conseguiu abrir feridas antigas. E criou outras novas. — Ele fez uma pausa. — Resumindo, não é possível mudar o passado. Agora uma simulação normal no Animus pode ser perigosa para minha mente, mas uma simulação assim seria impossível.

Nesse momento, o modo como Natalya via Monroe mudou. Ele tinha o próprio passado e suas dores secretas, que ela jamais havia considerado com profundidade. Mas ele também havia dito que aquela era uma resposta do porquê não poder entrar no inconsciente coletivo.

— Há outra resposta? — perguntou ela.

— Além disso tenho muito pouco do DNA do inconsciente coletivo. Essas memórias não são minhas. O mesmo se aplica a Griffin e Victoria. Para que a simulação permaneça estável e possibilite a sincronização, quem entrar precisa ter a maior quantidade possível desse DNA. Isso significa que vocês seis são os melhores candidatos. E, dos seis, por acaso são vocês dois que estão aqui trabalhando comigo.

— Sorte nossa — ironizou Owen.

Natalya sentia uma enorme apreensão, mas também ficara intensamente curiosa com o que experimentaria na simulação. O que ela veria se o processo funcionasse? Seria como voltar no tempo até o início da humanidade. Aquelas seriam as memórias que cada pessoa na Terra compartilhava, até certo ponto. Independentemente de quem fosse ou de onde viesse, eram as memórias que todos tinham em comum. Natalya não deixaria passar uma oportunidade de vislumbrá-las. Se entrasse lá e as coisas parecessem perigosas ou prejudiciais, ela poderia desistir. Mas, até lá, planejava tentar.

— Eu vou — decidiu ela.

Monroe assentiu.

— Admiro sua coragem.

— Também vou — disse Owen. — Mas quero que faça uma coisa para mim.

Natalya não ficou surpresa com aquilo, e Monroe também não pareceu ficar.

— Acho que posso adivinhar o que é — comentou ele.

Natalya também podia.

Owen se levantou e cruzou os braços.

— Quero que você me deixe ver a verdadeira simulação das memórias de meu pai. Antes você não podia, porque não tinha o tipo certo de Animus no ônibus. — Ele olhou em volta. — Agora tem. Não confio no que Isaiah me mostrou. Mas confio em você.

Monroe olhou para Owen por um momento, depois concordou.

— Certo. Você faz isso por mim, e eu faço a outra coisa por você.

— Combinado — disse Owen.

Monroe se virou de volta para a estação de trabalho, e as imagens sumiram da tela grande.

— Tenho mais extrações e cálculos para fazer, e depois o Animus precisa renderizar a simulação. Não preciso de vocês aqui para isso; portanto, se quiserem andar por aí, fiquem à vontade. Só não se afastem demais. Vamos começar assim que a simulação estiver pronta.

Natalya e Owen se entreolharam e, então, se viraram para a porta do laboratório. Antes que eles saíssem, Monroe disse:

— Obrigado a vocês dois.

Natalya confirmou com a cabeça, e eles saíram.

— Aonde você quer ir? — perguntou Owen no corredor.

Eles poderiam voltar à sala comunitária, mas não havia muita coisa a fazer ali, além de ficarem sentados, olhando um para o outro.

— Vamos dar uma volta — sugeriu a garota. — Talvez pegar um pouco de ar puro.

Ele apontou na direção de uma porta externa, no corredor.

Foram até lá e descobriram que a porta se abria para um dos muitos pátios e sacadas do Ninho da Águia. Dois bancos formavam um *L*, virados para a floresta que cobria a montanha e cercava a instalação com o cheiro de pinho. O topo das árvores mais antigas e mais altas oscilava na brisa, os galhos artríticos estalando.

Natalya sentou-se num dos bancos, e Owen ocupou o outro. A sensação da luz quente do sol nas bochechas era agradável, e ela levantou o rosto, de olhos fechados.

— Você está preocupada? — perguntou Owen. — Se essa simulação é tão perigosa como Monroe fez parecer...

— Acho que precisamos correr o risco. Há coisa demais em jogo.

— Você tem razão, acho. — Ele hesitou. — O que o Pedaço do Éden mostrou a você?

Ela abriu os olhos e o encarou. Owen perguntava sobre o efeito do medo que Isaiah usara contra eles na Mongólia. Cada pedaço do Tridente possuía um poder e um efeito diferente. O dente que eles haviam procurado em Nova York suscitava uma confiança cega na pessoa que o usasse. Natalya não experimentara o poder daquela primeira relíquia, mas sentira o medo causado pela segunda.

— Não precisa responder se for pessoal demais — argumentou Owen, em seguida fez uma pausa e olhou para as árvores. — Eu vi meu pai. Ele confessou tudo. Até ter matado aquele guarda. E não se sentia culpado. Só ficava sorrindo.

Fazia sentido que aquele fosse o medo de Owen, e Natalya acenou com a cabeça.

— Sinto muito.

— É difícil tirar isso da cabeça, sabe?

Ela sabia. O Pedaço do Éden também tinha mostrado algo a ela. Um pesadelo que ela tivera durante anos. Não toda noite, mas com frequência, e era sempre igual: ela estava indo a pé visitar os avós, depois das aulas.

Natalya adorava seu apartamento simples e arrumado, com o antigo piso de madeira, tão cheio das piadas do avô e da comida da avó. Após a escola, ela deveria ir direto para lá, mas, em vez disso, parou num parque para brincar no balanço. Rindo, ela dobrava as pernas, depois esticava os dedos dos pés o máximo que podia, de novo e de novo, para trás e para a frente, tentando fazer o balanço subir o máximo que podia. Após o que pareceram vários minutos, ela desceu do balanço para seguir seu caminho e foi então que notou. O sol já estava quase posto. De algum modo ela ficara no balanço por horas, não minutos, e agora estava muito, muito atrasada. Seus avós deviam estar preocupados demais. Por isso correu do parque até o apartamento, mas, quando finalmente chegou, pronta para dar as desculpas ensaiadas, os pulmões ardendo e sem fôlego, notou que a porta estava ligeiramente aberta.

A fresta escura, com apenas 2 centímetros, parecia totalmente errada.

Ela não queria terminar de abrir a porta. Mas precisava. Empurrou-a, gelada de medo, alongando o silêncio absoluto do outro lado, e entrou.

A primeira coisa que ela sempre notava no pesadelo era o sangue. Estava em toda parte, borrifos nas paredes e até no teto. Então se deparava com os corpos dos avós assassinados. Viu o que o assassino fizera com eles e queria desviar os olhos, mas não conseguia; mesmo se conseguisse, a imagem continuava nos olhos.

A polícia e seus pais sempre chegavam pouco depois, com sirenes e gritos. Sua mãe berrava com ela, sacudindo-a, perguntando por que ela não estivera ali. Natalya *deveria* ter estado ali. Era, então, quando ela sempre acordava.

E foi isso que o Pedaço do Éden lhe mostrou, apesar de ter parecido mais real que o pesadelo jamais foi.

— Tudo bem — disse Owen, trazendo-a de volta para a montanha, o Ninho da Águia e o pátio. — Não precisa contar. Desculpe ter perguntado.

— Não precisa se desculpar. Eu não...

A porta se abriu atrás deles, e Monroe os chamou.

— Está pronto — avisou.

6

Depois de David se recuperar dos efeitos da dessincronização, Grace o ouviu explicar que seu ancestral, o ancestral de Grace, tinha um escravo. A garota não ficou surpresa. Os vikings escravizavam outros vikings. Ela sabia disso, mas não havia parado para pensar que seu ancestral poderia fazer parte do sistema, e entendia por que aquilo deixara David tão furioso.

— Não sei como me sincronizar com isso — admitiu ele, ainda abalado.

Victoria baixou o tablet.

— Como assim?

— Para mim... — David estendeu as duas mãos para a frente. — Certo, quando estou no Animus, preciso encontrar uma base comum com meu ancestral para me relacionar com ele. Se eu não conseguir enxergar as coisas como ele, não consigo sincronizar.

— Interessante. — Victoria cruzou os braços e tamborilou o indicador nos lábios. — Então, você precisa de concordância com seu ancestral. E essa é uma coisa que você não consegue enxergar do mesmo modo que um viking.

David assentiu.

Não era assim que a sincronização acontecia com Grace. Para ela, era como deixar alguém entrar em sua casa. Não precisava aceitar tudo na pessoa. Mas, por outro lado, ela jamais tentara convidar um dono de escravos.

Victoria se virou para ela.

— Quer fazer uma tentativa?

Grace achava que não tinha escolha se quisesse encontrar o Pedaço do Éden antes de Isaiah.

— Vou tentar — respondeu a garota.

David se deixou afundar na cadeira e suspirou, e ela não soube se ele estava aliviado ou frustrado. Talvez um pouco dos dois. Ele havia deixado bem claro que não precisava mais da irmã para protegê-lo nem o tirar de encrenca. Mas o pedaço do Tridente na Mongólia tinha mostrado a ela que precisava, sim. Aquilo devia ser feito, independentemente de como David se sentisse.

— Fique fora de encrenca — avisou a ele.

Em seguida, foi até o Animus e Victoria a ajudou a subir e se prender ao arnês. Quando Grace estava firme, com as tiras colocadas, Victoria baixou o capacete e o colocou na cabeça da garota, mergulhando-a no vazio.

Está pronta?, perguntou Victoria.

Grace respirou fundo, preparando-se para a parte difícil.

— O máximo possível.

Bom. Em três, dois, um...

Grace suportou a dolorosa intrusão da Supressão Parietal, atravessou a desorientação momentânea do Corredor da Memória e emergiu no mundo viking da Escandinávia. Estava à porta de casa, observando um homem se aproximar por suas terras, carregando algum tipo de cajado grosso.

Grace sentiu seu ancestral esperando do lado de fora das paredes de sua mente, pronto para habitá-la com as memórias. Não achou a presença agressiva ou combativa, mas paciente e forte. Sentia nele uma gentileza carrancuda que provavelmente não era óbvia para todo mundo que o conhecesse, e nesse sentido ele a fez se lembrar de seu pai.

Mas, então, pensou em seu thrall. No escravo.

Uma raiva súbita reforçou suas paredes contra ele. Diante daquele mal, o que importava como ele fosse paciente ou gentil? Ele não se parecia nem um pouco com seu pai.

Grace? Como você está?

— Bem.

Você ainda não se conectou.

— Eu sei.

A simulação só vai se estabilizar quando...

— Eu sei.

Grace não precisava do lembrete de Victoria. Do que precisava era deduzir um modo, e logo, porque fazia aquilo por David. Enfrentava o desafio para que ele não precisasse fazê-lo, porque era assim que ela sempre agira. Como nas vezes em que o levava às pressas para fora da loja antes que ele notasse o segurança os seguindo, ou as vezes em que dizia para não responder ao pessoal das gangues enquanto passava com ele pela esquina onde o grupo ficava. Ela sempre se colocava entre David e as encrencas.

Um pequeno empurrão. Só seria necessário aquilo para colocar David no caminho errado. Por que David seria obrigado a aceitar aquilo se Grace poderia tomar seu lugar?

O nome de seu ancestral era Östen, e ela tentou descobrir o que fosse possível sobre ele, mesmo do outro lado do muro. Sentiu seu amor pela mulher e pelos filhos. Sentiu o orgulho que ele tinha pela terra, pelas plantações e pelos animais, e, por causa disso, se permitiu observá-lo trabalhar ao lado de Arne, o dinamarquês, ignorando ao máximo a raiva que sentia. Observou os dois homens suando e rindo enquanto faziam a tosquia de verão nas ovelhas de Östen, com a lã grudando aos antebraços, fazendo cócegas no nariz e caindo em cima da comida enquanto faziam juntos a refeição do meio-dia, comendo o mesmo queijo e o fino pão de centeio.

Podia ser escravidão, injusta e errada, mas, pelo menos, Östen não era cruel. Talvez aquilo bastasse para Grace permitir sua entrada.

Apesar de cautelosa, ela abriu os portões da mente e Östen veio com a força quente de um pedregulho exposto ao sol. Enquanto Grace lhe permitia chegar mais perto, percebeu que não poderia nem iria justificá-lo, mas não era preciso. Para que a sincronização acontecesse, só precisava aceitar que seu ancestral era assim, em vez de lutar contra isso.

Estamos melhor aqui, disse Victoria. *Excelente trabalho. Continue o que está fazendo.*

Aquela mulher não fazia mesmo ideia do que estava pedindo a Grace ou a David. Victoria podia reconhecer o quanto quisesse que aquilo era difícil, mas jamais saberia como. Nem Monroe soubera quando os havia mandado de volta para experimentar as atrocidades dos Tumultos do Alistamento. Quanto ao que ela precisava fazer, Grace não precisava da dupla para saber. Não estava fazendo por eles.

Estamos quase lá.

Grace permitiu que Östen se acomodasse, plantando os pés como se a mente da garota fosse sua fazenda, e por fim ela se sentiu totalmente sincronizada com as memórias do ancestral.

O homem que se aproximava de sua casa com o cajado chegou mais perto, e Östen o reconheceu como seu vizinho, Olof, cujos campos e pastos faziam limite com os seus e com quem nunca tivera um desacordo. O cajado que Olof carregava era a Vara da Obrigação, e Östen sentiu um peso nos braços ao vê-la. Seu filho, Tørgils, veio do curral das vacas.

— Pai? — perguntou ele, franzindo os olhos para a distância.

— Entre e diga a sua mãe que temos visita.

Tørgils obedeceu, e Östen esperou até que Olof chegasse suficientemente perto para cumprimentá-lo.

— Eu gostaria de ter vindo trazendo um vento mais favorável — respondeu o vizinho.

— Você está me convocando para o Conselho? — perguntou Östen, mas já sabia a resposta pela forma da Vara da Obrigação.

Olof balançou a cabeça.

— Fomos convocados sob o *ledung*. Eric não está nos chamando para um conselho, e sim para a guerra.

— Contra?

— Styrbjörn.

Östen assentiu, sem surpresa. Anos antes, depois da morte do pai de Styrbjörn, tinha sido decidido pelo Conselho, por sugestão do Porta-

-Voz da Lei, que, até que o incontrolável Styrbjörn tivesse idade, seu tio, Eric, deveria governar em seu nome. Esse julgamento deixara colérico o jovem príncipe, que saíra do país com a fúria de uma tempestade. Na ocasião Östen sentiu pena de quem se colocasse no caminho daquela tormenta, onde quer que ela baixasse. Agora parecia que o turbilhão uivante voltara para casa, e haveria uma prestação de contas.

— Entre — disse Östen. — Coma conosco.

Balançando a cabeça, Olof entregou a Östen a Vara da Obrigação.

— Eu gostaria de aceitar a honra, mas o tempo é escasso e preciso fazer meus preparativos.

Östen assentiu, aceitando a pesada convocação. Essa Vara da Obrigação era um pedaço grosso de carvalho nodoso, chamuscado numa ponta e com uma corda amarrada à outra.

— Onde? — perguntou Östen.

— Uppsala. Vamos nos reunir em Fyrisfield.

Com o assentimento de Östen, Olof se despediu, voltando por onde viera, na direção das próprias terras. Östen olhou a partida do vizinho por alguns instantes e, depois, se virou para entrar.

No cômodo central de sua casa, viu que Hilla tinha arrumado queijo, peixe defumado, pão e cerveja. Quando Östen entrou, ela olhou para além do marido, por cima de seu ombro, como se procurasse o visitante.

— Ele não pôde ficar — disse Östen, pondo a pesada Vara da Obrigação no meio da mesa.

Hilla e Tørgils olharam para o objeto, em silêncio. As filhas de Östen, Agnes e Greta, chegaram mais perto para ver o que havia provocado tal quietude na sala.

— É um pedaço de carvalho — constatou Greta, olhando para Östen.

Na época da última convocação como aquela, ela era pequena demais para que se lembrasse agora.

— É uma Vara da Obrigação — explicou Östen. — O rei me chamou.

— Para quê? — perguntou Agnes.

Hilla deu as costas para a mesa e foi até seu tear no canto, onde voltou a tecer. Östen olhou para ela, mas, mesmo sem a ajuda das lembranças, Grace pôde perceber o modo raivoso com que Hilla puxava e batia o fio. Contudo, Östen não podia fazer nem dizer nada para aplacá-la. Recusar a Vara da Obrigação significaria a morte e a queima de sua fazenda, mas não era isso que deixava sua mulher com raiva. Ela sabia que parte dele queria ir, não pela batalha e pelo derramamento de sangue, mas por sua honra.

— Pai? — perguntou Agnes.

— Ela convoca os homens para a guerra — disse Tørgils, que, segundo a Vara da Obrigação, ainda não era considerado um homem.

Östen pôs a mão no ombro do filho.

— Leve-a até a próxima fazenda. O mais rápido que puder, e volte antes do anoitecer.

Tørgils pegou a Vara da Obrigação.

— Sim, pai. — E partiu com ela.

Depois disso, o som do tear pareceu mais alto e mais agitado ainda no pequeno cômodo.

Östen se virou para as filhas.

— Agnes, por que não leva Greta lá para fora, um pouco?

— O que devemos fazer? — perguntou Greta.

— Vão chamar Arne. Acho que ele está ordenhando as vacas.

— Sim, pai — disseram as duas em uníssono.

Um instante depois, Östen e Hilla estavam sozinhos, e ele atravessou o cômodo até onde ela atacava seu tear, a princípio sem dizer nada, simplesmente olhando como os braços fortes moviam a lançadeira e o batedor. Ele sorriu ao observar a trança descuidada da mulher, solta e desigual em alguns lugares, como sempre. Desde que a conhecia, ela jamais tinha tentado clarear a cor do cabelo escuro com lixívia, como as outras mulheres. E ele a amava e admirava por isso.

— O que você quer, Östen? — perguntou ela sem se virar.

Num canto da mente Grace sorriu da dificuldade de seu ancestral, imaginando se ele entendia a precariedade de sua situação e como reagiria.

— Quero uma meada de lã — disse ele.

Hilla parou de tecer e se virou para encará-lo, franzindo a testa.

— Você quer um pedaço de fio — disse ela, parecendo mal-humorada.

— É.

Ela levantou uma sobrancelha, depois se virou para pegar uma meada de lã cinza. Estendeu um pedaço, cortou-o com sua faca e entregou a Östen. Ele balançou a cabeça e estendeu o pulso.

— Amarre — disse ele.

Ainda franzindo a testa, mas agora balançando a cabeça, confusa, Hilla enrolou o fio no pulso do marido.

— Aperte e dê um nó firme — pediu ele.

— Para que isso?

Ele assentiu na direção do tear.

— Olhando você agora, tecendo, eu me apaixonei de novo.

Ela terminou de amarrar e mudou de posição, pondo uma das mãos no quadril.

— É mesmo?

— É. — Ele olhou para o pulso. — E vou carregar esse momento comigo, para a batalha. Este é o fio de minha vida e só você pode cortá-lo. Quando eu voltar para casa.

A resposta pareceu desarmá-la, e sua postura perdeu um pouco da dureza.

— Você luta por si mesmo, Östen. Por sua própria glória e...

— Styrbjörn voltou.

O franzido na testa da mulher sumiu.

— Isso não é uma briguinha entre Eric e um chefe dos geat — continuou ele. — Styrbjörn não deve ser rei, caso contrário todos vamos sofrer sob seu governo.

Ela baixou a mão e tocou o fio de lã no pulso de Östen.

— Sei.

— Não gosto da ideia de deixá-la...

— Eu sei. — Ela pôs a outra mão no peito do homem. — Mas não se preocupe conosco. Eu tenho Tørgils e Arne. Tudo vai ficar bem aqui, até sua volta.

— Hilla, você é...

— E você *vai* voltar. — Ela olhou direto em seus olhos. — Não vai?

— Vou. — Era a única promessa que Östen já havia feito sabendo que poderia quebrá-la. — Só você — disse ele, levantando o pulso.

Nesse momento, uma sombra caiu sobre eles e uma figura passou pela porta, bloqueando a luz do sol. Era Arne, o dinamarquês, lembrando a Grace que, não importando como Östen fosse um bom marido e um bom pai, não importando o quanto fosse honrado em outros aspectos de sua vida, naquilo ele sempre seria desonroso. Lembrou-se, contudo, de que não precisava justificá-lo, e, mesmo que sentisse parte da raiva retornando, a memória seguiu seu rumo.

— Você me chamou? — perguntou Arne.

— Chamei. Olof trouxe a Vara da Obrigação agora mesmo. Styrbjörn voltou.

— Sei. — Arne entrou mais no pequeno cômodo. — Quando vamos partir?

— Eu parto amanhã. Você vai ficar.

— Sim, Östen. — O dinamarquês baixou a cabeça. — Então não vou lutar?

— Preciso de você para cuidar da fazenda com Hilla e Tørgils.

— Muito bem. — Arne assentiu para Hilla. — Vamos dar um jeito.

— Estou contando com você — disse Östen. Então ele e Hilla se olharam, e ela assentiu, aprovando o que ele ia dizer. Os dois vinham discutindo isso havia algumas semanas. — Quando eu voltar, se você tiver servido minha família bem em minha ausência, falaremos sobre os termos de sua liberdade.

Arne baixou a cabeça mais ainda.

— Obrigado, Östen.

— Você fez por merecer — disse Hilla.

Com isso, Arne, o dinamarquês, saiu para retornar ao trabalho, e Östen começou a juntar e empacotar tudo de que precisaria para a viagem a Uppsala. Durante esse processo, Grace pensou no que tinha acabado de acontecer, procurando na mente do ancestral um entendimento melhor. Parecia que os thralls podiam ser libertos e, ainda que a promessa feita a Arne tivesse a aparência de generosidade, Grace não conseguia esquecer o fato de que o dinamarquês jamais deveria ter sido escravizado para começo de conversa.

Hilla ajudou Östen a preparar sua reserva de peixe seco, queijo e pão duro, além de um pouco de cordeiro defumado. Ele pegou suas facas e outras ferramentas, roupas extras e enrolou tudo na capa.

Depois da refeição da tarde, cercado pela família, ele afiou a lança, a espada e o machado à luz do sol que iria se pôr — por pouco tempo naquela época do ano. Acompanhava o raspar da pedra com histórias, algumas próprias, algumas de outras pessoas e outras de deuses. Quando Agnes e Greta caíram no sono, deu instruções a Tørgils em relação à administração da fazenda. Ainda que Hilla e Arne fossem estar ali, era hora de o filho assumir mais responsabilidades. Depois de Tørgils ter ido para a cama, Hilla se aninhou com Östen diante do fogo até a hora de dormir.

Na manhã seguinte, Östen se despediu da família e partiu enquanto a lua espectral ainda assombrava o céu. A viagem até Uppsala demoraria vários dias a pé, e ele seguiu a passo rápido, tomando velhas estradas até o grande templo. Grace, quase uma passageira naquela viagem, observava os lagos, rios, florestas e colinas enquanto seu ancestral marchava para a guerra.

7

Sean estava deitado na cama e, apesar de o sol ainda não ter nascido, fazia horas desde que acordara. Não conseguia dormir com o quarto oscilando e balançando, como se ele ainda estivesse no navio, na mente de Styrbjörn. Ainda que as embarcações dos vikings fossem muito mais flexíveis do que ele teria imaginado, dobrando-se com as correntezas e ondas de modo apavorante, ainda eram relativamente pequenas e podiam ser facilmente jogadas de um lado a outro pelas ondas. Já fazia um tempo que aquela sensação o acompanhava depois de sair do Animus. Era algum tipo de Efeito de Sangria. Sean se perguntou se voltaria a gostar de comer de novo. A única coisa que trazia alívio era voltar à simulação.

Um passarinho cantou do lado de fora da janela alta do quarto, sinalizando que a manhã não estava distante. Isaiah logo viria buscá-lo. Sean sabia que não voltaria a dormir, por isso sentou-se e, depois, passou com destreza da cama para a cadeira de rodas. A força na parte superior de seu corpo era a única coisa que o acidente não havia lhe tomado.

Pela janela, viu o teixo que o saudava todas as manhãs nos últimos tempos. Tinham saído da instalação do Ninho da Águia e voado até ali, um velho mosteiro no meio do nada, cercado por montanhas verdes e ásperas, entrecruzadas por muros de pedra. Parecia ser na Inglaterra ou na Escócia, mas, quando Sean perguntou, Isaiah disse que ele não precisava se preocupar.

Sean estava em segurança.

Seus pais sabiam onde ele estava e se orgulhavam de seu trabalho.

Isaiah se orgulhava de seu trabalho.

Só aquilo importava.

E Sean tinha fé em Isaiah. Acreditava na missão. Seu trabalho na simulação os levaria ao último pedaço do Tridente, e, quando o encontrassem, teriam o poder de acabar para sempre com a guerra entre Templários e Assassinos. Teriam o poder de consertar as coisas para o mundo inteiro.

Sean passou os olhos pelo pequeno quarto, imaginando os monges devotos que ocuparam aquele aposento durante séculos, e o que eles podiam ter experimentado antes que o mundo moderno trouxesse calor e eletricidade.

O passarinho voltou a cantar, parecendo um pouco mais distante, e então alguém bateu à porta.

— Sean? — perguntou Isaiah. — Está acordado?

— Sim, senhor.

— Posso entrar?

— Sim, senhor.

A porta se abriu, e Isaiah entrou, sua presença parecendo grande demais para as paredes apertadas.

— Vejo que já está pronto. Excelente. Temos muito trabalho a fazer.

— Sim, senhor.

Isaiah se postou atrás da cadeira de rodas. Normalmente, Sean odiava ser empurrado desde que tinha aprendido a manobrar a cadeira sozinho. Não havia nada de errado com a parte de cima de seu corpo, e, para ele, era importante saber que podia ir aonde quisesse. Mesmo assim, não o incomodava deixar que Isaiah o guiasse.

— Vamos lá, então — encorajou Isaiah, estendendo a mão para entregar uma barra de cereal a Sean, que a aceitou.

A cadeira se moveu.

Saíram do quarto e percorreram os corredores silenciosos do mosteiro, passando por vitrais tenuamente iluminados pelo nascer do sol e por um pátio salpicado de canteiros de flores, cheios de ervas daninhas.

— Como está hoje? — perguntou Isaiah.

— Cansado — respondeu Sean, dando uma mordida na barra. Na verdade, nunca se sentira tão cansado como naquele momento. A exaustão se entranhava até nos recessos mais profundos da mente e o mantinha ereto, acordado, porém sem ser exatamente a mesma pessoa.

— Sei que está cansado — disse Isaiah. — Mas seus esforços serão recompensados. Preciso que seja forte. Preciso que me conte assim que o Pedaço do Éden chegar às mãos de seu ancestral.

— Sim, senhor.

Chegaram ao portão da frente do mosteiro, onde um dos veículos da Abstergo os esperava com o motor ligado. Era pintado de branco e parecia um Humvee, se aquele Humvee tivesse voltado à escola para um PhD duplo em engenharia aeroespacial e informática. Era um protótipo que Isaiah confiscara, e Sean o chamava de Poindexter, só para que o carro não se sentisse presunçoso demais. Desde que ele viera para aquele lugar, aquele era seu meio de transporte regular, porque o único espaço no complexo do mosteiro com tamanho suficiente para o Animus era a capela, que ficava no topo de uma colina. Seria uma subida muito incômoda com uma cadeira de rodas.

Isaiah empurrou Sean até Poindexter. E, enquanto eles se aproximavam, a porta traseira se abriu e uma rampa foi baixada automaticamente até o chão.

— Bem-vindo, Sean — disse Poindexter, com sua voz robótica de pronúncia perfeita.

Isaiah empurrou Sean pela rampa e o atou com firmeza à parte de trás do veículo. Depois entrou no banco do carona.

Como sempre, não havia ninguém no banco do motorista.

— Vamos de novo para a capela hoje? — perguntou Poindexter.

— Vamos — respondeu Isaiah.

— Muito bem — prosseguiu o veículo. — Chegaremos em aproximadamente 4 minutos e 32 segundos.

— Obrigado, Poindexter — agradeceu Sean.

— De nada, Sean.

O veículo começou a andar, movendo-se por uma rota calculada até os centímetros.

Isaiah balançou a cabeça.

— Não consigo pensar em nada mais desnecessário que ter bons modos com uma máquina.

— Talvez — disse Sean. — Mas, quando esta máquina está controlando o volante, prefiro pecar por excesso.

Quando chegaram ao topo da colina e pararam suavemente, vários agentes da Abstergo os cumprimentaram e ajudaram Sean a sair do veículo. Isaiah trouxera dezenas de homens e mulheres do Ninho da Águia, e outros haviam se juntado a ele posteriormente. Atuavam como guardas, técnicos e mão de obra.

— Está tudo pronto? — perguntou Isaiah a Cole, enquanto empurrava Sean em direção à capela.

— Sim, senhor — respondeu ela, um tanto severa. Tinha sido chefe de segurança no Ninho da Águia. — Acho que terminaram a calibração há alguns minutos.

Na entrada da capela um dos outros agentes abriu e segurou a porta pesada, enquanto Isaiah empurrava Sean para dentro. Ali, os antigos bancos foram empilhados junto a uma parede, abrindo espaço para o Animus no meio da nave. O ar tinha cheiro úmido e terroso, mas não desagradável. Grossos caibros de madeira se estendiam acima, e boa parte do espaço abobadado para além deles permanecia nas sombras. A igreja não era como as claras catedrais que Sean vira em filmes, com um monte de vitrais. Aquele lugar mais parecia uma fortaleza, com janelas estreitas que permitiam a entrada de pouca luz, mantendo os limites da capela na escuridão.

Técnicos andavam ao redor do Animus sob a única fonte de luz verdadeira, um amplo lustre de ferro com lâmpadas nuas, passando por cima dos fios e cabos que serpenteavam nas pedras do piso. Isaiah empurrou Sean até o instrumento e, depois, o ajudou a sair da cadeira e se prender ao arnês. Em seguida, baixou o capacete e o colocou na cabeça de Sean.

O garoto quase se acostumara ao trauma do Supressor Parietal e à transição para as memórias do ancestral. Quase. Mas isso acabava depressa, e para ele tinha se tornado fácil e natural sincronizar com as correntes familiares da mente de Styrbjörn.

Estava sentado a uma mesa no salão de Harald Dente Azul, junto do rei dinamarquês. A irmã de Styrbjörn, Gyrid, estava sentada perto deles e parecia ter se acomodado bem em seu papel de rainha. Mas, antes de ser mulher de Harald, ela era princesa dos sveas, tão sábia e astuta quanto Styrbjörn era forte.

— Você deve subir com a frota pelo litoral de Götaland — aconselhou ela. — Em seguida para o oeste, pelo lago de Mälaren. Muitos amavam nosso pai, e alguns deles se opõem silenciosamente a Eric, mesmo agora. Se nossos aliados o virem navegando pelo litoral e atravessando o próprio coração de Svealand, terão o incentivo para se juntar à batalha em nome de Styrbjörn, o Forte.

— O Forte? — perguntou Styrbjörn.

— Você não ouviu? — Gyrid olhou do irmão para Harald, cujo rosto ficou vermelho. — A notícia de sua batalha com meu marido se espalhou. Dizem que você possui a força de dez homens...

Harald bateu sua caneca de cerveja na mesa.

— Esse plano é arriscado demais. Meus homens e meus navios estão sob seu comando, mas não deixarei que os mande para o fundo do mar. O Mälaren é uma armadilha. Só há um modo de entrar e sair daquele lago, e, se Eric ordenar que ele seja bloqueado...

— Você fala como se já estivesse planejando a retirada — disse Styrbjörn.

— Planejo como entro em minhas batalhas — retrucou Harald. — E planejo como sair.

— Talvez seja por isso que você perde — alfinetou Gyrid, e o rei dinamarquês ficou mais vermelho ainda.

— Gosto do plano da rainha — observou Styrbjörn. — Vamos navegar pelo Mälaren, depois subir pelo Fyriswater e, em seguida, marchar até Uppsala.

Harald balançou a cabeça, com o maxilar trincando com uma força que parecia suficiente para esmagar pedras. Mas não protestou. O que poderia dizer? Tinha perdido a batalha para Styrbjörn e se rendido na frente de seus homens. Apesar disso, Styrbjörn viu fogo nos olhos do cunhado e notou como sua mão jamais se afastava muito da curiosa adaga que ele levava na cintura. Sean também notou, enquanto a memória o carregava, mas, até que aquela parte do Tridente passasse às mãos de Styrbjörn, não podia fazer nada.

A raiva de Harald divertiu Styrbjörn, que decidiu soprar suas brasas.

— Há algo o incomodando, Harald?

O rei dinamarquês encarou Styrbjörn por um momento e depois sorriu, revelando os dentes podres.

— De que deus você é devoto?

— De nenhum — respondeu Styrbjörn. — Para mim todos são a mesma coisa.

— Você não tem medo deles?

— Não.

— A que você é devotado, então? A uma mulher?

— Não até que eu tenha minha própria coroa, porque então me casaria com uma rainha.

— Não encontrou nenhuma mulher digna de você? — perguntou Harald. — Em meu salão há uma donzela escudeira chamada Thyra. Ela é linda e forte. Talvez...

— Não — interrompeu Styrbjörn.

Harald puxou um fio solto no bordado de sua túnica.

— Você deve ser devotado a seus homens, certamente.

— Sou feliz em lutar ao lado dos jomsvikings, mas não sou jurado a eles, nem eles a mim. Eles seguem Palnatoke, que me enfrentou em combate um contra um, honroso até mesmo na derrota. — Sua declaração se destinava a envergonhar Harald pela rendição rápida.

— Os antigos rituais estão terminando — disse Harald. — A honra está desaparecendo.

Styrbjörn deu de ombros.

— Entre os dinamarqueses, talvez. Afinal de contas, parece que seus homens permanecem devotados a você.

— Há muito mais em um rei que suas vitórias. — Harald fez uma pausa e depois olhou para Gyrid. — Você é devotado a sua irmã, talvez?

Styrbjörn já fora devotado à irmã, e ela a ele. Mas a irmã havia alcançado o poder e agora possuía a própria coroa. Harald Dente Azul jamais iria governá-la, porque ela era senhora de seu próprio destino e de sua honra. Agora era a vez de Styrbjörn.

— Sou devotado a mim — insistiu ele. — E a mais ninguém.

As sobrancelhas de Harald subiram, e ele assentiu, como se tivesse acabado de perceber uma coisa.

— Acho que entendo.

— Duvido. — Styrbjörn terminou de beber a cerveja de sua caneca. — A questão está resolvida. Vamos navegar pelo Mälaren. A notícia se espalhará. Homens se unirão em bandos a meu estandarte. Eric vai cair. — Ele falava como se suas palavras tivessem a capacidade de moldar o mundo simplesmente ao serem pronunciadas.

Em lembranças assim, Sean se sentia quase esmagado pela força da mente de Styrbjörn. E sentia que, para sincronizar com a intrepidez e a força de vontade do ancestral, precisava ficar mais forte também. Experimentara algo semelhante em Nova York e em Londres, enquanto seguia as memórias de outro ancestral, Tommy Greyling.

— Meus navios estão sob seu comando, Styrbjörn — disse Harald. — Assim como meus homens. Vou esperar notícias de sua vitória...

— Esperar? — Styrbjörn olhou para Gyrid.

Ela encarou Harald com intensidade.

— Sem dúvida, marido, você vai lutar ao lado de meu irmão.

Para Styrbjörn, e provavelmente para Gyrid, era óbvio que Harald não pretendia navegar até Svealand. Na verdade, Styrbjörn não queria que Dente Azul navegasse com ele, mas sabia que os dinamarqueses lutariam melhor se fossem comandados por seu rei, ainda que tal rei recebesse ordens de um sveas que o havia derrotado em batalha.

Harald Dente Azul tocou a adaga de novo, o Pedaço do Éden, fixando o olhar no ancestral de Sean por vários instantes. Depois desviou os olhos, parecendo frustrado e perplexo.

— Navegarei com você — concordou o homem.

Styrbjörn assentiu, mas Sean havia percebido uma coisa. Tinha quase certeza de que Harald acabara de tentar usar o poder da adaga contra Styrbjörn; depois de uma breve reflexão, percebeu que era a segunda vez que isso acontecia. Sean levantou a cabeça acima da linha d'água da mente de Styrbjörn e falou com Isaiah:

— Harald sabe o que possui.

Faz sentido, disse Isaiah. *Fontes desse período dizem que Harald conseguiu unir toda a Dinamarca e a Noruega sob seu comando. Ele era um homem muito poderoso.*

— Se isso é verdade, por que a adaga não funciona com Styrbjörn?

Harald tentou usá-la?

— Tentou.

Tem certeza?

— Acho que sim.

Se seu ancestral pôde resistir ao poder do Pedaço do Éden, é essencial que eu entenda como. Styrbjörn fez alguma coisa para se proteger?

— Não. Pareceu algo automático. Como se ele fosse imune.

Espere aí, disse Isaiah. *Vou encerrar a simulação para analisar o...*

— Não.

Isaiah parou.

O que você disse?

— Não encerre. Me deixe aqui. — Sean pareceu mais enfático do que pretendia, o que o surpreendeu, mas ele ainda não estava pronto para voltar à própria mente e ao próprio corpo.

Sou eu quem tomo essas decisões, Sean. Isaiah falou com voz baixa e tranquila. *Você não me diz o que fazer.*

— Então peço. Me deixe na simulação. Por favor.

Não. Tenho outras prioridades...

— E minhas prioridades?

Suas prioridades?

— É. — Sean não sabia de onde surgia esse confronto.

Sean, minhas prioridades são as suas. Você não tem prioridades próprias.

— Tenho, sim.

Nesse caso, sugiro que se livre logo delas. Princípios e prioridades têm um preço que duvido que você esteja preparado a pagar.

— Acho que posso julgar isso sozinho. — Sean sentiu como se estivesse numa simulação da própria mente, ouvindo outra pessoa falar, querendo calá-la. Quase como se Styrbjörn falasse através dele. — Essa simulação é minha, e, se eu quiser ficar...

Algo esmagou o crânio de Sean, agarrou sua mente e a arrancou de seu corpo. A simulação se despedaçou em volta, e ele se sentiu partir, com tiras e camadas arrancadas por garras, até que não restasse quase nada que ele reconhecia como seu. Era apenas um único pensamento flutuando num nada infinito. Então, uma luz ofuscante substituiu o nada, e ele abriu os olhos queimados.

Um homem alto, de olhos verdes, estava a sua frente. Sean piscou e o reconheceu.

Isaiah segurou um balde diante do rosto de Sean.

— Vomite — ordenou ele.

Sean obedeceu, pendendo como um boneco no arnês do Animus, com a mente ainda girando.

— Foi idiotice sua.

— Que parte? — perguntou Sean. Ele pensou no que dissera, e ainda não conseguia explicar de onde aquilo viera. Também não sabia se estava arrependido, apesar da dessincronização violenta.

— É idiotice me provocar, Sean. — Isaiah se inclinou mais para perto. — Sei que você quer o Animus. Você o quer desesperadamente, mas acho que se esqueceu de que controlo seu acesso ao equipamento, como acabei de demonstrar.

— Mas você não vai me cortar de vez — disse Sean, sem tanta confiança quanto aquela com que havia falado no Animus. — Você precisa de mim para encontrar a adaga.

Isaiah se afastou.

— Você ainda não entende.

Então, Sean notou que todos os outros técnicos da Abstergo tinham saído da capela. Ele e Isaiah estavam sozinhos, as vozes ecoando na pedra.

— O que eu não entendo?

Isaiah se afastou da luz, indo para os recessos escuros no final da capela. Alguns instantes depois, voltou carregando algo longo e fino como uma lança.

Não. Não era uma lança.

Era um tridente com duas pontas, a terceira ausente. Até aquele momento, Sean só tinha visto as relíquias como adagas. Mas, com os cabos de couro removidos, agora pareciam o que eram: duas partes de uma arma mortal, maior. Isaiah as havia combinado e montado na ponta de um cajado.

O Tridente do Éden.

Levou-o até Sean com autoridade.

— Agora — disse ele. — Vou fazê-lo entender.

8

Owen acompanhou Monroe e Natalya de volta pelo corredor até o laboratório, e Monroe os levou a uma sala adjacente com três Animus diferentes, semelhantes aos que ele vira em outros lugares do Ninho da Águia, mas não tão polidos. Pareciam mais industriais e esqueléticos, com fios e componentes expostos.

— Estes vão servir? — perguntou Owen.

— Claro. — Monroe foi até um deles e deu um tapa. — Estes são usados principalmente para pesquisa. Foram construídos como cavalos de trabalho: não tão bonitos quanto os outros, mas dão conta do recado.

Owen olhou para Natalya e deu de ombros.

— Se você diz...

Monroe olhou para os dois, suspirou e assentiu.

— Vamos situá-los.

— Você parece nervoso — disse Natalya.

— Estive procurando o inconsciente coletivo há muito tempo, esperando que um dia pudesse olhar para ele. Mas, agora que está aqui, eu... Só tentem se manter em segurança aí dentro, está bem?

Owen teria preferido algo mais encorajador.

— Tudo certo.

Monroe os conduziu para dois anéis do Animus que ele conectara, permitindo que ambos compartilhassem a simulação. Owen entrou no seu e subiu na estrutura do exoesqueleto, que dava a sensação de ser mais volumoso e sólido do que parecia. Monroe ajudou Natalya a prender as correias, depois fez o mesmo com ele, e os dois estavam prontos para entrar.

— Mais duas observações — começou Monroe. — Primeira, andei olhando o código do Animus para essa simulação, e é significativamente atípico. Não é uma memória de uma experiência, como vocês estão acostumados. Não é uma sequência de eventos, com causa e efeito. É mais holístico que isso. Mais organizado. Quase como se fosse escrito tendo o final em mente.

— Isso deve tornar a sincronização mais fácil, não é? — perguntou Owen. — Não vamos estar presos a uma memória determinada. Não precisamos nos preocupar em fazer as escolhas certas.

— Talvez — disse Monroe. — Mas essa é a segunda observação. Essa simulação é antiga. Os dados estão intactos, mas estou falando de coisa do nível do alvorecer da humanidade. Esse é, na verdade, um momento incrível. Quero dizer, sei que estamos fazendo isso para impedir Isaiah, mas é muito mais que isso. Vocês dois estão para entrar num lugar que faz de nós o que somos, como seres humanos.

— Vamos tomar notas — observou Owen.

— É bom mesmo. — Monroe baixou o capacete sobre a cabeça de Owen, e, depois de alguns instantes de silêncio completo, o garoto escutou sua voz no ouvido.

Os dois estão me escutando?

— Estou — respondeu Natalya.

— Estou — ecoou Owen.

Excelente. Prontos para começar?

Os dois disseram sim.

Fiquem firmes. Iniciando o Supressor Parietal em três, dois, um...

Owen fez uma careta por causa da pressão intensa, a sensação dos ossos do crânio se espremendo, até que o peso foi retirado e ele abriu os olhos no cinza sem limites. Natalya estava perto, esfregando as têmporas, esperando que formas se materializassem no nada.

Como vocês estão?

— Bem — respondeu Owen. Estava usando seus jeans prediletos, os confortáveis com buracos que ele vestia nos domingos de preguiça, e uma camiseta. De algum modo, o Animus devia ter pescado isso em sua memória. Natalya usava jeans e uma blusa azul-marinho de botões.

— Estou bem — disse Natalya, as pálpebras fechadas com força.

Estão prontos para o próximo passo? Esse é grande. Grande tipo Neil Armstrong.

Owen olhou para Natalya e esperou até que ela abrisse os olhos, piscasse algumas vezes e depois assentisse para ele.

— Acho que estamos prontos — disse ele.

Certo. Um salto gigantesco para a humanidade em três, dois, um...

Em vez de se aglutinar em formas, o Corredor da Memória escureceu. Passou de cinza a preto, preto como o interior do capacete do Animus. Por um momento, Owen imaginou se alguma coisa teria dado errado e já ia perguntar a Monroe, mas, então, um fraco ponto de luz tremeluziu à frente. A princípio, brilhava débil, como uma estrela distante, mas, aos poucos, ficou mais claro e mais próximo, até que Owen precisou semicerrar os olhos.

— O que é isso? — perguntou a Natalya. — Algum tipo de...

ESCUTEM. Uma voz de mulher ressoou na cabeça de Owen, como um sino ribombando em toda a sua mente. **O CAMINHO É ATRAVÉS DO MEDO, DA DEVOÇÃO E DA FÉ. ENCONTREM O CAMINHO ATRAVÉS DE CADA UMA DESSAS COISAS, E EU ESTAREI ESPERANDO POR VOCÊS NO CUME.**

Então a luz diminuiu, mas, à medida que encolhia, ela também mudava, assumindo arestas duras, quadradas. Quando aquilo finalmente se acomodou, Owen percebeu que agora estavam num túnel e que a luz havia se tornado uma porta aberta na outra extremidade. Atrás deles, havia somente negrume, o que deixava apenas uma direção para onde ir.

— Você ouviu aquilo? — perguntou Natalya.

— Ouvi.

Está tudo bem?, perguntou Monroe. *O Animus está tendo muita dificuldade para converter esses dados em imagem em minha ponta. Vocês terão de me contar o que veem.*

— Havia uma luz — disse Natalya.

— Uma luz falante — acrescentou Owen. — Agora estamos num túnel.

Uma luz falante? O que ela disse?

— O caminho é através do medo, da devoção e da fé — respondeu Natalya. — E alguma coisa sobre estar esperando a gente no cume.

Bem, isso é mesmo interessante. Quer dizer que estamos na trilha certa.

— Como assim? — perguntou Owen.

Cada pedaço do tridente tem um efeito diverso na mente humana. Um causa medo; outro, devoção; e o último, fé. Não pode ser coincidência, o que significa que a simulação em que vocês estão é conectada de algum modo com o Tridente, como esperávamos.

— Acho que é melhor seguirmos em frente — sugeriu Natalya. — Até o cume.

Owen assentiu.

— Acho que sim.

Partiram para a porta distante, com os ecos dos passos preenchendo o túnel. As paredes dos dois lados pareciam feitas de pedra seca, áspera e irregular, e o ar cheirava a poeira. Eventualmente chegaram a um ponto onde a luz que entrava pela porta não ofuscava mais a visão de Owen, e ele pôde discernir o que havia lá fora, os enormes troncos de árvores.

— É uma floresta — comentou Natalya.

Uma floresta?, perguntou Monroe.

— Estamos quase lá — explicou Owen.

Aproximaram-se do fim do túnel, mas pararam um momento na entrada, espiando a floresta cerrada e escura, muito diferente da que rodeava o Ninho da Águia. As árvores eram diferentes de tudo o que Owen conhecia. Ficavam próximas umas das outras, com troncos grossos, cascas comidas por vermes, galhos amplos e raízes expostas que pareciam prontas para se soltar, para que as árvores saíssem andando. Pouquíssima luz do sol atravessava as copas densas de folhas e agulhas de pinheiro. Mas, onde esta caía, crescia um capim fino feito cabelo, e, onde o sol não chegava, terra macia e preta cobria o chão.

— Dá para se perder aqui — disse Natalya.

Owen concordou. Não muito adiante, uma sombra nevoenta e impenetrável consumia tudo. Porém, mais que isso, na borda dessa escuridão, onde a floresta se engolia, as árvores pareciam distorcidas, talvez móveis. Owen piscou e franziu os olhos, perguntando-se se estaria apenas imaginando aquilo, assim como os sons fracos e distantes de madeira estalando e rangendo. Era quase como se a simulação tivesse defeitos.

— Monroe?

Sim?

— A simulação está estável?

Sim. Parece boa.

— Tem certeza? — perguntou Natalya, o que significava que também tinha percebido.

Esperem aí.

Owen e Natalya inspiraram ao mesmo tempo.

— Não quero ir até lá — avisou ela.

— Eu também não.

No entanto, se não entrassem na floresta, aonde mais deveriam ir? Não podiam voltar pelo túnel. Owen não via luz na outra ponta.

Certo. Monroe tinha voltado. *Verifiquei tudo. A simulação está estável, de modo que qualquer coisa que estejam vendo deve ser assim mesmo. Essa é a memória.*

— Isso é desconcertante — disse Natalya.

Talvez não. Eu avisei que esse DNA é diferente. Não vai se comportar como uma simulação normal. É mais... primordial.

— A floresta é desconcertante — explicou Owen. — O único caminho para a frente é através das árvores.

Talvez... talvez ela não seja uma floresta normal.

Owen olhou de novo para as árvores mutáveis.

— Ah, é, definitivamente não é uma floresta normal.

Não. Quero dizer que talvez não seja só uma floresta. Talvez seja a floresta. A Floresta arquetípica.

— A Floresta é um arquétipo? — perguntou Natalya. — Como assim?

Os arquétipos não são simplesmente pessoas. Podem ser lugares e objetos também. A Floresta aparece em inúmeros mitos.

O ar que pairava na saída do túnel era pesado e cheirava a algo que Owen não conseguia identificar. Havia algo ali que fazia o corpo retesar e pinicava no pescoço, mas ele não parecia capaz de definir o que era, e não sabia por que o incomodava. De todo modo, a situação dos dois não havia mudado.

— Então, o que está dizendo é que a gente *precisa* atravessar a Floresta.

— A não ser que a gente simplesmente fique aqui — disse Natalya. — Ou saia da simulação.

Owen confirmou com a cabeça e suspirou.

— Certo.

Eu vou estar aqui, disse Monroe. *Posso tirá-los se as coisas saírem do controle. Mas lembrem-se de por que estamos fazendo isso. O DNA do inconsciente coletivo que todos vocês carregam está ligado ao Tridente.*

— Entendido — respondeu Owen.

Ele deu um passo à frente, atravessando o limiar. O solo macio e intenso cedeu cerca de um centímetro sob seus pés, e ele notou cogumelos crescendo em toda a volta. Deu outro passo, e mais outro. Quando ele e Natalya estavam a alguns metros do túnel, viraram-se para observá-lo.

Daquele lado, a abertura por onde haviam entrado na Floresta não era um túnel, e sim um portal de pedra. Duas enormes lajes de granito áspero tinham sido postas de pé, paralelas, e uma terceira fora colocada em cima, formando um portal que tinha apenas floresta do outro lado. A rocha cinzenta das lajes exibia cicatrizes de erosão e líquen. O monumento solitário se postava no meio das árvores da Floresta, silencioso e imponente, e Owen não sabia se fora ele ou a Floresta que surgira primeiro.

— Não há como voltar por ali — avisou Natalya. — O túnel sumiu.

— Essa memória não é estável — observou Owen. — Não gosto disso.

— Monroe disse que está tudo bem. Só vamos continuar por um tempo e ver o que acontece.

Owen olhou em volta. Em todas as direções, a Floresta parecia interminável.

— Para onde?

— Acho que não importa. — Natalya olhou à esquerda e à direita, depois indicou a direita. — Vamos para lá, acho.

Owen voltou a andar naquela direção, e, quando chegou à primeira área com luz do sol no capim, parou para levantar os olhos. Um trecho de céu aberto o encarava de volta, e, pela perspectiva da Floresta, a abertura na copa era como um ferimento repleto de sangue azul. Ele e Natalya deixaram aquela luz para trás e se aventuraram mais fundo, tentando andar em linha reta o máximo possível, seguindo sem destino entre as árvores. A caminhada parecia impelir a borda da distorção à frente, como se viajassem num bolsão de realidade que criavam conforme prosseguiam.

Owen escutava pássaros cantando e batendo nas árvores. Ouvia insetos zumbindo e chiando. Sentia cheiro de folhas, de flores e de terra, e ocasionalmente um odor incômodo e desagradável conforme andavam.

Era impossível saber a extensão que haviam percorrido, e Owen tinha apenas uma vaga sensação da passagem do tempo, mas acabou chegando a um ponto da Floresta que o fez parar, contra a própria vontade. Olhou para os pés, então a mente se tocou do terror que o corpo já sentia.

— Não estamos sozinhos — sussurrou ele, tremendo.

Natalya se imobilizou e olhou para as árvores.

— Não?

— Não. — Seus olhos se arregalaram, e o coração batia forte. — Está sentindo isso?

— O quê?

— Há alguma coisa na Floresta. — Ele não conseguia ver o que era, mas podia sentir com tanta certeza quanto o solo sob os pés.

— O que é?

— Não sei. — Mas Owen sabia que, qualquer que fosse a resposta, estivera sentindo o cheiro daquilo o tempo todo. — Vamos continuar. Em silêncio.

Então, voltaram a andar, tomando cuidado com os passos para evitar galhos e raízes, sem soltar uma palavra sequer. Passavam por árvores e mais árvores. Centenas. Milhares, talvez. Então, Owen enxergou alguma coisa à frente. Uma ruptura no padrão interminável da Floresta. Não conseguia ver o que era, mas era algo grande, caído no chão.

Parou e sussurrou para Natalya.

— Devemos dar a volta?

— Não. Vamos ver o que é.

Ele assentiu, e os dois chegaram mais perto, usando as árvores como esconderijo, até estarem suficientemente perto para ver que não era nada vivo, tampouco algo que se movesse. Owen saiu em terreno aberto e se aproximou, ainda confuso. Parecia ser feito de algum material translúcido, todo dobrado e retorcido, com uns 2 metros de largura. Mas logo Owen viu como era comprido, estendendo-se nas duas direções através das árvores.

— O que é isso? — perguntou Natalya.

— Não s...

Owen notou um padrão sutil repetindo-se no material. E percebeu como reconhecia aquele odor. Era um cheiro de que se lembrava da sala de aula em que estudara na terceira série. A professora tinha um terrário e, no primeiro dia de aula, havia apresentado a turma a seu ocupante. Até então, Owen não pensara que as cobras teriam cheiro, e na maior parte do tempo não tinham. Mas, às vezes, sim, como também o terrário.

Natalya se inclinou mais para perto.

— Espera aí, isso é uma pele?

— É — respondeu Owen. — É uma pele abandonada.

Natalya se virou para olhá-lo.

— De uma cobra?

— Olhe naquela direção. — Owen percebeu de novo o tamanho da coisa, recalculando. — É enorme. Não como uma sucuri. É enorme *mesmo.* — Owen se perguntou para onde a antiga dona daquela pele teria ido. — Quero só ver seu tamanho. Vamos encontrar a cabeça? Ou a cauda?

— Acho que sim.

Daquela vez, Owen decidiu virar para a esquerda e eles seguiram a pele de cobra que se enrolava e serpenteava pela Floresta. Caminharam alguns metros, depois mais alguns, esperando que ela acabasse, mas a pele continuava e continuava, até eles terem percorrido dezenas e dezenas de metros sem chegar ao fim. A pele a suas costas parecia sumir nas sombras junto às árvores, e Owen se perguntou se aquilo seria outra distorção na simulação que, segundo Monroe, era estável. Um anel interminável de cobra.

— Isso tem de ser outro arquétipo, certo? — perguntou Natalya.

Owen confirmou com a cabeça. Era a presença que havia sentido.

— Vamos tentar sair dessa Floresta antes que ela nos encontre.

Mas eles ainda não sabiam exatamente como sair, a não ser continuando a andar. E foi isso que fizeram, porém agora com muito mais cautela. Owen pulava a cada farfalhar no chão e a cada estalo nos galhos acima. E, com o tempo, seu temor implacável afetou as nuances de seus sentidos, de modo que ele passou a escutar e a ver coisas que não estavam ali. Figuras despontavam dos cantos de sua visão. Vozes sussurravam falas ininteligíveis. A Floresta o havia engolido.

Como estão indo?, perguntou Monroe. *Estou vendo picos em seus níveis de adrenalina e cortisol. Nos dois. Aumento na pressão sanguínea e nos batimentos cardíacos, também.*

— Cobras fazem isso — disse Natalya.

Uma cobra?

— Acho que você provavelmente diria que é *a* Cobra — observou Owen.

Vocês encontraram a Serpente.

— Só a pele — explicou Owen. — A Serpente ainda está por aí.

— Talvez seja um arquétipo bom — disse Natalya. — Como as cobras naquele cajado da medicina.

O caduceu?, perguntou Monroe. *Duvido. A cobra é quase sempre um símbolo de medo e morte. As exceções geralmente significam que tentamos controlar esse medo invertendo o significado do símbolo. Até mesmo adorando-o.*

— Desculpe, você está tentando ajudar? — perguntou Owen.

Estou. Só lembrem que isso é uma memória. Provavelmente de um tempo em que nossos ancestrais eram menores, e as cobras, maiores. Mas essa memória não é literal. É simbólica. Símbolos não podem machucá-los.

— Tem certeza? — perguntou Owen.

Tenho. Só mantenham um controle firme sobre o medo e a mente.

— E se não conseguirmos? — O rosto de Natalya estava pálido à luz fraca. — E se...

— Shh! — disse Owen.

Um som havia penetrado na mente do garoto. Um som baixo, um suspiro sinuoso pelo chão, vindo de algum lugar na floresta ali perto. Owen ficou parado e esperou, prestando atenção, observando as árvores.

Nada fez nenhum barulho.

Nada se mexeu.

E, então, ele viu a Serpente.

A cabeça emergiu primeiro das profundezas da floresta, do tamanho de um sofá de couro. Escamas pretas e vermelhas reluziam em volta da cabeça e das narinas, e emolduravam os olhos cor de cobre, que pareciam tremeluzir. A língua fina chicoteava enquanto ela deslizava em sua direção, trazendo mais e mais daquele corpo interminável para fora das sombras. A visão imobilizou Owen, como se ele fosse um roedor em pânico.

— Corra — sussurrou ele, tanto para si quanto para Natalya.

9

David estava afundado em sua poltrona, sozinho na sala comunitária, virado para as janelas. Olhava para as árvores e pensava na simulação viking. O fato de Östen possuir um thrall não tinha impedido Grace de sincronizar com a memória, mas parecia que, para ela, o processo era diferente. Por isso ela havia entrado e assumido o controle, resgatando-o, como sempre fazia. Mas, daquela vez, também parecia que ela o havia deixado para trás, por isso David tinha saído do Animus e vindo até ali, ficar sozinho.

Queria telefonar para o pai, mas ele devia estar no trabalho, e, como soldador, seu pai não podia largar tudo para atender cada telefonema do filho. Mesmo se David conseguisse falar com o pai, não sabia direito o que iria dizer ou perguntar.

Precisava cuidar daquilo sozinho.

Na Mongólia, ele e Grace se uniram como nunca. Ela finalmente o havia tratado como se ele não fosse só uma criancinha. Confiara nele. Mas, então, Isaiah usou aquela adaga. O dente do medo do Tridente. David jamais esqueceria a visão que lhe invadira a mente.

Estava indo da escola para casa, sozinho, apesar de Grace ter dito para que ele não o fizesse. Mas Kemal e Oscar não haviam esperado por ele, então o que mais poderia fazer? Tinha percorrido metade do caminho quando viu Damion parado numa esquina à frente. Todo mundo no bairro conhecia Damion. Todo mundo sabia que devia manter distância. Por isso, David entrou numa farmácia para esperar um pouco.

Comprou uma Coca, depois folheou algumas revistas, até que alguém esbarrou em suas costas.

— Cuidado aí — disse David, virando-se.

Um homem branco e enorme estava junto dele. Usava um boné virado ao contrário e tinha cavanhaque louro.

— O que você falou?

David engoliu em seco, mas não iria recuar.

— Eu disse para ter cuidado.

O homem chegou mais perto, os olhos estreitados; cheirava a mofo e perfume vagabundo.

— Está me ameaçando, garoto?

— Não. — O coração de David batia com força suficiente para sacudir sua camiseta. — E não me chame de garoto.

— Você me ameaçou. — O homem enfiou a mão embaixo da camisa.

— Todo mundo aqui vai dizer que você me ameaçou.

David correu entre as gôndolas e pela porta da farmácia, onde se chocou com Damion e deixou cair sua Coca. O refrigerante marrom se derramou na calça e nos sapatos de Damion. David não esperou para ver o que ia acontecer em seguida. Sabia o que o outro iria fazer, por isso continuou correndo.

Ouviu gritos e palavrões e soube que Damion estava em seu encalço. Mas, quando olhou para trás, viu que eram os dois. O cara branco também o perseguia, e os dois estavam armados. Se o alcançassem, iriam matá-lo.

David precisava chegar em casa. Se conseguisse, estaria em segurança.

Por isso pegou todos os atalhos que conhecia e correu mais depressa que nunca, mas não conseguia despistar os agressores, que estavam sempre lá. Sempre atrás dele.

De algum modo tinha escurecido quando chegou a seu quarteirão, mas, ao entrar em casa, as luzes estavam apagadas. Pulou por cima do portão e subiu correndo os degraus da varanda, destrancando a porta freneticamente, e entrou.

— Grace! — Fechou e trancou a porta. — Papai!

Não houve resposta.

— Mãe!

Através da janela turva da porta viu as figuras onduladas de Damion e do cara branco se aproximando do portão; a luz do poste transformava suas sombras em gigantes que subiam os degraus da varanda. Não havia nenhum lugar para onde ir.

— Grace! Pai!

A casa escura o ignorou. Os dois homens passaram pelo portão e seguiram em direção à porta.

David estava sozinho. Não estava em segurança. A porta não os impediria. As janelas não os impediriam.

Era ali que a visão havia acabado. Aquele era o maior medo de David. Não de Damion e do cara branco.

Da casa vazia.

David estava sozinho.

Mas não queria sentir medo disso. Não precisava que a irmã mais velha viesse em seu socorro. Naquele momento, a única coisa que queria era voltar para dentro do Animus, mas ainda precisava descobrir um modo de sincronizar com seu ancestral. Como Grace conseguia? Por que não sentia tanta raiva quanto ele? Ela provavelmente diria que *sentia*, sim. No entanto, estava no Animus naquele exato momento, e ele não, porque, pelo jeito, para ela era diferente.

Poderia ser diferente para ele? De qualquer modo, era tudo um jogo mental. Será que ele precisava concordar com o ancestral em tudo? Sempre havia presumido que sim. Mas talvez não. Talvez essa suposição fosse a coisa que o impedia. Talvez não fosse a raiva, afinal de contas; e sim a crença de que sua raiva devia ser uma barreira.

Só havia um modo de descobrir.

Levantou-se da poltrona e saiu da sala comunitária, depois voltou à sala do Animus, onde encontrou Grace ainda nos suportes dentro do anel. Jamais observara com atenção alguém usando o Animus. Sua irmã parecia meio pateta, andando sem sair do lugar com aquele capacete. Victoria estava sentada diante do computador ali perto, usando um fone de ouvido com um microfone delicado, monitorando telas múltiplas que mostravam informações sobre a simulação e os dados biológicos de Grace.

— Como ela está indo? — perguntou David.

Victoria olhou para ele e, depois, voltou a observar Grace.

— Está bem. Boa reação fisiológica. Sincronização forte.

David assentiu. Depois puxou uma cadeira para perto de Victoria e sentou-se.

— Como você está? — perguntou ela.

— Bem. Mas quero tentar de novo.

— Quer voltar para o Animus?

— Quero.

Ela o olhou e inclinou a cabeça.

— Para ser sincera, não acho uma boa ideia. Não podemos nos dar o luxo de perder tempo...

— Eu consigo.

— Mas por que se dar esse trabalho? Grace está lá dentro, está conectada. Não precisamos de mais ninguém.

— Talvez ela precise de uma pausa. Ela vai acabar precisando, certo? Victoria indicou as telas.

— Ela parece estar indo bem.

— Você poderia perguntar?

Victoria se inclinou para longe de David, com o cotovelo no braço da cadeira giratória, e passou vários instantes sem responder.

— Acho que sim — concordou ela, por fim. Depois tocou um botão na lateral do fone de ouvido. — Grace, como você está?

Pausa.

— É bom saber — disse Victoria. — Precisa parar um pouco?

Pausa.

— Certo, então vamos mantê-la...

— Posso falar com ela? — pediu David.

Ele recebeu um suspiro de aparente irritação, depois Victoria falou ao microfone:

— Grace, David está aqui comigo. Ele gostaria de falar com você e... sim. Espere um momento. — Ela tirou o fone e o estendeu para David, com as sobrancelhas levantadas.

Depois de ter pegado o fone e o colocado, ele ajustou o microfone e disse:

— Grace?

Ei, disse ela. *Está melhor?*

— Estou. Mas isso é esquisito. Você está bem aqui, parecendo uma idiota com um capacete, mas também está lá. Na terra dos vikings.

Na verdade, na Suécia. Ou Svealand. Östen esclareceria.

— Certo. Por falar no cara, acho que quero tentar de novo. Por isso, se você precisar de uma folga ou algo assim...

Você quer tentar a simulação de novo?

— Quero.

Não precisa. Estou no controle.

— Eu sei. Mas você não precisa fazer isso por mim. Eu quero fazer.

Tem certeza?

— Tenho. Tudo bem. Estou numa boa.

Sua irmã ficou quieta.

— Grace?

Ponha Victoria de volta na linha.

— Claro.

David entregou o fone com microfone e esperou enquanto Victoria o recolocava, puxando o microfone para os lábios.

— Grace, sou eu — disse ela. — Sim, eu... o quê?

Pausa.

— Sei. — Victoria olhou para David, e ele captou um leve sorriso em seu rosto. — Você precisa de um recesso, sei. Tudo bem. Espere aí.

David ficou sentado e esperou enquanto Victoria guiava Grace através dos procedimentos de extração e a removia da simulação. Depois que o capacete foi tirado, Grace piscou e balançou a cabeça, com o cabelo meio revolto, enquanto Victoria soltava algumas presilhas e tiras.

— Pode me dar uma mão? — pediu Grace.

— Ah, claro. — David pulou e foi ajudar a irmã a sair do arnês e do anel. Depois foi sua vez de subir, e Grace trabalhou com Victoria para instalá-lo na estrutura do Animus.

— Preciso trocar para seu perfil e seus dados biológicos — explicou Victoria. — Só vai demorar um instante.

David viu Grace pegar a cadeira que ele estivera usando. Ela sentou-se e enxugou um pouco de suor da testa com a palma da mão. Depois soltou o rabo de cavalo e, com o elástico entre os dentes, passou os dedos pelo cabelo, puxou-o para trás da cabeça, e depois prendeu de novo o elástico.

— Então, o que está acontecendo na Suécia? — perguntou David.

— Östen está em Uppsala, onde há um exército se reunindo. Eles estão esperando uma batalha.

David assentiu.

— Certo.

— E se você dessincronizar? — perguntou ela. — Quer passar por aquilo de novo?

Ele estava tentando não pensar naquilo.

— Não vou.

Grace se levantou e foi até ele.

— Só se lembre de que você não precisa justificar o cara. Não precisa concordar com ele nem inventar desculpas. Nem precisa aceitar o que ele fez. Só precisa aceitar que ele fez.

— Certo. Obrigado.

Ela assentiu e recuou, e um momento mais tarde Victoria se levantou e disse que eles estavam prontos. Baixou o capacete sobre a cabeça de David, depois falou no fone de ouvido. David estava impaciente, já visando ao que vinha depois do processo de entrar na simulação. Só queria entrar na memória.

Minutos depois, era lá que estava, num grande acampamento em uma planície pantanosa, habitando o corpo de um gigante. Virou imediatamente o pensamento para dentro, para a mente de Östen, encarando seu ancestral em todos os seus sucessos e fracassos humanos. Sua família, sua teimosia, seu trabalho duro e sua honra, sua dureza, suas vitórias em batalha.

Seu thrall.

David sentiu a raiva subindo ao pensar em Arne, o dinamarquês, mas daquela vez não tentou extingui-la ou ignorá-la. Não tentou se obrigar a concordar com algo que jamais conseguiria. Em vez disso, lembrou-se de que ainda assim podia sincronizar com o ancestral. Podia conversar com ele. Podia encontrar algum outro território comum. E podia continuar com raiva.

Como Grace tinha dito, seu trabalho não era justificar Östen como um homem de seu tempo e seu povo. David não precisava desculpá-lo.

Você está indo bem, disse Victoria. *Muito melhor que na última vez. Está quase lá.*

David só precisava falar com seu ancestral, por isso abriu a mente para os pensamentos de Östen e escutou, aceitando o que ouvia não como verdade, mas como a verdade de Östen, por mais que pudesse estar errada. Aos poucos sentiu que estava sincronizando, não porque via as coisas do mesmo modo que Östen, mas porque entendia Östen sem se obrigar a concordar com ele.

É isso. Você conseguiu.

David suspirou e deu sua voz a Östen.

Adiante estava o Fyrisfield, uma grande planície que seguia o curso de um rio pantanoso, indo de Uppsala, ao sul, até o lago Mälaren. Centenas de fogueiras ardiam na planície, como as fagulhas do Muspelheim caídas do firmamento. Grandes trechos daquela vastidão jamais secavam, e não era um lugar que Östen escolheria para uma batalha. No entanto, o local ficava no caminho de Styrbjörn até o salão de Eric, e o exército do rei verdadeiro iria montar sua defesa ali.

Östen se virou para a fogueira que compartilhava com uma dúzia de outros homens, inclusive Olof, seu vizinho. A maior parte dos que compunham aquele círculo era de fazendeiros e pastores que tinham atendido ao chamado da Vara da Obrigação. Alguns eram guerreiros experientes, outros, mal tinham criado barba, mas cada um sabia que não poderia sair daquele lugar a não ser na companhia alada das guerreiras de Odin.

Enquanto Östen ocupava seu lugar e se sentava, uma figura sombreada se aproximou do acampamento.

— Quem vem lá? — gritou Alferth, um homem cuja mão direita só possuía três dedos.

A figura chegou à luz da fogueira, e Östen reconheceu Skarpe, um homem livre de Aros Ocidental. A lama cobria suas pernas das botas às coxas, e o restante das roupas estava ensopado. Parecia que ele havia sofrido alguma dificuldade no pântano, e outros homens riram ao vê-lo.

— Skarpe, seu idiota — disse Alferth. — Não há nenhum ouro nessa planície.

— Foi o que você disse. — O sujeito encharcado sentou-se perto do calor da fogueira.

— Então por que estava por aí chafurdando no pântano feito um porco procurando castanhas? — perguntou outro.

— Você conhece a história tanto quanto eu — respondeu Skarpe. — A diferença é que acredito nela.

Alferth apontou para a escuridão.

— Você acredita que Hrólf espalhou o ouro dele por aí, e que Eadgils parou para recolher esse ouro em vez de perseguir seu inimigo?

Skarpe deu de ombros.

— Eadgils era um rei ganancioso. E acho que há uma boa chance de ele não ter encontrado todas as peças de ouro nessa planície.

— Bobagem! — disse Alferth. — Sabe o que eu acho? Acho que você é idiota, e um dia desses vai fugir...

— Não sou covarde — reagiu Skarpe. Sua mão tinha ido até a faca à cintura. — E, com certeza, não tenho medo de você, Alferth. Nem de nenhum homem aqui que...

— Não haverá briga sob o *ledung* — disse Östen.

Todos os homens em volta do fogo se viraram para olhá-lo.

— Ou será que vocês esqueceram? — continuou ele. — Até que Eric dispense vocês, os únicos homens com quem vão lutar e que vão matar serão os de Styrbjörn. Quando a batalha acabar, se os deuses os pouparem, aí sim podem matar uns aos outros, se for assim que quiserem desperdiçar sua boa sorte. Mas não antes. Entendido?

Östen não estava no comando daqueles homens, mas, mesmo assim, assentiram, e ele olhou cada um nos olhos antes de fitar o fio amarrado no pulso. Ansiava pela esposa e por sua cama. Antes nunca se incomodara quando precisava dormir num acampamento de guerra e ouvir a fanfarronice de homens amedrontados diante da morte. Jamais reclamara do terreno áspero onde se deitava ou dos mosquitos que picavam seu pescoço. Talvez estivesse ficando velho ou sem coragem.

Olof se inclinou para ele.

— Falou bem.

— Mas talvez não tenha sido bem ouvido. — Östen assentiu na direção de Skarpe, que olhava carrancudo para a fogueira, com suas roupas encharcadas, os olhos cheios de fulgor.

— Que cada homem espere a batalha ao próprio modo — disse Olof.

Östen assentiu, e David assentiu com ele. Östen olhou para o céu e viu a Grande Carroça entre as estrelas. Já ia se deitar para dormir embaixo da capa quando uma agitação brotou na planície. Homens gritavam a distância, e alguns corriam entre as barracas com tochas nas mãos. Östen se levantou.

— O que foi isso? — perguntou Olof.

Alguns instantes depois, um dos corredores passou por eles, mas parou por tempo suficiente para contar que a frota de Styrbjörn tinha entrado no Mälaren, trazendo não somente os jomsvikings, mas também navios dinamarqueses.

— Quantos navios? — perguntou Östen.

— Não sei — respondeu o homem que chegara correndo. — Pode contá-los quando chegarem, daqui a dois dias. — Com isso, ele avançou para o próximo acampamento.

— Dois dias — observou Olof. — Dois dias até a batalha.

Östen sentou-se de novo. Não estava contando os dias que faltavam para a batalha. Estava contando os dias que faltavam até voltar para casa.

10

Thorvald e Torgny se aproximaram do comprido salão de Eric. Ainda que não fosse tão impressionante e imponente quanto o templo, era grande e adequado a um rei mortal, ornamentado com relevos de deuses, guerreiros e animais, que lutavam interminavelmente ao longo das paredes e das colunas. Junto à porta ampla, o comandante da guarda pessoal de Eric os recebeu e bloqueou sua entrada com cinco homens. Dentro de Thorvald, Javier sentiu que isso era incomum, mas não necessariamente inesperado.

— Saudações, Porta-Voz da Lei — cumprimentou o comandante.
— E a você, bardo.

Thorvald assentiu, mas permaneceu equilibrado e alerta.

— Saudações, *stallari* — disse Torgny. — Gostaríamos de falar com o rei.

— O rei está no conselho de guerra — respondeu o comandante.

Não ofereceu mais nenhuma resposta, e nem ele nem seus homens saíram da frente, deixando clara a intenção. Então, Thorvald olhou para cada um deles, avaliando a postura, o tamanho, os braços e a armadura. Se fosse necessário, poderia ferir mortalmente três deles antes que os dois restantes desembainhassem as armas.

— O conselho é o motivo para eu ter vindo — explicou Torgny.

— O rei já tem aconselhamento suficiente, Porta-Voz da Lei — retrucou o comandante, sem encarar o olhar cego de Torgny. — Seu tempo seria mais bem gasto no templo, apelando aos deuses em nome de Eric.

— Você deveria ter mais cuidado com as palavras — aconselhou Thorvald. — Para que os deuses não sintam um interesse sinistro por você.

O maxilar do comandante endureceu.

— E você deveria...

— Em todos os tempos os deuses se interessam pela coragem e pela honra — declarou Torgny. — E as recompensam. Ou nos castigam quando acham que não existe. — Ele chegou mais perto do comandante e o encarou com seus olhos nublados. — O rei nunca recusou meu conselho antes, *stallari*. Por ordem de quem você está aqui, diante de mim?

O comandante se encolheu para o mais longe possível de Torgny sem ceder terreno fisicamente, parecendo irritado com as palavras e o olhar do Porta-Voz da Lei.

— Eu só recebo ordens do rei.

— O rei não ordenou que você me barrasse. Nós dois sabemos disso. — Torgny deu outro passo em sua direção. — Mas alguém sim, portanto diga: quanto custou sua honra? Foi barata? Talvez eu queira comprá-la em algum momento no futuro.

— Cuidado com o que fala, Porta-Voz da Lei — disse o comandante, mas a voz carecia de força.

— Eu estou vendo *você*.

O comandante ficou ligeiramente pálido, e Thorvald aproveitou a deixa:

— O rei espera seu Porta-Voz da Lei. Não vamos mantê-lo esperando.

Então, levou Torgny, passando em volta do comandante imóvel e entre seus homens confusos, que olharam para o chefe em busca de orientação. No entanto, o Porta-Voz da Lei tinha desarmado o comandante e o tornado inofensivo, tudo isso sem que Thorvald precisasse sequer lhe encostar a mão.

Dentro do salão, dezenas de membros da corte de Eric estavam reunidos em grupos ao redor de mesas ao longo das duas lareiras que se estendiam por quase toda a extensão do cômodo. Estandartes pendiam das traves grossas no alto, e o ar cheirava a porco assado e vinho tinto. Alguns nobres levantaram os olhos quando o Porta-Voz da Lei entrou, e alguns baixaram a cabeça com deferência a sua passagem. Alguns simplesmente olharam irritados, já que o ciúme e a rivalidade podiam ser maiores que o temor dos deuses.

— Alguém aqui não quer que influenciemos o rei — disse Thorvald em voz baixa.

— Não é sempre assim? — retrucou Torgny.

— Fico preocupado, imaginando que a Ordem já possa ter encontrado um modo de entrar.

— É improvável. — Mas Torgny assentiu. — Deixe-me cuidar disso.

Caminharam por toda a extensão do salão até o trono real na outra extremidade e, atrás dele, chegaram aos aposentos particulares do rei, cômodos enfeitados com prata saxã e tapeçarias da Pérsia. Daquela vez, ninguém lhes barrou a entrada, e dentro da sala do conselho encontraram Eric inclinado sobre uma mesa, cercado por seus *jarls* — nobres — mais importantes e parentes mais próximos. Thorvald examinou a reação de cada um ao avistar o Porta-Voz da Lei, esperando discernir quem poderia ser o inimigo, mas nenhum rosto traiu seu dono.

Torgny baixou a cabeça.

— Saudações, meu rei. Que os deuses lhe concedam a vitória.

— Quero ouvi-lo a esse respeito, Porta-Voz da Lei. — Eric usava uma túnica azul bordada em vermelho e dourado, e o cabelo e a barba estavam trançados. Dois lobos rosnavam um para o outro nas extremidades de um colar de prata em volta do pescoço, e numerosos anéis de todos os cantos do mundo brilhavam em suas mãos. — Por que a demora?

— Foi um atraso que se mostrou inconsequente — respondeu Torgny, uma fala obviamente programada para provocar o inimigo. — Imploro seu perdão.

De novo Thorvald examinou as reações dos presentes, mas o inimigo permanecia escondido. Ele e Torgny chegaram mais perto do rei, e, sobre a mesa, Thorvald viu um mapa do país e de suas fronteiras.

— Estamos discutindo a melhor defesa. — Eric apontou para a foz do Fyriswater, o ponto em que ele desaguava no Mälaren. — Alguns, como a *jarl* Frida, defendem um confronto mais ao sul, aqui.

Frida assentiu.

— Styrbjörn aponta sua lança para o coração de Svealand — disse ela. — Digo que devemos colocar nosso escudo de modo que ele não consiga alcançá-lo.

Eric apontou para outro lugar no mapa.

— Outros acreditam que deveríamos esperar Styrbjörn aqui em Uppsala, onde somos mais fortes.

Torgny assentiu, mas não disse nada, e Thorvald esperou. As demais pessoas na sala fizeram o mesmo.

Passado um momento, Eric levantou a cabeça com a testa franzida.

— O Porta-Voz da Lei deseja dar sua opinião a esse respeito?

— Ainda não — respondeu Torgny. — Há outro assunto que desejo abordar antes.

— Que assunto? — perguntou o rei.

— Um sonho — disse Torgny. — Uma visão. Somente para o senhor, Eric.

Isso provocou agitação e resmungos entre os nobres, que o rei silenciou, levantando a mão.

— O tempo é curto, Porta-Voz da Lei.

— Mais motivo ainda para dar atenção devida a cada momento — falou Thorvald, então.

Eric franziu a testa para Thorvald, puxando a barba, mas depois assentiu.

— Saiam, todos vocês.

Agora o rosto de cada nobre era indistinguível por conta do ódio compartilhado, e nesse momento cada um deles era um inimigo. No entanto, todos obedeceram ao rei e saíram do aposento. Logo que tinham saído, Eric foi até sua cadeira e sentou-se.

Agora Thorvald e Torgny estavam sozinhos diante do rei, e o único outro ser no aposento era a mascote de estimação real, uma ursa parda chamada Astrid, a quem ele havia criado desde filhote. Sem se preocupar com as questões dos homens, ela dormia acorrentada num canto, encostada numa parede, e o ribombar de sua respiração provocava tremores nos ossos da sala. Vê-la surpreendeu Javier, mas não Thorvald.

— Nós dois sabemos que você não teve nenhuma visão — disse Eric. — Portanto diga o que seus olhos cegos veem. O que você gostaria que fosse feito?

O Porta-Voz da Lei baixou seu olhar cego para o chão, onde permaneceu até Thorvald sentir que o rei ficava impaciente.

— Posso falar com liberdade? — perguntou Torgny.

— Você é o Porta-Voz da Lei — respondeu Eric. — Mais que qualquer homem, você pode falar livremente.

— Eu gostaria de trazer algo à luz. O senhor sabe do que eu falo, mas se contentou em fingir que não via isso se movendo entre as sombras.

A expressão resguardada do rei se manteve.

— Continue.

— O senhor nunca perguntou o nome de minha Irmandade, e eu nunca o disse. Mas nós o observamos e apoiamos, na medida em que o senhor governou com sabedoria e justiça. Nós o aconselhamos. Como escaldos, moldamos as histórias que são contadas para inspirar nosso povo. Lutamos e matamos seus inimigos, às vezes com seu conhecimento, outras vezes sem.

Eric se remexeu na cadeira.

— Certas coisas não devem ser ditas, Porta-Voz da Lei.

— Concordo.

— Então, por que falar sobre isso agora? Por que não deixar seu trabalho e de sua Irmandade nas sombras?

— Porque minha Irmandade tem um inimigo. Nós nos opomos a uma Ordem que alcançou um poder tremendo entre os francos, e sua influência está se espalhando. Ela tem feito negócios com Harald da Dinamarca, que navega com Styrbjörn.

— Sei. — Eric se levantou e andou pelo aposento. — Você acha que meu sobrinho, Styrbjörn, trouxe a Ordem que é sua inimiga para nossas terras?

Torgny assentiu.

— Temo que sim.

Eric parou de andar perto de Astrid, a ursa de estimação, que levantou a grande cabeça para cheirar sua mão, as narinas enormes se abrindo a cada poderoso fôlego.

— Essa luta é sua — disse o rei. — Não é?

— É — respondeu Torgny. — Mas também é sua. Se a Ordem estabelecer uma posição aqui, vai tentar controlá-lo, e, se não conseguir isso, trabalhará por sua queda.

Isso pareceu finalmente atrair a atenção do rei.

— Você acredita que Styrbjörn fez algum acordo com essa Ordem?

— Não. Styrbjörn é voluntarioso e imprevisível demais para servir a seus propósitos. Mas garanto que a Ordem está interessada no resultado desse conflito.

Eric voltou à cadeira.

— O que isso significa para a batalha?

— Styrbjörn não pode ser simplesmente derrotado. Seu exército precisa ser aniquilado. Devemos destruir qualquer agente da Ordem que esteja entre seus homens ou os de Harald. Nenhuma semente pode se enraizar.

Eric assentiu.

— Considere feito.

— Não — disse Torgny. — Styrbjörn luta acima de tudo com o orgulho. Ele vai tentar desafiá-lo, como fez antes do senhor bani-lo.

— Na época ele era um mero garoto. Se ele tentar me desafiar agora, minha honra vai exigir que eu aceite.

— Eu sei, meu rei. E é por isso que ele não pode chegar perto do senhor. O senhor não deve enfrentar seu exército em nenhum terreno aberto, seja aqui ou no sul. Pelo menos por enquanto.

— E o que você sugere?

Torgny se virou para Thorvald.

— Nesse ponto, eu recorro a meu aprendiz, Thorvald. Você vai descobrir que ele é ainda mais astuto que eu.

Eric se voltou para Thorvald.

— Fale — ordenou o rei, e esperou.

Astrid se remexeu no canto, acordando. Com um bufo profundo, levantou-se e bamboleou pela sala com as patas pesadas, arrastando a corrente, até ficar perto do trono de Eric. O rei estendeu a mão e coçou seu pescoço, como se o animal fosse um cão de caça. Javier se sentiu minúsculo sob a força daquele momento. Era como fitar uma lenda em pessoa. Mas Thorvald não se encolheu.

— Devemos incomodar Styrbjörn implacavelmente — aconselhou. — Ele deve pagar caro com a vida de seus homens para cada metro de terreno que ganhar a caminho de Uppsala. De modo que, quando ele chegar, sua força esteja suficientemente pequena para ser esmagada.

— Como? — perguntou Eric. — Ele vai simplesmente trazer seus navios rio acima, o que irá deixá-lo praticamente a minha porta.

— O plano da *jarl* Frida demonstrou sabedoria, mas não astúcia. — Thorvald se virou para o mapa, e Eric deixou sua cadeira para se juntar a ele. Astrid o seguiu, a cabeça suficientemente alta para pousar o queixo na mesa. Thorvald apontou para a foz do Fyriswater. — Vamos fazer com que ele pare aqui, como ela sugeriu, mas não com um exército.

— Com o que, então? — perguntou o rei.

— Deixe-me levar uma companhia de homens. Homens fortes, os mais fortes que eu puder encontrar. Guerreiros. Vamos fincar estacas no rio...

— Uma paliçada? — perguntou Eric.

— Sim. Vamos impedir que seus navios sequer entrem no rio. Styrbjörn é impaciente. Não vai se demorar o bastante para derrubar o muro de estacas. Em vez disso, preferirá abandonar os navios e marchar por terra.

— E então?

— Usarei minha companhia como um machado para decepar os braços de seu exército.

O rei estreitou os olhos, depois sorriu.

— Gosto desse plano. Meus parentes e os outros *jarls* talvez não gostem.

— Eles não vão aceitar se o plano vier de meu aprendiz — argumentou o Porta-Voz da Lei.

— Ele deve vir do Porta-Voz da Lei — disse Thorvald. — Deve vir dos deuses.

— Qual deus? — perguntou Eric.

Thorvald pensou um momento. Não tinha ideia da posição atual de Styrbjörn com relação a Asgard, mas na juventude ele sempre havia preferido Thor. Isso simplificava a escolha.

— Odin — respondeu Thorvald. — Quando um filho abusado se rebela, o pai é que deve derrubá-lo e castigá-lo.

Perto de Thorvald, Torgny assentiu em aprovação.

— Muito bem — resmungou Eric. Em seguida, enfiou a mão embaixo da manga esquerda da camisa e tirou um bracelete de ouro. Entregou-o a Thorvald. — Vá com minha autoridade e escolha bem seus homens. O Porta-Voz da Lei e eu lidaremos com os outros.

Thorvald fez uma reverência ao rei e se virou para seu mentor.

— Não vou fracassar.

— Leve a eles o julgamento das nornas — disse Torgny.

Thorvald saiu da sala do conselho e voltou ao grande salão, onde os nobres esperavam agrupados perto do trono. Não disse nada a eles e não os encarou enquanto passava pelo grupo, indo em direção à porta. O comandante da guarda pessoal estava ali perto e, quando viu Thorvald, a raiva em seu rosto mostrou que a perplexidade anterior havia se transformado numa vergonha que exigia reparação.

— Eu gostaria de trocar uma palavra com você, escaldo — disse o comandante, entrando no caminho de Thorvald.

— E eu gostaria de trocar uma palavra com você. — Thorvald se desviou para contorná-lo. — Mas não hoje.

O comandante estendeu o braço para bloquear seu caminho. Num instante, Thorvald o fez girar, com as juntas do cotovelo e do ombro se esticando dolorosamente às costas e uma adaga junto à garganta. Não era sua lâmina oculta, mas uma faca comum. O comandante se encolheu, os olhos arregalados de choque.

— Estou cumprindo uma ordem do rei — disse Thorvald no ouvido do comandante. — Você não vai me retardar. Mas juro que voltarei e, então, se você ainda tiver algo contra mim, trocaremos palavras. Entendeu?

O comandante assentiu. Thorvald soltou-o, e o sujeito se afastou, cambaleando e esfregando o braço. Thorvald lançou-lhe um olhar de desprezo e passou pela porta.

Na guarda de Eric havia guerreiros suficientes para Thorvald montar sua companhia, mas ele não queria lutadores profissionais de Uppsala e não tinha mais certeza de sua lealdade, se o comandante fora corrompido. Em vez disso, optaria por guerreiros do campo, que conheciam bem o território, amavam a terra e, portanto, lutariam de modo mais ferrenho para protegê-la. Isso significava que procuraria seus homens entre os que tinham sido chamados sob o *ledung*, pela Vara da Obrigação.

Montou em Gyllir e cavalgou para o sul pela planície de Fyrisfield a fim de procurar nos acampamentos. Passou por dezenas de agricultores, artesãos e trabalhadores comuns, e, ocasionalmente, quando captava uma fagulha de coragem num rosto ou via confiança no modo como o homem segurava uma arma, parava para fazer uma única pergunta:

— Se eu pudesse lhe conceder um desejo agora mesmo, qual seria?

As respostas vinham fáceis.

Uma mulher.

Cerveja.

Vitória.

Uma morte honrosa.

Mas nenhum dava a resposta certa.

Não tinha muito tempo para escolher, e, à medida que o dia passava, imaginou se deveria simplesmente pegar homens entre os guerreiros profissionais, afinal. Porém, viu então um gigante num acampamento próximo, um homem que era, no mínimo, uma cabeça mais alto e mais robusto que qualquer outro ao redor. O tipo de homem que trazia à mente os filhos dos jötnar com suas noivas humanas roubadas. Thorvald foi até ele num trote rápido e apeou enquanto se aproximava do círculo do estranho.

— Saudações — cumprimentou ele. — Venho a você com a autoridade do rei.

— Você entendeu mal, amigo — respondeu um homem com vários dedos faltando. — Veja bem, nós todos estamos aqui por ordem da Vara da Obrigação, por isso acredito que nós viemos a *você* com a autoridade do rei.

Ele gargalhou, e outros fizeram o mesmo. O gigante ficou em silêncio.

— Você, aí — gritou Thorvald para ele. — Qual é seu nome?

— Östen — respondeu o gigante. — E o seu?

— Thorvald. Como você ganha a vida?

Östen franziu a testa.

— Ovelhas. Por que isso é de sua conta?

— Não é de minha conta. — Thorvald levantou a manga da camisa, revelando o bracelete de Eric, e a visão daquilo forçou os homens a silenciar. — Como eu disse a seu amigo carente de dedos, é da conta do rei.

A carranca de Östen se suavizou, e ele assentiu.

— Como posso servir ao rei?

Thorvald examinou as mãos do gigante, suas cicatrizes, sua postura, e não precisou perguntar se ele sabia lutar. Östen sabia lutar muito bem. Em vez disso, Thorvald repetiu a pergunta que fizera a todos os outros naquela manhã.

— Se eu pudesse lhe conceder um desejo agora mesmo, qual seria?

— Ir para casa — respondeu Östen, sem hesitar, enquanto tocava o fio de lã amarrado de modo incongruente no pulso grosso.

Thorvald sorriu. Era a resposta que estivera esperando.

11

Natalya corria.

Não em direção a alguma coisa.

Mas afastando-se.

Seu corpo não era seu. Pertencia a seu medo, que a carregava pela Floresta, saltando por cima de raízes e se desviando de árvores. A mente se perguntava para onde correr ou em que lugar se esconder numa floresta que era igual em todas as direções, mas o corpo não fazia pergunta alguma. Pegava o combustível gelado da adrenalina e preenchia cada músculo com ele. Açoitava o coração num frenesi tão intenso que ela não conseguia identificar cada batida. Deixava-a entorpecida para os arranhões e hematomas adquiridos na fuga. Dizia para a mente não interferir. Seu corpo sabia o que fazer.

Owen corria a seu lado, e ela tentava permanecer consciente do garoto, mesmo não sabendo se ele tinha consciência dela.

A Serpente os perseguia. Sua velocidade parecia impossível, ofuscante, como se as árvores e o terreno irregular não oferecessem obstáculo. Como se a Floresta e a Serpente compartilhassem o mesmo propósito.

O monstro diminuía a distância entre eles. Com um salto súbito, entrou em sua visão periférica direita. Natalya se virou naquela direção no instante em que o bicho dava o bote, a boca escancarada revelando carne branca e presas de marfim do tamanho de suas pernas. Mas o golpe errou por centímetros, e uma daquelas presas se cravou fundo na árvore mais próxima, ficando presa. A Serpente se enrolou e se sacudiu, tentando se soltar.

Pessoal?, chamou Monroe. *Falem comigo. O que está acontecendo?*

— Agora estamos meio ocupados — respondeu Owen, depois gritou para Natalya: — Você está bem?

Natalya confirmou com a cabeça, ainda perplexa.

— Vamos para lá. — Ele apontou em outra direção.

Pessoal?, insistiu Monroe.

Natalya correu atrás de Owen.

Com o ataque da Serpente, a mente de Natalya tinha reassumido um pouco do controle. A Floresta dos lados e à frente apresentava apenas o infinito, um deserto de árvores. Eles não tinham como correr mais depressa que o monstro, mas também não podiam se esconder. Nem podiam subir nas árvores para escapar, porque ela tinha quase certeza de que a Serpente poderia alcançá-los. Sentia que deixava de perceber alguma coisa.

Como memória e como simulação aquilo não fazia sentido. Tinha de haver algo mais no inconsciente coletivo do que aqueles dois arquétipos. Tinha de haver alguma coisa para além deles. A voz havia dito alguma coisa sobre um caminho e também sobre o medo, a devoção, e...

Medo.

E Monroe dissera que o arquétipo da Serpente representava a morte e o medo.

Logo à frente, Owen parou, derrapando, e Natalya quase trombou no garoto.

— O que você está...?

— Shhh! — cortou ele.

Natalya olhou em volta e viu a Serpente. Não a cabeça. Só o corpo enorme e interminável, deslizando pelo caminho com o som de um rio sussurrando, perturbadoramente sem percebê-los.

— Para que lado vamos? — sussurrou Owen.

Não podiam voltar por onde tinham vindo, a não ser que quisessem outro encontro com a cabeça da Serpente. E parecia idiota virar à esquerda ou à direita e acompanhar o corpo do monstro, se estavam tentando escapar. Isso significava que precisavam passar por cima.

— Não entendo — disse Owen. — Se isso tudo é só um símbolo, não deveria haver uma espada mágica por aqui? Algo que possamos usar para matá-la?

— Precisamos passar por cima dela.

— Espere aí, o quê?

— É o único caminho. — Ela se adiantou, indo direto para o expresso de pesadelo feito de pele e escamas que passava. O corpo da cobra era quase da altura da garota, liso a ponto de brilhar, o que significava que subir ali, especialmente enquanto ela se movia, seria difícil.

— Você está falando sério — disse Owen, chegando perto da garota.

— Você consegue pensar em outro modo de passar?

— Não. Mas também acho que essa simulação é uma tremenda bagunça.

Natalya não tinha como argumentar. A Floresta ao redor ainda parecia se retorcer e se contorcer na escuridão logo além das bordas da luz fraca. O corpo da Serpente emergia e desaparecia naquela mesma fronteira. Era como se tivessem sido presos num momento, ou num pensamento, que se repetia num círculo infinito, e o único modo de romper o círculo era seguir adiante.

— E como vamos fazer isso? — perguntou ela.

Owen olhou em volta.

— E se subirmos numa árvore?

Ela acompanhou o olhar de Owen, procurando um galho suficientemente baixo para agarrar. Nenhuma árvore ali perto oferecia um assim, por isso andaram seguindo o caminho da Serpente até encontrarem uma árvore que pudessem usar.

Do tronco brotava um galho com grossura apenas suficiente para Natalya envolver com as mãos. Ela se agarrou a ele e, com os pés encostados no tronco, puxou-se até chegar à junta do galho. Depois ofereceu a mão para ajudar Owen, e logo os dois estavam acima do chão.

Natalya abraçou o tronco da árvore e deu a volta até outro galho mais alto, e depois outro, até chegar a um que se estendia o suficiente na direção certa e parecia forte o bastante para aguentá-los.

— Lá vai — disse ela.

Owen olhou para ela, depois para a Serpente, e assentiu.

Natalya se abaixou até ficar montada no tronco e avançou por mais de um metro. Depois se inclinou para abraçar o galho, cruzou os tornozelos e girou até ficar pendurada pelos braços e pernas. Depois foi em frente, de mão em mão, avançando devagar até que o galho se curvou e rangeu, e ela havia ido o mais longe que ousava. Mas, quando olhou para baixo, descobriu que estava suspensa diretamente sobre o corpo da Serpente, nem de longe numa distância suficiente para chegar ao outro lado.

— E agora? — perguntou Owen, ainda agarrado ao tronco da árvore.

— Ah... — O que mais ela poderia fazer? — Vou soltar as pernas. Depois vou me pendurar no galho com as mãos até poder pular em cima da cobra.

— Espere aí, em cima da cobra?

— É. Ela assentiu na direção do outro lado da Serpente. — Vou tentar cair naquela direção. Você sabe, tombar e rolar.

— É, bom plano — disse ele, balançando a cabeça. — E se a cobra não quiser que a gente use seu corpo como cama elástica?

A Serpente era tão gigantesca que Natalya esperava que nem os notasse. Ajeitou as mãos no galho, respirou fundo e murmurou:

— É melhor que isso valha a pena, Monroe. — Depois descruzou as pernas, e, enquanto as soltava do galho, seu corpo se balançou, preso apenas pelas mãos. Mas ela não se soltou. Ainda não.

Pelo ângulo em que estava era difícil dizer, mas parecia que a ponta de seus pés estava a pouco menos de um metro acima do corpo da Serpente. Isso não seria problema se ela não fosse cair sobre uma superfície móvel, feita das escamas de um réptil. Contudo, ela sentiu a perda de força nas mãos; se não agisse logo, não poderia escolher o momento certo.

— Está bem! — gritou para Owen. — Me deseje sorte.

Ele levantou o polegar debilmente.

Ela se soltou.

Um segundo depois, seus pés tocaram nas escamas e ela se pôs de quatro enquanto a Serpente a carregava subitamente para longe, movendo-se muito mais rápido do que ela esperava. Olhou para Owen na árvore. Ele estava boquiaberto e cada vez mais distante, até desaparecer em meio ao mato.

Ela deveria cair da Serpente. Não pegar uma carona. No entanto, olhou adiante e viu as árvores correndo dos dois lados, marcando sua passagem pela Floresta exatamente à velocidade de seu terror. Sentiu o vento no cabelo. E sob as mãos sentia as escamas lisas e duras, que não eram frias nem quentes, e sim mais ou menos da mesma temperatura do ar.

Estava montada numa cobra gigante, com olhos feito pratos de orquestra e presas tão grandes que o veneno nem importaria. Uma fera que quase a havia matado apenas alguns minutos antes e provavelmente não erraria uma segunda vez.

Ela estava *montada* naquilo. Segurando o próprio medo, como Monroe aconselhara.

Sabia que deveria pular fora, mas não queria. Pelo menos por enquanto. Aquele momento perigoso a havia capturado, e ela ainda não estava pronta para abandoná-lo. Ela e Owen podiam continuar fugindo da Serpente, mas por quanto tempo? Esse arquétipo parecia preencher a Floresta e acabaria encontrando-os, mas, pelo menos assim, ela a cavalgava por escolha.

— Natalya! — Era a voz em pânico de Owen, soando em seu ouvido como a de Monroe. — Natalya, você está bem?

— Estou — respondeu. — Estou aqui.

— Você deveria cair de cima dela! — lembrou Owen. — O que aconteceu?

— Não sei. Onde você está?

— Na cobra, com você! Mas agora podemos pular juntos. Vamos...

— Não. Espere.

— Esperar? O quê, o serviço de bordo? Porque acho que não oferecem isso nessa coisa.

Natalya não entendia por que estava hesitando.

— Natalya — chamou Owen. — Precisamos pular.

Ele tinha razão.

— Está bem — respondeu ela. — Prepare-se. Vamos...

Mas, então, a coisa estava ali. A Serpente levantou a cabeça a sua frente, subindo da escuridão com os olhos fixos na garota, balançando a língua bifurcada. Natalya sentiu o mesmo pânico que consumia tudo e esvaziava a mente, o medo que sentira ao ver a criatura pela primeira vez, e perdeu a capacidade de se mover ou falar. Só podia olhar a serpente se alinhando consigo mesma, levando-a direto para a boca.

Precisava se mexer. Precisava lutar.

— Natalya? — disse Owen. — Olá?

— Pule — sussurrou ela, esforçando-se e tremendo.

— O quê?

— Pule! — gritou ela, e conseguiu se jogar de lado, rolando das costas da serpente. Caiu no chão com força, e seu ímpeto a fez rolar mais de um metro, batendo com as costas numa árvore.

O corpo da serpente continuou passando por alguns instantes, mas ela não viu Owen montado, o que devia significar que ele tinha ouvido e desembarcado em algum ponto. Não ousava chamá-lo para descobrir, porque, naquele momento, o corpo da serpente diminuíra a velocidade e, de todas as direções, ela ouviu o raspar e chacoalhar das escamas contra as árvores. Então, viu uma das grandes espirais da Serpente surgir deslizando. Depois outra e mais outra, até estar cercada, e toda a Floresta parecia se retorcer com aquele corpo impossível.

Natalya se encolheu, sentindo dor, imóvel como se já estivesse empalada pela presa da Serpente. A qualquer momento, a cabeça silenciosa passaria em volta da árvore em que ela estava encostada e não haveria o que fazer, nenhum lugar para onde correr. A boca da Serpente iria se abrir e engoli-la viva. Essa ideia trouxe um grito a sua garganta, mas ela cobriu a boca para contê-lo e permanecer escondida por mais alguns instantes. Mais um ou dois momentos de medo, lutando contra o inevitável.

A não ser que Monroe pudesse tirá-la antes disso. A simulação terminaria de qualquer modo, com sua morte ou com uma retirada. No entanto, não teria descoberto nada que pudesse ajudar a impedir Isaiah. Ainda seria impossível pará-lo, caso ele encontrasse o Tridente.

Bem, se era para fracassar, que fosse em seus termos, não porque havia pedido para Monroe salvá-la. Afinal de contas, a voz dissera que o caminho era *através* do medo. Por isso o aceitou, em vez de lutar contra ele. Contra todos os instintos enterrados nos cantos mais profundos da mente, levantou-se. Em seguida, respirou fundo várias vezes, ouvindo apenas o som que emitia. Quando suas mãos pararam de tremer, fechou os olhos por um momento, depois saiu de trás da árvore.

A Serpente virou a cabeça bruscamente em sua direção, a língua chicoteando o ar, mas Natalya não fugiu. Ao aceitar seu medo, descobriu que ele havia desaparecido na falta de um propósito. Agora se manteve firme, encarando calmamente o monstro enorme em seu caminho.

A Serpente cobriu a distância quase instantaneamente, e Natalya fechou os olhos, permitindo que a coisa acontecesse quando acontecesse. Sentiu o piso macio da Floresta sob os pés e, bem acima do cheiro de cobra, captou uma coisa leve e perfumada. Algum tipo de flor.

Uma sombra passou por ela, bloqueando até a luz fraca do matagal, e, então, a garota sentiu algo bater de leve no topo da cabeça, agitando seu cabelo. A língua da Serpente. Depois disso, veio a boca do monstro, que se encostou em sua cabeça e se abriu, deslizando por cima de seu rosto, macia e seca, comprimindo-a. Permaneceu consciente de um aperto doloroso em cada ponto do corpo, que logo forçou a própria boca a se abrir a fim de libertar o fôlego. Estava na mandíbula do bicho, a ponto de entrar na garganta. Perdeu a consciência de onde se encontrava, e se sentiu deslizando para dentro do nada...

— Natalya!

Seus olhos se abriram.

— Aí está você! — gritou Owen.

Ela olhou para o próprio corpo e descobriu que estava incólume. A Serpente havia sumido. Estava num caminho pavimentado com pedras vermelhas, um caminho que começava junto a seus pés, e a Floresta em volta havia mudado. A forte luz do sol a inundava com uma claridade verde que banira a barreira de escuridão. O caminho de pedras vermelhas seguia pelo chão e passava ao redor das árvores em curvas e redemoinhos que faziam pouco sentido, mas longe, à direita, ficava reto e prosseguia, confiante, pela Floresta.

— Você encontrou um caminho — disse Owen, correndo para perto da garota. — Para onde a Serpente foi?

Natalya olhou de novo para o caminho: as pedras regulares assentadas como escamas, boa parte formando um nó enrolado.

— Acho... acho que a Serpente *é* o caminho.

— O quê? — Owen olhou para baixo. — Verdade?

— Ela me comeu.

— O quê? — perguntou ele bruscamente. — Como assim, comeu você?

— Eu senti. Estava dentro da boca do bicho. E, depois, estava simplesmente... aqui parada.

Owen parecia acompanhar o caminho com os olhos, absorvendo aquilo. Então, levantou as mãos.

— Claro. Por que não? Isso faz tanto sentido quanto qualquer outra coisa neste lugar, até agora.

— Faz sentido. Mais ou menos. Quando você pensa no que aquela luz disse. — Natalya apontou para onde o caminho se endireitava. — Acho que devemos seguir por ali.

Owen concordou.

— Talvez leve para fora da Floresta.

— Acho que leva.

Assim foram por ele, do lugar onde Natalya aceitara o fim de sua simulação, seguindo por um bosque ainda tão denso e profundo como antes, mas, na opinião de Natalya, não mais ameaçador. Em vez disso, suas distâncias enormes a chamavam, instigando-a a sair do caminho e explorar. Mas ela resistiu, temendo o que significaria para sua mente caso se perdesse naquela simulação.

— Monroe? — chamou Natalya.

O quê?

— Só estava vendo se você continua aí — respondeu ela.

Ah, quer dizer que agora vocês têm tempo para mim?

— Acho que você não sabe como aquela serpente era grande — observou Owen.

O suficiente para se transformar num caminho?

— Então você está escutando — comentou Natalya.

Claro que estou. Mas, como falei antes, o Animus tem dificuldade para me mostrar o que está acontecendo. Vocês vão ter de deduzir a maior parte disso sozinhos. Na verdade, estou começando a suspeitar de que esse é o objetivo.

— E o que a gente faz agora? — perguntou Owen.

Sigam a estrada de tijolos amarelos.

— Certo — disse Natalya. — Talvez esse caminho seja *o* Caminho.

Cara, eu gostaria de que Joseph Campbell estivesse aqui.

— Quem? — perguntou Owen.

Joseph Campbell? Monroe suspirou. *Deixe-me colocar da seguinte forma: se você está no Caminho, Campbell tem o mapa. Mas ele não está aqui, portanto parece que vocês terão de encontrar o próprio rumo. Vou deixar isso com vocês. Grace acabou de entrar e precisa falar comigo. Mas estarei aqui se precisarem de mim.*

— Câmbio e desligo — disse Owen.

Um pássaro grande voou das árvores à direita e passou por cima deles, acariciando o Caminho com sua sombra; uma brisa suave pareceu acompanhá-lo. Natalya viu esquilos subindo e descendo pelas árvores, e sorriu com o movimento raivoso das caudas que acompanhavam seus chilreios irritados.

— Se a última Floresta tinha uma cobra gigante — começou Owen —, esta definitivamente tem elfos.

Natalya concordou com ele, mas, se havia um arquétipo de elfo ou fada habitando aquele bosque, não apareceu, e, depois de caminhar uma distância que não parecia mensurável em quilômetros, os dois viram uma abertura entre as árvores adiante. A borda da Floresta. À medida que se aproximavam, ela viu uma figura esperando na estrada. Parecia bem grande, mas não era humana.

— O que você acha? — perguntou Owen.

Ela deu de ombros.

— Acho que vamos descobrir quando chegarmos lá.

12

Grace esperou até ter certeza de que David não ia dessincronizar, depois deixou-o na sala do Animus e saiu para dar uma volta, pensar.

Não que se ressentisse do caçula por ter assumido a simulação. Apesar de gostar de provocá-lo, não sentia o mesmo nível de rivalidade pessoal. David tinha de provar que não necessitava da irmã mais velha. Às vezes parecia que ele precisava provar isso a ela, e às vezes parecia que só precisava provar a si mesmo. Qualquer das duas situações podia ser irritante. Mas vê-lo colocar aquele capacete e saber que ele tinha deixado seu mundo para trás em troca de um mundo viking a haviam incomodado, e ela não entendia direito o porquê.

Talvez tivesse algo a ver com a visão.

O Pedaço do Éden na Mongólia lhe mostrara o futuro que mais a amedrontava. O futuro que ela gastava tanta energia para impedir. Mostrara um futuro em que David fazia praticamente tudo que ela o alertara para não fazer. Ele, mais velho, passava a andar com um pessoal estranho e se envolvia com coisas bem pesadas. A visão mostrava um David que ela não reconhecia, e terminava na noite em que ele morria. Uma noite que começava com dois detetives batendo à porta, destruindo sua família, e acabava com o rosto de seus pais, tomados por sofrimento. Uma noite de gritos, lágrimas e raiva tão intensos que uma parte de Grace queimou até virar cinzas.

Depois de Isaiah ter partido com a adaga e a visão sumir, Grace chorou e abraçou o irmão com tanta força que ele provavelmente ficou imaginando o que estava acontecendo, mas naquele momento ela não contou o que era; ainda não o fizera.

Agora precisava de um pouco de ar e de céu. Sabia da existência de uma sacada perto do escritório que fora de Isaiah, por isso foi até os elevadores principais do Ninho da Águia e subiu até o último andar.

Do lado de fora, encontrou o dia coberto por nuvens que pareciam ter a cor e o peso de cimento. No entanto, mesmo sem o sol que ela havia esperado, era bom estar ao ar livre, cercada pelo vento e pelas montanhas. Durante vários minutos pacíficos, Grace só ficou imóvel, encostada no corrimão, sem pensar em nada.

Mas, então, pensou de novo em David, lá embaixo, no Animus.

Aquilo ainda a incomodava. Não incomodara antes. David já entrara sozinho em simulações, mas algo havia mudado desde então, e a única coisa que ela conseguia identificar era a visão. Agora sentia medo de deixá-lo fora de sua vista, mesmo numa realidade virtual.

Precisava distrair a mente de algum modo, por isso voltou para dentro e, por curiosidade, experimentou a porta da sala de Isaiah. Ela se abriu, o que não era de surpreender, já que ele provavelmente havia levado tudo e não existia motivo para Victoria trancar a porta. Contudo, mesmo assim, ela olhou em volta e encontrou a mesa e as gavetas vazias.

Mas havia uma estante, e Grace pensou que leitura poderia distraí-la e ajudá-la a passar o tempo, se conseguisse encontrar algo interessante. Os títulos que viu tratavam principalmente de história, inclusive algumas biografias, a maioria certamente relacionada aos Templários. Existia um livro sobre os Bórgia, um sobre um cara chamado Jacques de Molay e outro chamado *O diário de Haytham Kenway*, dentre muitos outros. No entanto, Grace também notou alguns livros aleatórios, que não se encaixavam no padrão, um deles sobre mitologia nórdica.

Tendo acabado de experimentar as memórias de Östen, tirou tal volume da estante e se acomodou na grande poltrona atrás da mesa. A primeira coisa que decidiu procurar no livro era alguma menção a uma adaga mágica, porque, se os vikings possuíram uma parte do Tridente, talvez houvesse lendas a respeito. Porém, depois de verificar cada menção no índice remissivo, concluiu que nenhuma se encaixava. Então, simplesmente começou a folhear as páginas, parando para ler qualquer coisa que parecesse interessante, e percebeu, sem muita demora, que os deuses nórdicos eram estranhos.

Principalmente Loki.

Ele era um belo meio gigante, capaz de convencer qualquer pessoa a fazer praticamente qualquer coisa, inclusive levando Thor a vestir um vestido e um véu de noiva. Além disso, teve três filhos com uma gigante. Um deles era uma garota semimorta, a quem eles encarregaram o submundo, outro era uma serpente marinha, e o último, o gigantesco lobo Fenris. Os deuses expulsaram os filhos de Loki de Asgard, transformando os três em inimigos mortais dos deuses.

Isso levou Grace ao Ragnarök. O fim do mundo. Ou pelo menos o destino dos deuses. Na batalha final, o lobo filho de Loki matava Odin, e a serpente do mar, Thor, o que significava que, de certa forma, os deuses tinham provocado a própria ruína. Grace virou a página e continuou a ler...

Um pedaço de papel caiu do livro para a mesa.

Grace pôs o livro de lado e pegou o papel, que continha uma anotação feita à mão. Quando leu, ela percebeu que aquilo fora escrito por Isaiah, e seus olhos se arregalaram de medo com as palavras. A situação era pior ainda do que eles tinham imaginado. Muito pior.

Ele não queria ser rei. Isaiah queria destruir o mundo. Queria o Ragnarök.

Grace saltou da mesa e saiu correndo da sala, voltou aos elevadores, onde apertou o botão e ficou se remexendo furiosamente até o elevador chegar. Desceu de volta ao térreo. Não confiava suficientemente em Victoria ou Griffin para mostrar aquilo a eles, de modo que lhe restava Monroe, e por isso correu pelo átrio na direção dos laboratórios. Depois de procurar em várias salas escuras, por fim o encontrou sentado diante de um terminal de computador. Owen e Natalya estavam andando em seus arneses do Animus ao lado do homem, que fez um movimento de cabeça rápido e perplexo para Grace quando esta entrou.

— Parece que vocês terão de encontrar o próprio rumo — disse Monroe ao microfone, e ela percebeu que falava com Owen e Natalya.

— Vou deixar isso com vocês. Grace acabou de entrar e precisa falar comigo. Mas vou estar aqui, se precisarem de mim. — Ele apertou um botão e depois girou a cadeira para encará-la. — Tudo bem?

Ela entregou o papel sem dizer nada, e esperou o máximo que pôde para deixá-lo ler, antes de falar.

— Do que ele está falando? — perguntou ela. — Desastres? Ciclos de morte e renovação? Ragnarök?

Monroe balançou a cabeça, depois redobrou a anotação e bateu com o papel no joelho.

— Parece que Isaiah desenvolveu algumas ideias peculiares.

— Ideias peculiares? Ele acha que o mundo precisa morrer!

— É, para renascer. É uma mitologia comum em todo o mundo. Primeiro acontece um evento cataclísmico. Pode ser uma grande enchente. Pode ser fogo. Mas isso limpa o cenário e, depois, os sobreviventes ficam com um mundo novo e purificado. Essa é uma parte do Ragnarök que às vezes as pessoas esquecem. O ciclo recomeça. Parece que Isaiah acha que isso já devia ter acontecido há muito tempo.

— Eu... pensei que ele só quisesse conquistar o mundo. Não matar todo mundo.

— Nem todo mundo. Tenho certeza de que Isaiah planeja sobreviver. Depois ele pode se estabelecer como o próximo salvador e governante da humanidade.

Grace se lembrou de outro detalhe da anotação.

— Quem são os Instrumentos da Primeira Vontade?

— Uma coisa da qual só ouvi boatos. — Monroe levantou o papel. — Onde achou isso?

— Num livro sobre mitologia nórdica. Na antiga sala de Isaiah.

— Você mostrou a mais alguém?

— Ainda não. Não confio em Victoria nem em Griffin.

Monroe devolveu o papel.

— Guarde, mas, por enquanto, vamos manter a coisa entre nós. Quero descobrir se Victoria sabe sobre isso. Nesse caso, quero saber por que está escondendo de nós.

Grace confirmou com a cabeça.

— Tente não se preocupar. Isso não muda nada. Não importa o que Isaiah planejou, vamos impedi-lo.

Grace desejou que isso a tranquilizasse, mas não o fez. Agora sabia que aquele era um cenário de fim do mundo. E precisava fazer alguma coisa com muito mais urgência. Olhou de novo para Owen e Natalya, com a hidráulica e o maquinário dos arneses sussurrando enquanto eles caminhavam sem sair do lugar. Então, notou um terceiro Animus desocupado perto da dupla.

— Posso entrar na simulação? — perguntou a Monroe. — Quero ajudar.

— E a simulação de seu ancestral?

— Está com David. — E ela não podia deixar que o medo pelo irmão a impedisse de fazer o que era necessário. Além disso, disse a si mesma, a visão criada pela adaga não era real. Ele estava seguro por enquanto. — Posso ajudar Owen e Natalya.

Monroe olhou para as máquinas do Animus e as examinou por um momento.

— Seria possível. Mas você deve saber que pode ser bem perigoso lá dentro. Fico preocupado com os riscos para sua mente.

— Owen e Natalya estão lá. Se eu quiser ajudar os dois, devo assumir o risco.

— É verdade. — Monroe se levantou da cadeira. — Vou deixar que eles a coloquem a par de tudo quando chegar, se não for problema. Vou levar um tempo para conectar esse terceiro Animus aos outros dois.

Grace pegou uma cadeira.

— Posso esperar.

Demorou, mas, depois de um tempo, Monroe estava com o Animus sobressalente pronto para funcionar. Aquelas três máquinas eram diferentes das outras, mais industriais, como se estivessem sido despidas de tudo o que era supérfluo. Grace entrou no anel e subiu no arnês. Vários minutos depois, estava piscando no Corredor da Memória, esperando para se juntar à simulação. Monroe avisou a Owen e Natalya que ela ia entrar; então, fez a contagem regressiva.

O mundo que surgiu a partir do vazio cinzento não parecia certo, de um modo que era difícil de descrever. Carecia de certa especificidade. Ela estava num caminho de pedras, mas não sabia que tipo de pedra era. Uma floresta linda crescia a toda volta, mas ela não conseguia identificar as árvores. Não que não tivesse o conhecimento para isso. Havia algo que as tornava impossíveis de serem identificadas, como se, de alguma forma, fossem *todas* as árvores. Pareciam muito reais, tão reais quanto qualquer pedra e árvore que ela já vira; no entanto, não eram de verdade.

— Grace!

Era a voz de Owen.

Ela olhou e o viu acenando de mais adiante no caminho. Natalya estava perto dele, e os dois esperaram enquanto ela corria para alcançá-los. Quando chegou, os dois pareceram genuinamente felizes em vê-la.

— Que lugar é esse? — perguntou Grace.

Owen abriu os braços.

— Esta, minha amiga, é a Floresta. — Depois ele bateu com o pé. — E este é o Caminho. Com iniciais maiúsculas. Você perdeu a Serpente. — Ele apontou para a trilha de pedras, e Grace viu uma figura distante em silhueta, onde parecia ser o fim da Floresta. — Tem uma coisa por lá, ainda não sabemos o que é.

— Isso aqui é uma simulação do inconsciente coletivo — esclareceu Natalya.

— Ah, sei. — Grace se lembrou de Monroe explicando o conceito quando tinham viajado para a Mongólia num contêiner de navio da Abstergo. Ela deu uma olhada no ambiente com isso em mente, e sua estranheza fez mais sentido. — Então, essas coisas são arquétipos.

— Isso — concordou Natalya, parecendo meio surpresa.

Grace gesticulou com a cabeça, indicando a coisa no fim do caminho. Parecia algum tipo de animal.

— Então aquilo é um arquétipo?

— Não sabemos — respondeu Owen. — Estávamos indo para lá quando Monroe disse que você vinha, por isso decidimos esperar.

— E por que, exatamente, estamos aqui? — perguntou Grace. — Monroe não me explicou bem o objetivo.

— O inconsciente coletivo e o Evento de Ascendência estão ligados ao Tridente — explicou Natalya. — Quando entramos aqui, uma luz falante disse para seguir o caminho, passando pelo medo, a devoção e a fé. Já passamos pelo medo, acho. Devemos chegar ao cume.

— Com C maiúsculo?

Owen deu de ombros.

— Provavelmente.

— Então vamos nessa — encorajou Grace.

Owen e Natalya assentiram, e os três seguiram pelo Caminho de pedras. Aos poucos, a simulação pareceu menos estranha a Grace, substituída por uma vaga familiaridade, ainda que ela jamais tivesse estado ali. Não era exatamente um déjà vu, mas parecia. Ela presumiu que fosse porque, de certa forma, os arquétipos eram familiares para a maioria das pessoas. Essa era uma de suas características definidoras. Quanto à figura adiante, tinha começado a ficar mais definida, e não se passou muito tempo até que Grace pôde dizer o que era.

— É um cão — constatou ela.

— Um cão enorme — observou Natalya.

— Talvez seja *o* Cão — completou Owen.

Quanto mais perto chegavam, mais aquilo parecia provável. O cachorro era enorme e tinha uma aparência lupina, com pelo cor de sangue seco, olhos amarelos e pelagem densa em volta do pescoço. Grace nunca havia sentido medo de cães, mas aquele tinha tamanho suficiente para olhá-la nos olhos enquanto estava sentado nas patas traseiras. Ela se sentiu um pouco mais segura quando ele começou a balançar o rabo, roçando-o para um lado e para o outro no Caminho conforme os três se aproximavam.

— E o que acontece agora? — sussurrou Grace.

— Não sei — respondeu Owen.

— Bem, o que aconteceu na última vez?

— A Serpente nos atacou a...

O Cão latiu, espantando Grace. Ela deu um pulo, e Natalya e Owen também. Tinha sido um único latido, muito alto e muito grave.

— Não vamos falar de coisas atacando, certo? — sussurrou Natalya.

Mas, então, com um ganido baixinho, o Cão ficou nas quatro patas. Grace se preparou para correr, para o caso de ele atacar. Mas o bicho virou na direção oposta à deles, trotando pelo Caminho, passando pela borda da floresta, e saiu ao sol do campo aberto, do outro lado. Eles o viram se afastar, mas o Cão logo parou e se virou para olhá-los.

E latiu de novo.

— O que ele está fazendo? — perguntou Owen.

— Não sei bem — respondeu Natalya.

Outro latido.

Parecia a Grace que o Cão pudesse estar à espera deles.

— Acho que ele quer que a gente o siga — sugeriu ela.

Natalya olhou de novo e assentiu.

— Acho que você tem razão.

Assim saíram da Floresta e se aventuraram por uma parte do Caminho que serpenteava através de um campo seco, feito de pedras brancas, capim denso e árvores baixas e nodosas. O Cão ia à frente, adotando rapidamente uma rotina em que ele latia e esperava para ver se os três o acompanhavam. E, quando eles o faziam, ele seguia até o próximo ponto, onde latia de novo. Não havia como saber aonde ele os levava nem por quê.

Observando o Cão andar, Grace pensou no lobo Fenris, o monstro sobre o qual tinha lido no livro sobre mitologia nórdica, o que lhe trouxe à mente a anotação de Isaiah. Não imaginaria que seguir um Cão iria ajudá-la na missão de impedi-lo, mas, de algum modo, aquilo era importante, e ela precisava confiar.

Assim como precisava confiar em David.

Logo tinham viajado o suficiente naquele novo terreno para que a Floresta desaparecesse atrás do horizonte irregular. A cada latido, o Cão parecia mais desesperado e, talvez, até impaciente.

— Vamos tentar não nos perder aqui — disse Owen, olhando por cima do ombro. — Não quero que minha mente fique presa neste lugar para sempre.

Aquele devia ser um dos perigos que Monroe mencionara. Grace estremeceu diante da ideia de sua mente permanecer na simulação, enquanto seu corpo continuava andando, como um zumbi no Animus, para sempre.

— Acho que não será problema se nos mantivermos no Caminho — ponderou Natalya.

— Espero que sim — concordou Grace. Assim continuaram seguindo o Cão, tentando acompanhar seu ritmo, até que ele parou e latiu para alguma coisa fora do Caminho.

Grace tentou ver o que era, e notou algum tipo de monumento de pedra no topo de uma pequena colina verdejante ali perto. Quando ela e os outros se viraram naquela direção, o Cão latiu mais uma vez, depois saiu correndo, subindo pelo morro, até a estrutura, abrindo uma trilha no capim alto.

— Acho que temos de ir até lá — disse Owen.

— Não acabamos de decidir não sair do Caminho? — perguntou Grace.

— Não é muito longe — respondeu Owen. — De lá podemos ver o Caminho. E, talvez, até dê para assimilar mais da simulação.

— Ainda parece arriscado — argumentou Grace.

O Cão latiu para eles de cima do morro.

— Também parece que é para lá que a gente precisa ir — observou Natalya. — Mas vamos manter o Caminho à vista o tempo todo.

Todos concordaram, mas Grace ainda não gostava da ideia. Quando saíram do Caminho e começaram a subir a colina, com o capim na altura dos joelhos, Grace olhava constantemente para trás, a fim de garantir que as pedras vermelhas ainda estavam lá, marcando o rumo através do inconsciente coletivo.

A inclinação da encosta acabou sendo mais íngreme do que parecia, e logo os três estavam ofegando, enquanto lá em cima o Cão continuava a soltar latidos distantes, ecoantes. Alguns minutos depois, chegaram ao topo. A estrutura que Grace vira de baixo era um círculo de pedras, todas alguns metros mais altas que ela e com cerca de um metro de largura. Ficavam bem juntas, com apenas alguns centímetros entre si, mas o círculo tinha uma abertura que não ficava longe. Os latidos vinham lá de dentro.

Passaram rapidamente pela abertura. Dentro do círculo, Grace encontrou o Cão, sentado junto de um homem, ganindo e balançando o rabo. O homem estava no chão, as costas apoiadas numa das pedras, o rosto repleto de rugas virado para o céu, olhos fechados. A barba e o cabelo grisalhos eram compridos e desgrenhados, e ele usava uma roupa rústica, feita de peles de animais. Um cajado de madeira, comprido, estava atravessado em seu colo.

Grace, Owen e Natalya se aproximaram cautelosamente. Aquelas situação e figura pareciam ainda menos previsíveis que o Cão.

— Acham que ele está morto? — perguntou Owen.

— Não estou morto — respondeu o estranho, abrindo os olhos. — Mas estou morrendo. E preciso que vocês façam uma coisa por mim depois de eu partir.

13

Contido no Animus, Sean não podia fazer nada enquanto Isaiah atravessava a capela em sua direção, segurando o Tridente do Éden incompleto.

— Até agora confiei somente em sua fé — disse Isaiah. — Mas parece que também preciso lhe mostrar o medo.

Sean não entendeu o que ele queria dizer com aquilo, mas, antes que pudesse descobrir, uma imagem passou rasgando por sua mente, lançando todas as outras de lado, mais poderosa que qualquer simulação. Vinha de um tempo anterior ao acidente, um medo recorrente que ele costumava sentir antes que sua vida se tornasse uma coisa totalmente imprevista.

Estava parado no campo de futebol. Os colegas de time lhe tinham dado as costas para parabenizar os oponentes pela vitória. Uma vitória que Sean tornara possível, fazendo besteira.

Não importava como ele tinha feito besteira. O medo vinha em todas as variedades. Não somente no futebol, mas também no basquete e no beisebol. Sempre que Sean começava a praticar um novo esporte, a imagem mudava para se acomodar. A vergonha, porém, continuava a mesma. O conhecimento de que o público e o time o tinham visto fracassar. Que ele os deixara na mão. O medo do que pensavam e diziam a seu respeito quando ele não estava por perto. A crença de que estavam certos.

Ele não era talentoso.

Não era bom.

Na verdade, era péssimo, e não importaria quanto tempo e com que intensidade treinasse. Provavelmente deveria desistir e fazer um favor a todo mundo. Sabia que o treinador e seus colegas de time queriam que ele largasse, mas eram corretos demais para dizê-lo. Só o mantinham no time por pena. Sua barriga doía ao pensar que teria de voltar para o vestiário com todo mundo. Eles iriam lhe dar tapinhas nas costas e dizer que não tinha problema, ele ter pisado na bola, mas tinha, sim. Em vez de enfrentar a verdade, ele queria que o campo se abrisse e o sugasse para onde ninguém iria encontrá-lo, onde ele seria esquecido.

Sean era inútil. Mais que inútil; fazia com que as outras pessoas ficassem para trás.

— Sean — disse uma voz tranquilizadora.

A imagem sumiu, e Sean voltou à capela. Isaiah se postava a sua frente. As bochechas de Sean estavam molhadas, e ele percebeu que havia chorado.

— O que quer que você tenha visto — começou Isaiah —, posso libertá-lo disso. Mas só se você me ouvir e fizer o que eu mandar. Seu ancestral, Styrbjörn, era um sujeito teimoso, e acho que talvez a característica esteja passando para você através dos Efeitos de Sangria. Mas preciso que permaneça forte e resista. Preciso que você se lembre do motivo para estarmos aqui, de como você é essencial. Estou muito orgulhoso do que fez até agora. Você e eu podemos fazer isso juntos.

Enquanto Isaiah falava, Sean sentiu o chão ao redor se firmando. Percebeu que não havia motivo para o medo de cair. Não quando tinha Isaiah. Não importava o que seus colegas de time e seu treinador tivessem dito ou pensado sobre ele. Por maior que fosse a besteira que fizera, agora não importava, porque ele tinha Isaiah e acreditava no que Isaiah dizia.

— Está pronto para voltar às memórias de seu ancestral?

Sean confirmou com a cabeça.

— Estou.

— Excelente.

A porta dupla da capela se abriu, e vários técnicos entraram. Foram até o Animus e, rapidamente, aprontaram a nova simulação. Isaiah pôs o capacete de volta na cabeça de Sean e lhe deu um aperto firme no ombro antes de jogá-lo de volta ao rio revolto da mente de Styrbjörn. Instantes depois, o garoto estava entre Palnatoke e Harald Dente Azul, ombro a ombro na proa de seu navio.

As águas calmas do lago Mälaren tinham permitido a passagem fácil de seus navios, mas a jornada não se revelara tão rápida quanto ele gostaria. Haviam parado em várias aldeias ao longo do caminho a fim de recrutar homens para seu estandarte, mas poucos se juntaram ao exército. Parecia que, em sua ausência, a honra se tornara uma raridade entre os sveas, mas também diziam que trolls astutos tinham começado a percorrer as florestas, no alto das árvores, prontos a matar qualquer um que apoiasse Styrbjörn. Servos foragidos haviam sido atacados, e a notícia, se espalhado. Contudo, Styrbjörn não acreditava em monstros.

Superstição ou não, não importava, porque ele tinha guerreiros e navios mais que suficientes para derrotar Eric, e logo chegaria à foz do Fyriswater. Dali subiriam o rio, remando até Uppsala e o campo de batalha.

Palnatoke parecia tão ansioso por isso quanto Styrbjörn, assim como todos os jomsvikings cujo pacto os tornava dispostos a guerrear. De seu outro lado, no entanto, a covardia de Harald tornara-se mais nítida a cada légua percorrida, e sua mão jamais se afastava daquela estranha adaga. Styrbjörn se sentia ofendido pela irmã ter-se casado com aquele dinamarquês, não importando seu poder nem o tamanho de seu reino.

— O que é isso? — perguntou finalmente a Harald, indicando a adaga. — É uma arma estranha. Não consigo pensar numa utilidade para ela. No entanto, você fica agarrado ao cabo como um leitão na teta da mãe.

Um vermelho furioso brotou no rosto de Harald.

— Para você, não é nada.

— Se não fosse nada para mim, eu não perguntaria.

— Então, ela simplesmente não é nada.

— Duvido muito. O que ela é para você?

Harald fechou a boca com força, o primeiro sinal de determinação que havia mostrado, e, naquele momento, a curiosidade de Styrbjörn com relação à adaga chegou a um ponto em que não poderia ser negada. Sean estivera esperando um momento assim, quando seu ancestral finalmente notasse o Pedaço do Éden.

— Quero fazer uma barganha com você — sugeriu Styrbjörn.

Harald o encarou com irritação. De seu outro lado, Palnatoke ouvia e observava com um brilho de diversão nos olhos.

— Você não vai perguntar quais são os termos? — perguntou Styrbjörn.

— Não — respondeu Harald.

— Vou dizê-los mesmo assim. — Styrbjörn se virou para encarar Harald, os braços cruzados. — Vou liberar você, seus homens e seus navios. Aqui. Agora.

Então, Harald o encarou, como um peixe olhando a isca num anzol.

— Juro — disse Styrbjörn. — Se pagar meu preço, eu o libero, e estará livre para voltar para sua mulher, minha irmã, com a honra intacta.

— E qual é seu preço? — perguntou Harald, com olhos estreitados.

— Imagino que queira minha adaga, não é? Mas não a pretendo dar, nem por...

— Não. — Styrbjörn desviou os olhos, como se momentaneamente achasse o litoral longínquo mais interessante que a conversa. — Não quero sua adaga.

— Então quer o quê? — Agora Harald estava irritado, e Palnatoke se inclinou, como se também esperasse a resposta.

— Quero que pegue sua adaga e a jogue nas águas do Mälaren.

Palnatoke gargalhou.

Harald, não.

Naquele momento, Sean sentiu um pânico súbito com a possibilidade de a adaga estar perdida em algum ponto de um lago muito profundo, dependendo de como aquela memória corresse. Isso também significaria o fim da simulação, mas não podia ser. Ele não podia fracassar com Isaiah.

— Como eu disse — Styrbjörn sorriu para o rei dinamarquês —, é um preço pequeno. Sua liberdade e sua frota em troca de jogar fora uma simples e inútil adaga que, segundo você conta, não significa nada. O que me diz?

Finalmente a raiva de Harald se mostrou inteira. O dinamarquês chegou a estremecer de tanta raiva.

— À barganha, eu digo não. E a você, digo que os deuses o amaldiçoem.

— Mas você não acredita mais nos deuses — observou Styrbjörn. — Você tem seu Cristo Branco. E agora sei que sua adaga é muito mais que nada, e era só isso que eu queria que você admitisse. Estou satisfeito.

Palnatoke riu de novo.

— Você aposta como um homem à beira da morte, Styrbjörn.

— Foi um ardil? — Harald balançou a cabeça. — Um jogo? Você fez promessas falsas...?

— Falsas, não — retrucou Styrbjörn. — Se você tivesse jogado a adaga fora, eu manteria minha palavra. Mas eu sabia que você não iria se desfazer dela. Agora me diga o porquê.

— Por quê? — Harald piscou, parecendo meio perplexo. — A adaga é uma relíquia sagrada. Presente do imperador saxão Otto, que me foi dado pelo clérigo que me batizou como cristão. Quem a deu a Otto foi o Pai da Igreja em Roma.

— É uma relíquia do Cristo? — perguntou Styrbjörn. — E você trocaria sua liberdade e a de seus homens por ela?

— Sim.

Ainda que isso confundisse e até impressionasse Styrbjörn, Sean sabia que era mentira ou, pelo menos, uma verdade parcial. Harald podia ter recebido a adaga como contara, mas Sean ainda acreditava que ele entendia a verdadeira natureza do objeto, o que explicaria a recusa em jogá-lo fora.

— Talvez você tenha algum tipo de honra — disse Styrbjörn, mas duvidava de que fosse o tipo que impediria Harald de traí-lo, caso a oportunidade surgisse.

Depois daquilo, a frota continuou navegando e logo chegou à foz do Fyriswater, mas os navios pararam rapidamente quando Styrbjörn descobriu que a rota fora totalmente bloqueada por um muro de estacas.

Troncos de árvores haviam sido derrubados e cravados no leito do rio, projetando-se da água em todos os ângulos, densos como um espinheiro, e amarrados juntos. Não poderia haver dúvida de seu propósito, e a incredulidade de Styrbjörn logo se transformou em fúria ao perceber o que Eric fizera.

— Vamos atracar a frota — ordenou Styrbjörn, e, naquela noite, alguns homens acamparam em terra enquanto outros dormiam nos navios.

Ele montou um conselho em volta de sua fogueira para discutir o próximo passo do exército. Diante da barricada, Dente Azul propôs que se retirassem, e a mera sugestão confirmou o que Styrbjörn acreditava: o sujeito era um covarde.

— Esse deveria ser um ataque de surpresa — disse Harald. — Mas é óbvio que Eric está preparado. Mais preparado do que talvez você tenha percebido.

— Não importa o quanto ele esteja preparado — contrapôs Styrbjörn. — Não vou recuar, e ele não terá mais sucesso que você ao se opor a mim.

Harald ignorou a patada, e Styrbjörn se perguntou o que seria necessário para finalmente provocar o dinamarquês, que simplesmente respondeu:

— Ele tem mais homens que você.

— Você também tinha — argumentou Styrbjörn. — Mas os números não significarão nada quando eu o matar na frente dos próprios homens.

— Sua estratégia é estreita demais. Ouça o que eu digo. Já venci muitas, muitas batalhas e, em algumas, alcancei a vitória sem ao menos ter de desembainhar a espada, mas não me ouça como rei. Agora falo com você como irmão, porque você é o irmão de minha mulher, e eu não gostaria de vê-la sofrer com sua morte. Há astúcia nessas estacas...

— Há astúcia em *mim*! — rugiu Styrbjörn.

Harald balançou a cabeça.

— Não tanto quanto acho de que precisará.

Styrbjörn se conteve, e Sean pôde sentir como aquilo era difícil.

— Se você fosse casado com qualquer mulher que não minha irmã, Harald Dente Azul, morreria neste momento, por minha mão. Está me chamando de idiota?

— Não — respondeu Harald muito calmamente. — Acho que você é bem astuto, a seu modo. Mas acho que é impaciente. Vai precisar de mais que seu machado e seu escudo para recuperar a coroa, Styrbjörn, o Forte. Também vai precisar de tempo e oportunidade, mas não creio que vá esperar por uma coisa nem outra.

— Não vou. Já esperei demais.

Ele lançou um pedaço de madeira no fogo, levantando uma nuvem de cinzas e brasas. Todos os homens, menos o velho Palnatoke, recuaram do círculo de pedras. Styrbjörn olhou para ele, hesitando em buscar seu conselho, porque respeitava o jomsviking, e, se Palnatoke concordasse com Harald, talvez fosse obrigado a ceder. Mas ignorar Palnatoke seria um erro maior ainda.

— O que você diz? — perguntou Styrbjörn, encarando o amigo.

Palnatoke olhou para Styrbjörn, depois para Harald.

— Acho que não deveríamos subestimar Eric. Concordo que há astúcia naquela paliçada, mas não concordo que deveríamos recuar.

Styrbjörn assentiu, encorajado.

— Continue.

— A pergunta que devemos responder é como lidar com o impasse. Saímos dos navios e marchamos para Uppsala? Ou liberamos o rio e vamos com remo e vela, como planejado?

— Liberar o rio demoraria demais — considerou Styrbjörn.

— Demoraria, sim — assentiu Palnatoke. — Mas, talvez, seja isso que Eric deseja. Atrasá-lo.

— Ou talvez Eric esteja tentando forçá-lo a marchar por terra — contrapôs Harald. — De modo a ficar mais vulnerável.

Styrbjörn achou que as duas estratégias seriam dignas de crédito, vindas do tio. Mas uma delas era mais provável que a outra, porque sabia que Eric era covarde. Ele envenenara o pai de Styrbjörn. Isso nunca fora provado, mas Styrbjörn sabia que era verdadeiro, assim como sabia que o veneno era uma arma de covardes. Eric pusera as estacas no rio pelo mesmo motivo. Estava com medo. Sabia que Styrbjörn estava a caminho, e queria retardá-lo de qualquer modo possível. Aquilo simplificou a escolha.

— Vamos marchar — decidiu Styrbjörn. — Vamos marchar depressa. Espalhe a notícia entre os homens. Preparem-se para partir ao amanhecer.

Os capitães jomsvikings saíram para espalhar a ordem, mas Palnatoke e Harald ficaram com ele.

— Vocês têm mais alguma coisa a dizer? — perguntou Styrbjörn.

— Só que deveríamos nos preparar para mais esquemas traiçoeiros — respondeu Palnatoke. — É uma longa marcha até Uppsala.

— Estaremos preparados — garantiu Styrbjörn. — Não espero que seja fácil. Mas nada vai nos impedir.

— Então lhe dou boa noite, irmão de armas. — E Palnatoke se recolheu, entre seus homens.

Em seguida foi a vez de Harald falar:

— Acredito que você está marchando para a morte, Styrbjörn. Mas, como vejo que não será dissuadido, também lhe desejo boa noite.

— Será necessário mais do que alguns gravetos no rio para me amedrontar e fazer com que eu recue. Eu travo minhas batalhas de um modo diferente de você.

Harald assentiu e se virou, mas um pouco rápido demais, e algo em sua postura levantou suspeita.

— Onde vai dormir esta noite, Harald? — perguntou Styrbjörn.

Harald hesitou, e Styrbjörn ouviu traição no silêncio.

— No navio, com meus homens.

— Para poder zarpar antes do alvorecer? Deixando para trás o pouco de honra que ainda possui?

Harald voltou à fogueira e encarou Styrbjörn do outro lado das chamas.

— Por respeito a minha mulher, e considerando sua juventude, suportei seus insultos. Mas não o farei eternamente.

Styrbjörn se levantou e deu a volta no círculo de pedras, parando junto do dinamarquês.

— Quer defender sua honra? — Mesmo dito como uma pergunta, Styrbjörn fez com que parecesse uma ameaça, e o recuo de Harald sugeriu que ele tinha entendido daquela exata forma.

— Vou defender minha honra no devido tempo e do modo que eu escolher. Boa noite, Styrbjörn. — Em seguida, ele se virou de novo, mas o outro o agarrou pelo braço e o fez girar.

— Você vai dormir aqui esta noite — ordenou o homem. — Perto de minha fogueira.

Harald balançou a cabeça.

— Não, Styrbjörn. Vou dormir em meu navio.

— Não confio em você, para deixá-lo dormir lá, mas sei que seus homens não partirão sem você, o que significa que você não vai sair de meu lado até estarmos avançados na marcha.

Harald suspirou.

— Que garantia posso lhe dar? Aparentemente, não basta eu ser casado com sua irmã.

Styrbjörn não precisou pensar muito para responder, e, dentro de sua mente, a ansiedade de Sean aumentou.

— Deixe sua adaga comigo — disse Styrbjörn.

— Jamais.

— Se você não deixar sua adaga comigo, não vai sair daqui.

Harald fez uma carranca e tentou passar por ele, mas Styrbjörn o segurou pelos ombros, levantou-o do chão e o jogou contra uma árvore. Não com força suficiente para matá-lo, mas o bastante para que ele soubesse com que facilidade poderia ser morto. Harald se levantou cambaleando, dolorido, e enxugou o sangue que agora escorria de um talho na cabeça. Styrbjörn viu o ódio que ardia dentro do cunhado, e soube que um dia Harald tentaria matá-lo. Mas não naquela noite.

Em vez disso, o dinamarquês baixou a mão e desafivelou a adaga da cintura. Depois foi até Styrbjörn e pôs a arma na mão do homem.

— Quando sua irmã chorar sua morte, estarei lá para consolá-la — disse Harald. — Saiba disso. — Depois se afastou da fogueira e desapareceu.

Styrbjörn olhou para a adaga. Era de fato uma arma estranha, com uma curva na lâmina serrilhada e um cabo incomum, enrolado em couro. Para uma relíquia cristã, certamente não impressionava, especialmente quando comparada ao martelo de Thor ou à lança de Odin. Mas o que Styrbjörn pensava sobre a adaga não era relevante. Só importava que, com ela, podia controlar Dente Azul. Enquanto a afivelava à cintura, Styrbjörn sorriu, mas, dentro da memória, Sean gargalhou.

— Isaiah! — disse ele. — Estou com ela!

Excelente trabalho, Sean. Estamos quase lá, mas não vamos colocar o carro na frente dos bois. Ainda precisamos descobrir o que seu ancestral fez com o dente.

— Certo. — Sean se esforçou para se acalmar. — Claro.

Estou vendo que Styrbjörn vai dormir. Vamos acelerar a memória um pouco, está bem?

— Ok — disse Sean, e a simulação acelerou por ele num borrão de imagens oníricas fragmentadas, trolls, cães, madeira cortada e enchentes, depois escuridão, mas essa confusão terminou abruptamente quando Palnatoke acordou Styrbjörn, arrastando Sean de volta às profundezas da mente do ancestral.

— Que horas são? — perguntou Styrbjörn, sentando-se. Tateou em busca da adaga e a encontrou ainda à cintura.

— Faltam algumas horas para o alvorecer.

Styrbjörn soltou um resmungo.

— Então, por que me acordou?

— Dente Azul. Foi embora com todos os seus navios.

14

O homem das cavernas agonizante os encarou com olhos opacos e aquosos. Owen não sabia se era tecnicamente um homem das cavernas, mas parecia. Usava peles de animais e nenhum tipo de tecido, pelo que podia ver. A pele castanha parecia quase corrugada, com sujeira preta nas dobras e rugas, e havia pedaços de palha no cabelo e na barba, ambos compridos e grisalhos.

— Podemos ajudar o senhor? — perguntou Owen. — Está machucado? Ou doente?

— Você faz perguntas complicadas — respondeu o homem.

Para Owen, não pareciam complicadas. Ele olhou para Grace, que encolheu os ombros ligeiramente.

— Vocês não podem impedir minha morte, se é isso que está perguntando — disse o homem. — Depois de todo esse tempo, cheguei ao fim de minhas andanças.

— Qual é seu nome? — perguntou Natalya.

— Meu nome? Deixei isso para trás no Caminho, há muitos anos. Ele não tinha utilidade para mim e só me pesava.

Seu Cão parecia ter relaxado, agora que havia trazido ajuda para o dono. Deitou-se ao lado do homem com um suspiro e pousou a cabeça pesada em seu colo, os olhos amarelos se levantando a intervalos de alguns instantes para espiar o rosto do dono.

— Seu cachorro tem nome? — perguntou Owen.

— Ah, ele não é meu.

Owen franziu a testa.

— Mas eu achei...

— Ele não é meu, tanto quanto não sou dele. — O estranho baixou os olhos e sorriu, revelando a boca com dentes cinzas e alguns faltando.

Em seguida, alisou os pelos na grande cabeça do animal e coçou atrás de uma orelha. O Cão fechou os olhos. — Acho que você poderia chamá-lo de alguma coisa, se quisesse. Eu só o chamo de Cão. Estamos juntos nas estradas mais escuras e nas mais lindas também.

— O senhor é um viajante? — perguntou Natalya.

O estranho pareceu pensar naquilo por um momento.

— Acho que um viajante tem um destino em mente. Um lugar aonde chegar. Não tenho nada disso.

— Então o senhor só... tipo... anda por aí? — perguntou Owen.

— É — assentiu o estranho, depois balançou o dedo para Owen, sorrindo de novo. — É, sou um Andarilho. Ele olhou de novo para o Cão, ainda coçando a orelha do bicho, e seu sorriso foi sumindo. — Logo vou caminhar para onde ele não pode ir.

— Tem certeza de que o senhor está morrendo? — perguntou Grace.

— Talvez...

— Não consigo sentir minhas pernas. — Em seguida, levantou a mão direita e flexionou os dedos, abrindo e fechando. — Estou com frio em todo o resto do corpo. Sinto a vida escoando de mim para o chão. Para essa pedra atrás de mim. Para essa colina.

— Sinto muito — lamentou Grace.

— Por quê? — perguntou ele. — Testemunhei maravilhas, horrores e coisas lindas, cotidianas. Passei a vida fazendo perguntas. Às vezes encontrei as respostas, e às vezes encontrei mais perguntas. E às vezes, quando tinha muita sorte, encontrava a verdade. — Ele olhou de novo para o Cão. — Só me resta uma pergunta a fazer. Mas, antes disso, preciso de um favor.

— Um favor nosso? — perguntou Owen. — Foi por isso que seu Cão nos trouxe aqui?

— Não. Ele é um Cão. E os trouxe aqui porque está preocupado comigo. Sabe que há alguma coisa errada, e espera que vocês a consertem. Mas, agora que estão aqui, sim, tenho um favor a pedir.

— O que podemos fazer pelo senhor? — perguntou Grace.

O Andarilho pigarreou e fez uma pausa.

— Depois de eu partir, vocês encontram um novo companheiro para ele?

Owen quase havia esperado aquilo e olhou para o Cão. Uma das patas do animal estremeceu e o focinho ondulou, e Owen percebeu que o animal já havia caído no sono, sem ter a mínima ideia do que o Andarilho dizia a seu respeito. Estava com ele naquele momento, e só isso importava; estava contente. Owen sorriu para o Cão, mas era um sorriso triste. Depois de seu companheiro partir, o animal não entenderia, ficaria confuso e sozinho. Sofrendo. Aquilo não era justo.

— Nós realmente gostaríamos de ajudar — disse Natalya. — Mas não... é... não conhecemos ninguém aqui.

— Sei. — O Andarilho coçou a sobrancelha com um dos polegares cuja unha estava lascada e gasta. — Eu... eu me preocupo com o que vai acontecer com ele.

Um aperto surgiu na garganta de Owen, mas ele o engoliu e disse:

— Vamos levá-lo.

Natalya e Grace o encararam.

Owen sabia que isso era apenas uma simulação. Monroe diria que o Cão era um símbolo, e não um bicho de estimação, mas não lhe parecia assim. Sabia o que o animal iria enfrentar, e não poderia deixá-lo sozinho.

— Nós vamos levá-lo — decidiu ele. — Vamos tomar conta dele até lhe encontrar uma casa.

— Obrigado. — O Andarilho fechou os olhos de novo e encostou a cabeça na pedra. — Obrigado.

— De nada — respondeu Owen.

— Não muito longe daqui há uma encruzilhada — explicou o Andarilho. — Acho que lá encontrarão alguém para meu Cão, se esperarem o suficiente.

— Vamos até lá — disse Owen. — Vamos arranjar alguém.

Grace e Natalya não tinham questionado o plano, mas Owen sabia que elas não estavam muito confiantes. Não sorriram e não confirmaram com a cabeça. Na verdade, Owen sentia o mesmo. Se levassem aquele Cão e passassem um tempo na Encruzilhada, onde quer que isso fosse, significaria menos tempo procurando o Cume e a chave para aquela simulação. Menos tempo deduzindo como ela poderia ajudá-los a impedir Isaiah.

O Andarilho se inclinou e encostou o peito no Cão em seu colo, abraçando a cabeça enorme. O animal acordou de repente e sentou-se, alerta. Depois estendeu o focinho para o rosto do homem, farejando, e lambeu seu queixo uma vez. Ganiu.

— Você sabe — disse ele, soltando o ar. — Você sente o cheiro.

O Cão se levantou e chegou mais perto, lambendo seu rosto outra vez, insistente, ansioso. As bochechas, a testa, o nariz, os lábios. O Andarilho fechou os olhos e deixou. Então, enfiou os dedos das duas mãos na pelagem densa em volta do pescoço e puxou o Cão para perto, encostando a testa na do animal.

— Eu sei — sussurrou ele. Depois se recostou na pedra e olhou para o céu. — Está nevando. Vou fazer minha pergunta agora.

Mas não estava nevando. Nem estava frio. Owen levantou os olhos.

E, então, estava nevando.

Delicados flocos brancos desciam facilmente de um céu cinzento, e alguns tocaram o rosto de Owen com seus gumes gelados. O Cão ganiu de novo. Owen baixou os olhos e soube que o Andarilho havia morrido. Seu corpo estava vazio. O Cão lambeu o rosto sem vida, esperou e ganiu, e lambeu, e ganiu. Em seguida, olhou para Owen, como se estivesse desesperado para ele fazer alguma coisa, depois olhou de novo para o Andarilho, que o havia abandonado. A neve se juntou em seu pelo, branca contra os fios escuros, e agora ele latiu, parecendo frenético, mas não contra nada nem ninguém. Só por confusão e medo.

Grace olhou o corpo do Andarilho.

— Sei que ele não é real e que não morreu de verdade. Mesmo assim é difícil.

— Acho que não sei mais o que significa real — disse Natalya. — Quando o...

O Cão soltou um som como um gemido, deitando-se ao lado do companheiro morto, pondo a cabeça em seu colo, como fizera apenas alguns instantes atrás.

— Coitadinho — lamentou Grace.

— Agora você vê por que eu não poderia deixá-lo para trás — explicou Owen. — Quer falar sobre o que é real? Para mim, se parece real, é real. E eu sinto isso em relação a esse Cão.

— Nós também — concordou Natalya.

Agora a neve caía com intensidade, e, em instantes, montinhos brancos haviam se juntado em volta do corpo do Andarilho, enterrando-o lentamente, o Cão sofrendo ao lado. Owen olhou pela abertura no círculo de pedras e notou que não parecia estar nevando em nenhum outro lugar. Só no topo da colina, onde a temperatura havia caído rápida e subitamente.

— Acho que deveríamos voltar ao Caminho — aconselhou Natalya.

Owen concordou e chamou o Cão.

— Vem, garoto.

Ele não se mexeu. Nem levantou a cabeça.

Owen chegou mais perto e deu um tapa na própria perna.

— Garoto, vem.

Viu as orelhas do animal se moverem, virando-se em sua direção, por isso soube que ele estava escutando e simplesmente optando por ignorá-lo. Com todo aquele tamanho, Owen ainda tinha medo de se aproximar do Cão, mas percebeu que precisaria, se quisesse convencê-lo a acompanhá-los. Por isso chegou mais perto, um passo de cada vez, medindo-lhe a reação a sua presença.

— Cuidado — pediu Grace. — Ainda agora li sobre um deus nórdico que teve a mão arrancada por um lobo.

— Obrigado, Grace, essa é uma ótima história — respondeu Owen, dando mais um passo.

— Só estou dizendo...

O Cão rosnou, e, se Owen tivesse escutado aquele som durante uma caminhada, presumiria que se tratava de um urso ou um lobo. Teria partido correndo, e não teria escolha. O rosnado sacudiu seus ossos. No entanto, em vez de correr do topo da colina, ele parou onde estava e se manteve firme no lugar. O Cão virou a cabeça ligeiramente para ele, espiando-o com um olho. Mas não exibia os dentes e o rosnado fora interrompido quando o garoto parou. Lentamente, Owen se abaixou na neve e sentou-se.

— O que você está fazendo? — perguntou Natalya com um sussurro alto. — Owen, saia daí.

— Podem ir na frente — disse Owen, sem afastar os olhos do Cão. — Alcançamos vocês daqui a pouco.

— Está falando sério? — perguntou Grace. — Quer que a gente o deixe sozinho? Nesta simulação? Com essa coisa?

— Ele só está com medo — respondeu Owen. O Cão tinha começado a ofegar, apesar de estar deitado na neve. — Só vou ficar aqui sentado um pouco, ver se ele se acalma.

— Não temos tempo para isso — disse Natalya, batendo um pouco os dentes por conta do frio. — E acho que esse Cão pode se virar muito bem sozinho.

— Essa não é a questão — retrucou Owen. — E eu disse para vocês irem na frente.

— Acho que foi bom eu ter vindo — disse Grace. — Natalya precisa de alguém com bom senso na cabeça.

— Owen — chamou Natalya. — Pare e pense nisso. Pense em onde você está. Pense nos riscos.

Owen conhecia os riscos e sabia que parecia ridículo, mas não se sentia ridículo. Isso parecia importante, e real, e ele não estava preparado para desistir. A neve quase havia enterrado as pernas do Andarilho, apenas a parte de cima da calça de couro aparecia. A neve no pelo do Cão tinha se tornado límpida e gelada nas bordas.

— Estou falando sério, pessoal — insistiu Owen. — Podem ir. Vou ficar bem.

— Está frio demais — argumentou Grace.

— Vou ficar bem. Não vou abandonar o Cão.

Natalya balançou a cabeça e deu de ombros.

— Tudo bem. Certo, ótimo. — E se virou para Grace. — Vamos indo, acho.

— Pois é — concordou Grace.

As duas se viraram para ir, mas Owen continuou olhando o Cão, esperando. Não sabia direito o que esperava, mas esperou. A neve embaixo de si começou a derreter e encharcar sua roupa, e finalmente o frio o dominou. Pôs os braços perto do peito e dobrou as pernas, de modo a ficar sentado quase em posição fetal. Depois de um tempo, a neve que caía se grudou aos cílios e ele sentiu seu peso na cabeça e nos ombros. Quando se sacudiu como um cão para afastá-la, o Cão de verdade levantou a cabeça e o olhou. Imaginou que estivesse avaliando sua técnica.

— Não sou bom nisso, não é? — perguntou o garoto.

O Cão baixou a cabeça de novo e ganiu.

— Sinto muito. — Em seguida, Owen olhou por cima do ombro para se certificar de que Natalya e Grace tinham ido embora. — Eu também perdi alguém. Isso não fez nenhum sentido para mim. Ainda não faz. Nem pude me despedir, de modo que você tem sorte, porque pôde. — Ele balançou o corpo, tentando se esquentar com algum movimento. — Mas você não pode ficar aí deitado. Precisa seguir adiante. É isso que ele iria querer.

O Cão o olhou enquanto ele falava, depois bocejou com um pequeno ganido, mostrando todos os dentes afiados.

— Vem, garoto. — Owen bateu no chão coberto de neve ao lado do seu corpo, deixando uma impressão.

O Cão o olhou, mas não se mexeu.

— Você vem? — Ele deu outro tapinha. — Vem.

O Cão olhou para o lugar que ele havia indicado, e Owen teve certeza de que o animal entendia exatamente o que ele queria. Mas continuou onde estava. Owen começara a duvidar se ele um dia sairia voluntariamente de perto do Andarilho. Sem dúvida não poderia puxá-lo, mesmo se ele decidisse não lhe fazer mal. O Cão era simplesmente grande demais.

Agora Owen tremia de um jeito incontrolável. Convulsões violentas pegaram seus músculos e os apertavam com força. Ainda seria fácil andar ou se arrastar para fora do círculo de pedras, escapar da neve para a luz quente do sol. Mas se recusou a fazer isso. Mesmo que significasse congelar até a morte e dessincronizar, não deixaria o Cão. Ele precisava saber. Precisava saber que é possível perder alguém que significa tudo e, ainda assim, continuar vivendo.

Além disso, se o Cão era suficientemente dedicado para ficar ao lado do companheiro, Owen poderia ficar perto dele. Assim ficou e ficou, esperando que, se morresse congelado naquela simulação, isso não causasse nenhum dano definitivo a sua mente.

Àquela altura, a neve tinha coberto as pernas do Andarilho e chegado à cintura. Quanto ao Cão, Owen ainda podia ver a crista de pelos das costas, além do pescoço e da cabeça, mas todo o resto estava enterrado.

Não sabia há quanto tempo estava ali. Tentou deduzir, observando a taxa de queda da neve que se empilhava, mas, antes de chegar àquele ponto, seus pensamentos desmoronaram numa confusão e ele perdeu a conta. Ficou sonolento. Tinha lido livros e assistido suficientemente à TV para saber que aquilo era sinal de hipotermia. Mas não se importou. Havia decidido que ficaria até o fim, e talvez dormir tornasse mais fácil a dessincronização.

O pensamento era atraente. Simples.

Dormir.

— Eu... admiro sua... devoção — disse ao Cão. Depois caiu de costas na neve, olhando o céu que dançava. — Devoção — repetiu, pensando que a palavra era importante, mas não conseguia se lembrar de como nem por quê. Fechou os olhos e se sentiu subindo para o céu, como um floco de neve despistando a gravidade.

Subiu mais alto.

Mais alto.

Poderia se perder ali em cima, em todo aquele nada. Só um floco flutuando e...

Alguma coisa quente ardeu em seu rosto. Alguma coisa derretida no frio, que o fez retornar ao corpo numa ardência. Sentiu um cutucão suave, da cabeça aos joelhos. Sentiu algo o puxando, e ouviu o som de algo se rasgando, então, algo puxou todo o seu corpo por sob as axilas, arrastando-o pela neve. Sentiu a neve deslizando embaixo de si, em sulcos e volumes, e ouviu uma respiração áspera no ouvido.

Era o Cão.

Conforme sua mente voltava do céu, Owen percebeu uma luz caindo sobre as pálpebras, um vento quente na pele e o sussurro da grama embaixo. Quando seu corpo parou, ele abriu os olhos, franzindo as pálpebras, e viu a cabeça do Cão diretamente acima. O Cão olhou para ele, ofegando, depois chegou mais perto para lamber seu rosto.

— Certo, certo — disse Owen, levantando as mãos para mantê-lo distante. — Bom garoto.

O Cão recuou e ficou parado, balançando o rabo. Latiu.

— Vou me levantar. — Mas cada parte de Owen doía conforme esquentava, e ele demorou um tempo só para conseguir se sentar, e mais tempo ainda para ficar de pé. Seu cabelo e as roupas estavam encharcados, e sua camiseta predileta pendia frouxa e rasgada no ombro, onde aparentemente o Cão tinha usado os dentes para puxá-lo.

Ele o vira desmoronar e o havia salvado.

E ali estava Owen, na colina, meio tonto, olhando para o Caminho lá embaixo, enquanto uma névoa densa cobria o círculo de pedras acima. O Cão sentou-se a seu lado, e Owen coçou atrás de sua orelha, como vira o Andarilho fazer. O pelo estava molhado e frio com a neve derretida, e o Cão cheirava como qualquer cão, só que talvez pior.

— Obrigado. Quero que você saiba que esse não era meu plano. Mas, se alguém perguntar, vou dizer que foi.

De onde estava, podia ver o Caminho serpenteando entre as rochas brancas e as colinas verdes. Examinou-o, mas não viu sinal de Grace ou

Natalya. Ao longe, não sabia direito a que distância, parecia que outra estrada atravessava o Caminho, formando uma encruzilhada.

— Deve ser lá — indicou, olhando o Cão. — É onde vamos encontrar um novo companheiro para você. Vem, garoto. — Ele deu alguns passos lentos e pesados, descendo o morro.

Mas o Cão não o acompanhou.

Owen se virou para trás, o Cão também, olhando a mortalha de névoa. O Cão salvara Owen, mas isso não significava que estivesse pronto a deixar o Andarilho. Ganiu e se mexeu, quase dando alguns passos sem sair do lugar.

Owen suspirou. Tinha quase morrido congelado por causa dele. Se isso não bastava para o Cão segui-lo, não sabia o que mais fazer. Natalya e Grace estavam em algum lugar adiante, e talvez fosse possível alcançá-las. Ainda não queria deixar o Cão, mas agora que o bicho parecia ter superado o sofrimento, pelo menos o suficiente para sair de perto do Andarilho, Owen se sentiu melhor a respeito.

— Venha! — gritou de novo, colocando o máximo de comando na voz, depois lhe deu as costas. Decidiu não olhar para trás. Simplesmente desceria o morro. O Cão iria segui-lo ou não.

Estava na metade do caminho quando o Cão latiu. Owen continuou andando, devagar e com firmeza, sem olhar para trás. Depois de alguns passos, o bicho latiu de novo, e ele continuou andando. Mas o latido seguinte pareceu mais próximo. Alguns instantes depois, o Cão latiu logo atrás dele, depois chegou a seu lado, ofegando.

Owen olhou para ele.

— Bom garoto.

O Cão ainda parecia inquieto, andando de cabeça baixa, ocasionalmente se virando para o morro, mas o acompanhou até ele chegar à segurança do Caminho e partir na direção em que viajavam antes. Esperava que Grace e Natalya não tivessem se adiantado demais.

15

No escuro era difícil ter certeza, mas parecia que todos os navios dinamarqueses haviam se separado da frota de Styrbjörn e agora remavam de volta na direção de onde tinham vindo. David e Östen se maravilharam ao ver como fora efetiva a estratégia de Thorvald. Todo o trabalho para derrubar e colocar as estacas no Fyriswater havia sido recompensado, e agora o exército de Styrbjörn fora tremendamente reduzido antes mesmo do início da luta.

— Agora começa nosso trabalho de verdade — disse Thorvald a seu grupo. — Mas, a partir dessa noite, será trabalho com lâminas.

Eram trinta homens reunidos em volta do escaldo, homens que ele havia escolhido dentre os convocados sob o *ledung*. Östen fora o primeiro, seguido por Alferth e Olof, e dali tinham ido de acampamento em acampamento pela planície de Fyrisfield, levando apenas os mais fortes e determinados que podiam encontrar. Para Thorvald também tinha sido importante que todos fossem sveas e trabalhadores da terra.

— Nos próximos dias e semanas — começou Thorvald — vocês podem descobrir que seu senso de honra foi desafiado, porque não enfrentaremos Styrbjörn em terreno aberto. Por enquanto, não. Vamos atacar e sumir, depois vamos atacar de novo. Mantive nosso número pequeno porque não somos o machado e o escudo. Seremos a faca nas costas de Styrbjörn, e é bem provável que muitos de nós não voltemos para nosso lar. Se não quiserem fazer parte disso, podem ir embora e retornar a Uppsala. Não vou pensar mal de nenhum de vocês por causa disso.

Ninguém fez menção de partir, mas aquilo não surpreendeu Östen.

Thorvald tinha se mostrado um homem estranho, mas capaz. Não parecia grande, mas era incrivelmente forte. E, apesar de ser bardo, possuía espírito de guerreiro. Também possuía uma inteligência como Östen jamais havia encontrado.

— Descansem por uma hora — aconselhou Thorvald. — Styrbjörn marcha amanhã, e devemos estar bem adiante de seu exército.

— E se ele ordenar que os jomsvikings liberem o rio? — perguntou Alferth.

— Ele não o fará. Especialmente agora que Dente Azul o abandonou. Sua fúria não vai se manter parada por tempo suficiente a fim de que libere o rio.

Até agora o bardo estivera certo com relação a Styrbjörn. Naquele sentido, Östen confiava nele e foi encontrar um local para se deitar e dormir o quanto pudesse. Não tinham construído uma fogueira e não deixariam nenhum sinal para trás, nada que revelasse sua presença aos jomsvikings. Olof e Alferth o seguiram. Os três haviam formado certa ligação, e, enquanto se acomodavam em suas capas, Alferth falou com a voz tão perto do chão quanto uma sombra:

— Não gosto disso.

— Eu também preferiria uma fogueira — disse Olof.

— Não — retrucou Alferth. — Não gosto dessa coisa de me esgueirar. Não sou ladrão nem assassino. Quando mato, é à vista dos deuses.

— Você poderia ter ido embora agora mesmo — argumentou Olof. — Por que não o fez?

— Porque pareceria covarde.

— Então, fez sua escolha — observou Östen. — Agora a maior desonra seria fracassar.

— Por que você está aqui? — perguntou Alferth a Östen. — Todos conhecemos seu nome. Esse trabalho não parece adequado a sua reputação.

O fio amarrado no pulso de Östen tinha sobrevivido ao trabalho na água e na lama do dia anterior. Apesar de agora estar com uma crosta e sujo, mantinha-se firme.

— E que reputação carrego? — perguntou ele.

Alferth não disse nada. Parecia apanhado numa rede que Östen não pretendera lançar, com medo de responder de um modo ofensivo. Östen decidiu aliviar o amigo.

— Antes, eu lutava por glória e honra — explicou ele. — Mas, agora, luto por minha família e por minha fazenda, e vou defendê-las do modo que garanta a vitória de Eric.

— Eu o respeito por isso — disse Alferth. — Mas Odin invoca os mortos no campo de batalha, não na escuridão e na obscuridade da emboscada.

— Minha fazenda não é grande. Mas é minha, e Eric nunca a invejou. Ele tem sido justo em todos os tratos com os donos de terras. A terra de Olof fica ao lado da minha, e ele também sabe que isso é verdade.

Olof assentiu.

— O irmão de Eric não era tão honrado — continuou Östen. — O assassino que o envenenou fez um serviço aos sveas. Se Styrbjörn voltar, temo que ele seja como o pai, que retornemos aos velhos tempos. — Östen hesitou. — Se o trabalho com facas na companhia de Thorvald significa que abro mão de meu lugar no Valhalla, é para que minha família fique com nossas terras quando eu me for.

Alferth nada disse, mas assentiu.

No silêncio que se seguiu, David sentiu orgulho pelo ancestral, mas também experimentou confusão. Como Östen podia defender tanto a liberdade e ter em casa um thrall trabalhando na mesma fazenda que ele lutava para defender? Era uma sensação que poderia dessincronizá--lo se não fosse contida, por isso ele voltou ao que decidira antes. Não precisava justificar nem concordar com Östen para entendê-lo.

— O que é isso? — perguntou Olof, com um novo brilho avermelhado no rosto.

Östen olhou para o sul, na direção da fonte da luz, onde grandes chamas haviam irrompido na margem do Mälaren. Daquelas altura e distância era difícil ver o que pegava fogo, mas, tão perto da água assim, só poderia ser uma coisa.

— Pelas barbas de Odin! — exclamou Alferth.

— Está queimando os próprios navios — murmurou Olof.

Alferth parecia a ponto de rir, incrédulo.

— Ele é louco.

— Não — garantiu Östen. — Os jomsvikings se comprometem a jamais recuar de uma batalha. Com esse ato, Styrbjörn garantiu que eles cumpram seu juramento de um modo mais eficaz que Harald Dente Azul cumpriu o próprio.

Olof assentiu, concordando.

— Agora eles estarão mais decididos.

— E agora eu não vou dormir — resmungou Alferth.

Mas Östen se deitou e fechou os olhos. Aquilo não mudava nada para o grupo de Thorvald. Os jomsvikings seriam um inimigo temível quer Styrbjörn queimasse seus navios ou não. Era melhor descansar o quanto pudesse, enquanto pudesse. Fechou os olhos, e, pouco depois, David entrou num espaço de sonho fragmentado dentro da simulação.

Você está indo bem, disse Victoria.

— Obrigado. Como está Grace?

Bem. Monroe acabou de dizer que ela está na simulação com Natalya e Owen.

— Ah. — David imaginara Grace esperando aquele tempo todo do lado de fora do Animus, vigiando-o para ver se ele faria bobagem, caso em que ela precisaria intervir de novo. Ele não sabia se se sentia melhor ou pior ao saber que ela não estava ali. Talvez as duas coisas.

Também tive notícias de Griffin e Javier. Talvez se interesse em saber que Thorvald é ancestral de Javier.

— Ele é Javier?

Não, lembra? Javier está numa simulação separada. Mas está experimentando alguns dos mesmos acontecimentos que você, apenas numa perspectiva diferente.

— Vamos ter de trocar figurinhas depois.

É. Enquanto isso, acredito que seu ancestral esteja acordando.

David retornou à mente de Östen enquanto Thorvald o acordava, e, ainda que agora David olhasse o escaldo de modo um pouco diferente, não fez nada a respeito. Östen sentou-se, querendo outra hora de sono antes da marcha, mas, no momento seguinte, descobriu que ainda não era hora de a companhia partir e que todos os outros ainda estavam descansando.

— O que foi? — perguntou a Thorvald.

— Preciso realizar uma tarefa. Vou deixá-lo no comando.

— É uma tarefa solitária?

— Sim.

— E você vai partir agora?

— Vou.

Östen assentiu. Não queria perguntar qual seria a tarefa, preferindo não saber a fundo os objetivos de Thorvald. Mas havia ouras perguntas necessárias.

— O que devemos fazer em sua ausência?

— Leve o grupo para o norte. Quando chegarem à floresta negra, quero que façam armadilhas.

— Não podemos pegar um exército inteiro em armadilhas.

— Claro que não. Vocês simplesmente colocarão armadilhas suficientes, em lugares suficientes, para retardar o exército. Se os homens de Styrbjörn ficarem examinando as árvores em busca de sinais de perigo, vão afastar a mente da marcha.

— Sei. — Östen pensou em sua experiência de luta. — Se ferirmos um homem em cada doze, isso deveria...

— Matar — cortou Thorvald. — Não ferir. Vocês devem matar um homem em cada vinte.

— Vai ser difícil.

— Não com isso. — Thorvald pegou na bolsa um pequeno embrulho de pele impermeável, que desenrolou cuidadosamente a fim de revelar um vidrinho cheio de um líquido pálido e viscoso. — Esse veneno é extremamente forte. Algumas gotas matam um homem. — Thorvald olhou para Östen. — Ainda que talvez não um de seu tamanho.

— Como devo administrar o veneno?

— Ele mata bem depressa se for ingerido ou se entrar num ferimento. Por isso façam as armadilhas para ferir, e isso cuidará do resto. Ele ainda pode matar se tocar na pele, porém mais lentamente. Além disso, a água não vai destruí-lo, mas qualquer coisa em que você o aplicar deverá estar seca. — Thorvald reembrulhou o frasco e entregou a Östen. — Sugiro que use luvas quando for manuseá-lo e, depois, tome cuidado com elas.

— Entendo. — Östen guardou o embrulho.

— Se a tarefa for bem-feita, os jomsvikings vão acampar na floresta durante a noite para cuidar dos irmãos envenenados. Você e a companhia devem usar a proteção da escuridão a fim de incomodá-los durante o sono. Ataquem das árvores, deem um golpe, um golpe mortal, se puderem, e depois sumam. Não facilitem.

Aquele plano não era somente inteligente, mas implacável.

— Vou encontrá-los quando minha tarefa estiver terminada — disse Thorvald. — Mas, se eu fracassar, continuem indo para o norte até a planície de Fyrisfield e levem o máximo de vocês que sobreviverem.

Östen assentiu.

— Adeus. — Thorvald puxou um capuz sobre a cabeça, escondendo boa parte do rosto, e se virou para ir embora. Mas tinha apenas um machado no cinto e nada mais.

— Onde estão suas armas e seu escudo? — perguntou Östen.

— Tenho tudo de que preciso para a tarefa.

Em seguida, Thorvald partiu.

Östen acordou Olof e Alferth, e os três puseram o grupo a caminho, correndo para o norte muito mais rápido que o exército de Styrbjörn poderia marchar. Pouco depois de o sol nascer, chegaram à borda sul da floresta negra, que ficava entre eles e o Fyrisfield. A vastidão de enormes espruces e pinheiros se estendia o suficiente para o leste e o oeste a fim de que Styrbjörn não tivesse opção além de marchar através dela.

Olof organizou a companhia em grupos menores, depois mandou-os em todas as direções para preparar armadilhas em meio às samambaias, aos arbustos e às pedras cobertas de musgo. Encheram as armadilhas com espinhos e lascas de madeira. Östen foi até cada uma delas e aplicou algumas gotas do veneno nas pontas afiadas, e, quando havia terminado, a companhia se adiantou por uma boa distância e repetiu o procedimento. Assim prosseguiram para o norte, transformando a floresta num local onde a morte espreitava a cada árvore e a cada passo.

Östen se preocupava com as muitas fazendas e aldeias às quais a floresta chegava. O veneno mataria algum sveas que estivesse catando lenha ou frutas tanto quando os jomsvikings. Mas as pessoas do campo sabiam da vinda de Styrbjörn, e Östen só podia rezar que elas já tivessem buscado refúgio em outros locais.

No início da tarde, a companhia parou e comeu um pouco, descansando perto de uma campina pantanosa junto ao Fyriswater. As flores que cresciam ali fizeram Östen se lembrar das filhas, que trançavam os cabelos com elas.

— Stytbjörn já deve ter entrado na floresta negra — disse Olof. — O que significa que seus homens mais azarados já estão morrendo.

— Vamos esperar que sim — concordou Östen. No entanto, ele sabia que precisavam ter certeza se sua estratégia havia funcionado e até que ponto teria funcionado bem, especialmente se quisessem atacar o acampamento inimigo naquela noite, como Thorvald ordenara. — Vou voltar para ver sua posição. Vocês continuem aqui.

— Tenha cuidado para não se envenenar numa de nossas armadilhas — alertou Alferth.

Östen assentiu, depois se afastou do grupo, indo para o sul pela floresta. Viajava o mais rápido possível, saltando sobre árvores caídas e córregos, usando os arbustos e o terreno para se manter escondido. As armadilhas que acabara de envenenar continuavam em sua mente, de modo que pôde evitá-las com facilidade. Porém, quanto mais longe ia, mais devagar precisava ir, para garantir que não acabasse vítima do engenho de Thorvald.

No fim da tarde, Östen finalmente escutou algo à frente. Abaixou-se atrás do tronco grosso de uma árvore, ouvindo e esperando.

Eram vozes de homens. Os jomsvikings. Eles chamavam uns aos outros entre as árvores, movendo-se pela floresta, às vezes gritando que tinham encontrado outra armadilha e que a haviam inutilizado, que o caminho estava livre. Mas às vezes um deles gritava com alarme e dor, e Östen contava cada um desses gritos como uma morte.

As fileiras inimigas se moviam bem devagar, como Thorvald havia previsto, permitindo que Östen ficasse à frente e escondido. Mas ele rezava aos deuses para que os jomsvikings, pelo menos, chegassem ao fim das armadilhas antes de acampar. Não seria sensato que Östen e seu grupo tivessem de atacar à noite em meio à floresta envenenada. Pouco depois, os deuses atenderam a seus pedidos e os jomsvikings interromperam a marcha em território seguro.

Östen voltou à campina onde tinha deixado os colegas, e, depois de informar a localização do acampamento inimigo e o que tinha observado, Olof o ajudou de novo a dividir a companhia. Então, quando a noite havia baixado por inteiro na floresta, Östen juntou todos para dar as ordens.

— Que nenhum de vocês pense que luta por honra — disse ele. — No trabalho desta noite, vocês não têm nome. São aparições. Vocês surgem da floresta, atacam e desaparecem. Nosso objetivo é espalhar o medo e a confusão. Foi isso que Thorvald ordenou.

— Thorvald não está aqui — argumentou Alferth. — E não sou um ladrão na noite.

Östen assentiu para ele, mas continuou:

— Se vocês se demorarem, se pensarem em ficar e olhar o inimigo nos olhos para ver a vida abandoná-lo, espero que sua honra os reconforte no momento da morte.

Alferth cruzou os braços, parecendo insatisfeito, mas Östen não podia obrigá-lo a entender. Cada homem precisava lutar a seu modo.

— Voltem para cá enquanto o céu ainda estiver negro — disse Olof, ao lado de Östen. — Vamos partir aos primeiros sinais do alvorecer.

— Rezem ao deus de sua preferência — sugeriu Östen. — Depois façam o serviço dos trolls.

A companhia se espalhou, e cada grupo desapareceu na noite. Östen comandava três homens, inclusive Alferth, seguindo ao longo do Fyriswater em direção ao lado oeste do acampamento dos jomsvikings. A noite lhes dava pouca orientação, a não ser pelas estrelas refletidas na água, mas logo sentiram cheiro de fumaça e viram o tremeluzir amarelo de fogueiras ao longe, entre as árvores. Foram se esgueirando, devagar e em silêncio, e escolheram o círculo de fogueiras mais próximo. Cada homem sacou sua arma, fosse ela machado, espada ou faca, e, sob a ordem sussurrada de Östen, eles atacaram.

As árvores passavam voando, não mais que tiras negras à medida que o fogo ficava mais próximo e mais luminoso. Östen não olhava direto para a luz mas se concentrava no alvo, um homem sentado numa pedra pequena, os joelhos puxados para perto do peito.

Quando Östen saiu do meio das árvores, alguns jomsvikings levantaram os olhos, surpresos. Mas tiveram tempo somente para isso. Com o canto do olho, ele vislumbrou Alferth e os outros dois correndo atrás. Östen chegou perto de seu alvo, acertou o machado em sua cabeça, com força, e continuou a correr, rapidamente deixando para trás o círculo de luz. O primeiro grito de alarme só foi dado quando ele e seus três homens tinham se reagrupado a pouca distância dali, olhando do escuro os resultados da investida.

A vítima de Östen estava morta ou inconsciente. Outro homem também. Outros dois cambaleavam enquanto vários companheiros corriam para ajudá-los, gritando e xingando. Dois homens se afastaram correndo da fogueira, mais para o interior do acampamento, sem dúvida para dar um alarme mais amplo.

Então, eles ouviram gritos semelhantes, ao longe, vindos de outros pontos da floresta, e Östen sentiu o caos brotando.

— De novo — sussurrou ele.

Ele e seus homens correram para a mesma fogueira. Os jomsvikings estavam mais preparados para aquele ataque e os enfrentaram, mas apenas brevemente. Östen golpeou um dos homens que já estava ferido, e ele caiu. Em seguida, voltou à floresta.

Seus companheiros foram mais lentos em acompanhá-lo, mas acabaram se afastando da luz da fogueira. Agora Östen viu três jomsvikings no chão, além de outros dois feridos.

— Vamos embora — decidiu o homem.

Esgueiraram-se de volta ao rio e o seguiram um pouco mais para o sul, até que outra fogueira de acampamento surgiu. A maioria dos homens em volta já parecia ferida, caída no chão ou encostada nas árvores.

— Envenenados — disse Alferth.

Östen confirmou com a cabeça.

— Concentrem o ataque nos que estão cuidando dos enfermos.

Então, liderou o primeiro ataque e o segundo, até que o círculo em volta da fogueira tinha mais moribundos que alguns instantes antes.

Os sons que ecoavam pela floresta falavam de confusão no acampamento dos jomsvikings. Mas logo aquela maré iria virar. A ordem seria restaurada. Östen sentia que tinham apenas mais um ataque antes que o inimigo estivesse preparado demais, e escolheu outra fogueira mais ao sul que a anterior.

Atacaram, e o machado de Östen golpeou com força para os dois lados enquanto ele cruzava o círculo de inimigos. Tinha atravessado a borda, voltando para a escuridão, quando uma figura muito alta surgiu na luz vermelha. Era um jovem, um homem forte, ainda mais alto que Östen.

— Styrbjörn! — gritou alguém.

Do outro lado do acampamento, Alferth saltou da floresta, e Östen não pôde fazer nada para impedi-lo.

A luta durou apenas alguns instantes. Styrbjörnd destroçou o corpo de Alferth. Östen jamais vira tamanha ferocidade e força e só pôde esperar que alguma valquíria de passagem tivesse testemunhado o fim de seu amigo. Os outros dois guerreiros do grupo de Östen saíram correndo das sombras, aparentemente pensando em atacar Styrbjörn simultaneamente. Uma flecha acertou um deles no pescoço, disparada por um arqueiro que acabara de entrar na área iluminada. Styrbjörn cuidou do segundo homem com a mesma facilidade com que matara Alferth.

Enquanto testemunhava aquilo, a raiva de Östen cresceu até virar uma coisa impossível de ser contida. Ele apertou o machado e se preparou para atacar. Mas, então, sentiu o puxão fraco do fio de lã no pulso. Mal conseguia vê-lo na escuridão, mas ele ainda estava ali. Seu talismã, chamando-o para casa. Pensou na mulher e nos filhos e baixou o machado enquanto Styrbjörn parava junto aos corpos de três bons homens do grupo de Thorvald. Homens que...

— Você aí! — gritou Styrbjörn. — Sei que pode me ouvir! Exijo passagem livre até Uppsala! Se esses ataques continuarem, vou queimar esta floresta por inteiro! Se eu não puder governar esta terra, saiba com certeza que vou destruí-la!

Não era um ardil. Östen sabia que ele falava a verdade, e pensou de novo nas fazendas próximas à floresta negra, nas plantações e pastos que cresciam ali perto e nas vidas que dependiam dela. O que importaria uma vitória sobre Styrbjörn se os sveas perdessem a própria terra que tentavam proteger?

Teriam de deixar que Styrbjörn passasse.

Mas, naquele momento, Östen jurou que se vingaria de Styrbjörn. Um dia mostraria a ele o verdadeiro significado de ferocidade.

16

Javier sabia que o gigante era ancestral de David e Grace. Mas eles não compartilhavam a simulação, por isso não foi com David nem Grace que ele falou enquanto dava as ordens e deixava o grupo nas mãos muito grandes de Östen.

Os navios de Styrbjörn queimavam ao longe, ao mesmo tempo que os de Harald Dente Azul voltavam para a Jutland. Thorvald podia adivinhar o que havia acontecido para provocar os dois acontecimentos, mas precisava ter certeza a fim de planejar os próximos passos. Seria bastante fácil se esgueirar no acampamento dos jomsvikings e matar Styrbjörn, mas aquilo poderia ser um erro, caso os jomsvikings sentissem que a honra exigia vingança, para não falar dos nobres que apoiavam em segredo a volta de Styrbjörn. Antes de agir, Thorvald precisava descobrir mais.

Correu através da noite, usando sua visão de Odin para saltar por entre as árvores e sobre as pedras na escuridão, até chegar perto do acampamento dos jomsvikings, nas margens do Mälaren. Tornou-se uma das sombras e se moveu para o interior sem ser detectado, ouvindo e observando, até chegar ao círculo do conselho de Styrbjörn. Então, ficou silencioso como um monte funerário e observou a discussão de um local suficientemente próximo a ponto de sentir o cheiro de bacalhau salgado no hálito dos jomsvikings.

Styrbjörn ganhara corpo desde sua expulsão. Agora era mais alto que Östen e qualquer outro homem que Thorvald já vira. De seu lado direito, um guerreiro mais velho falava com os homens reunidos.

— Apoiei a queima. Ela era necessária depois da traição de Dente Azul... para que nenhum dos nossos acreditasse que também poderia recuar.

— E os juramentos que fizemos a você, Palnatoke? — perguntou um jomsviking. — Há anos, quando entramos em Jomsborg. Você lembra? Eles não bastaram? Será que os anos em que lutamos por você não bastaram para convencê-lo de nossa honra?

Thorvald conhecia o nome e a reputação de Palnatoke, mas nunca o vira antes. Apesar de grisalho e gasto pelas batalhas, ainda tinha as costas eretas e os ombros largos. Obviamente ainda era um guerreiro mortal e um comandante capaz.

— Não duvido da honra de nenhum dos homens que estão aqui, Gorm — respondeu Palnatoke. — Mas nossos números cresceram, e os mais novos não são tão firmes...

— Então, diga o nome dos homens de quem duvida. — O tal de Gorm abriu os braços. — Que isso seja explícito.

— Não farei isso — retrucou Palnatoke. — Agora é hora de unidade. Gorm olhou com intensidade para Styrbjörn.

— No entanto, você nos divide ao deixar que esse sveas queime nossos navios.

— Esse sveas? — Styrbjörn sorriu, mas não havia diversão ali. — Esqueceu meu nome?

— Não — respondeu Gorm. — Mas não honro seu nome e isso não é segredo. Nós seguimos Palnatoke.

— Então, chega desse assunto — decidiu Palnatoke. — Está feito. Nós tínhamos um juramento antes da queima dos navios, e temos um juramento agora. Vamos marchar até Uppsala e...

— Palnatoke!

Todos se viraram enquanto dois guerreiros se aproximavam do círculo do conselho, uma mulher marchando entre eles. Ela usava armadura de argolas e carregava uma espada à cintura, o que a marcava como donzela escudeira. Apesar de não ser linda, estava mais para bonita que para sem graça, com cabelo louro trançado junto à cabeça e nariz agradável. Javier sorriu por dentro ao perceber a atração de Thorvald.

— Quem é essa? — perguntou Styrbjörn.

— Uma dinamarquesa — respondeu um dos homens que a escoltavam. — Os outros dinamarqueses a deixaram para...

— Não fui deixada para trás — cortou a mulher, com a voz firme e clara. — Escolhi ficar.

Styrbjörn foi na direção da mulher, devagar, até estar quase diretamente acima dela.

— Por quê?

A donzela escudeira manteve o olhar à frente e, se a presença de Styrbjörn a intimidava, não demonstrou.

— Porque não vou mais lutar por um covarde. Minha devoção a Harald se quebrou.

— E seus juramentos? — perguntou Styrbjörn.

Agora ela o encarou.

— Não fiz juramento a ele.

— Não? — perguntou Palnatoke.

— Ele nunca pediu. Presumia minha lealdade.

— Parece que foi um erro — disse Styrbjörn. — Você juraria a mim?

Ela inclinou a cabeça e olhou Styrbjörn, desde as botas até a testa.

— Se for um homem honrado. Jurarei quando você for rei, e não antes.

Styrbjörn gargalhou.

— Qual é seu nome?

— Thyra.

— Harald falou de você. Ele a ofereceu a mim quando...

— Eu não era dele para ser oferecida. Como você descobriria, caso tivesse aceitado.

Styrbjörn gargalhou de novo.

— Disso não tenho dúvida. Mas agora devemos discutir o que será feito de você. Você ficou quando seu rei e seus conterrâneos foram embora. Pretende lutar conosco?

— Pretendo cumprir o juramento que Harald fez a você. — Ela olhou o círculo do conselho ao redor. — Quero que saibam que existe honra entre os dinamarqueses.

— Não — disse Palnatoke. — Os jomsvikings não permitem mulheres.

— Vocês não permitem mulheres em Jomsborg — reagiu Styrbjörn.

— Não estamos em Jomsborg. Alem disso, você permitiu minha irmã.

— Sua irmã era filha de um rei.

— Eu também sou — retrucou Thyra.

Aquela declaração surpreendeu Thorvald, e Javier sabia que essa era uma experiência incomum para o ancestral. Os outros no círculo do conselho pareceram igualmente perplexos, e durante vários instantes ninguém falou, os únicos sons eram os estalos da fogueira.

— De quem? — perguntou Styrbjörn finalmente. — De quem você é filha?

— Sou filha de Harald. Minha mãe era uma donzela escudeira.

— Ele a reconheceu? — perguntou Styrbjörn.

— Não. E eu nunca desejei isso.

— Por quê? — indagou Palnatoke.

Ela se virou para ele e fez cara de desdém.

— Você desejaria?

Agora Palnatoke acompanhou a gargalhada de Styrbjörn, e os dois concordaram que Thyra se juntaria a suas fileiras e como membro do círculo do conselho, que logo retomou as discussões sobre a marcha a ser feita. Thorvald ouviu até que o conselho se desfez. Em seguida, se esgueirou para fora do acampamento até uma distância de onde podia observar os movimentos do exército e planejar os seus.

Parecia que, mesmo não tendo a lealdade dos jomsvikings, Styrbjörn tinha o apoio jurado de Palnatoke. Isso significava que Thorvald precisava considerar o que Palnatoke faria caso Styrbjörn fosse assassinado. Dada a reputação dos jomsvikings, sua reação impelida pela honra seria rápida e brutal. Thorvald decidiu que, por enquanto, matar Styrbjörn não era opção, e, em vez disso, fixou a estratégia em lhe roubar o apoio, enfraquecê-lo.

Quando o sol apareceu, os jomsvikings se juntaram em fileiras e marcharam. Thorvald permaneceu à frente e, mais tarde, quando eles chegaram à floresta negra, subiu para as árvores.

Östen já havia passado com a companhia, e Thorvald podia perceber as armadilhas ocultas deixadas para trás. Esperou para ver se os primeiros jomsvikings iriam detectá-las, mas isso não aconteceu. E, quando as armadilhas foram acionadas, os homens se feriram. Se Östen tinha usado o veneno, como fora ordenado, esses homens morreriam mais tarde. Mas, até lá, os jomsvikings não sentiam uma ameaça significativa e até riram dos sveas e de suas armadilhas inofensivas.

Thorvald saltava de árvore em árvore, permanecendo bem acima do chão, seguindo o exército, e se passou algum tempo até que os jomsvikings feridos notassem os primeiros efeitos do envenenamento. Àquela altura, muitos outros tinham sido infectados, e, ao perceber o perigo ao redor, Styrbjörn ordenou que suas forças parassem.

Seus gritos chegaram a Thorvald no alto das árvores. Ele esbraveja sobre a covardia dos inimigos por usar veneno, uma raiva imensa provocada intencionalmente por Thorvald. Afinal de contas, veneno matara o pai de Styrbjörn, e a lembrança infectaria seu bom senso tanto quanto aquele novo veneno infectava seus homens.

A simplicidade e a eficácia do plano de seu ancestral surpreenderam Javier. Um Assassino astuto com trinta homens conseguira parar um exército. Talvez não por muito tempo, mas os jomsvikings haviam perdido todo o ímpeto.

Depois daquilo, eles avançaram mais devagar pela floresta negra, parando para verificar armadilhas e desfazê-las, mas não encontraram todas, e cada ferimento subsequente só fazia aumentar a fúria de Styrbjörn. A certa altura, alguns homens que já tinham sido envenenados se ofereceram para ir à frente pela floresta, para poupar os companheiros. Com a morte já garantida, eles não sentiam medo, e Thorvald admirou seu sacrifício e sua lealdade.

No fim da tarde, o número de homens agonizantes e o perigo de andar através de uma floresta envenenada no escuro forçaram os jomsvikings a parar e acampar durante a noite. Thorvald os viu se acomodar entre as árvores, com a fumaça das dezenas de fogueiras subindo do chão, como névoa. Ele escalou galhos e troncos até achar a fogueira de Styrbjörn. Thyra estava sentada com ele, enquanto Palnatoke percorria o acampamento para verificar seus homens e se despedir dos que morreriam em breve.

Thorvald se acomodou para esperar o anoitecer, que caiu subitamente na floresta. Não ouviu risos em volta das fogueiras. Os jomsvikings pareciam endurecidos pelas baixas e não sabiam o que fazer com um inimigo invisível. Estariam procurando um ponto focal no qual despejar a raiva.

Thorvald planejava dar-lhes algo assim em breve, e Javier se pegou fascinado outra vez.

Algumas horas se passaram. Depois da meia-noite, quando os que conseguiam dormir já o faziam e os que não conseguiam estavam sentados, perdidos em seus temores, um grito distante de alarme soou ao norte. Östen e a companhia haviam começado os ataques.

Styrbjörn e Palnatoke saltaram de pé.

Um segundo grito veio de outra direção, e então um terceiro. Depois do quarto e do quinto, parecia que todo o acampamento fora atacado, e Thorvald sorriu em seu poleiro escondido.

— Recuem e formem fileiras! — gritou Palnatoke para os que podiam ouvi-lo. Mas muitos não podiam.

A raiva de Styrbjörn chegara ao nível da loucura. Thyra tentou acalmá-lo e alertar contra a imprudência, mas ele a ignorou e pegou a espada e o machado. Em seguida, partiu pela escuridão, buscando cegamente um inimigo.

— Aquele idiota vai acabar envenenado — disse Palnatoke.

— Devo ir atrás dele? — perguntou Thyra.

— Não. Ele não vai escutá-la. Eu é que tenho de fazer isso.

Ele deu mais algumas ordens e depois correu atrás de Styrbjörn. Thorvald saiu de sua posição e o perseguiu numa corrida livre pelas árvores e descendo gradualmente para o chão, esperando o momento certo.

Palnatoke corria, entrando e saindo da luz das fogueiras, perguntando aos homens em cada acampamento em que direção Styrbjörn tinha ido. Quando entrou num lugar de escuridão densa, entre acampamentos, Thorvald caiu em cima do homem.

No entanto, de algum modo, o velho jomsviking desviou sua lâmina oculta e o jogou no chão. Thorvald rolou para longe e saltou de pé, machado e lâmina a postos.

Palnatoke foi em sua direção, espada em punho.

— Um capuz para esconder o rosto? Você tem vergonha do que faz?

— Trago o julgamento das nornas. Você chegou ao fim de seu fio.

— Tente cortá-lo, então.

Palnatoke atacou primeiro, mas Thorvald se desviou e girou com seu machado. Palnatoke saltou para longe, mais ágil que parecia, e os dois circularam um ao outro. Palnatoke poderia facilmente ter gritado por auxílio de um dos acampamentos próximos, mas não o fez. Não podia. Não sem se arriscar à perda do respeito de seus homens.

O jomsviking deu uma estocada, mas era uma finta e quase desequilibrou Thorvald. Este bloqueou a espada de Palnatoke com sua lâmina oculta, por pouco, recebendo parte do impacto com o antebraço. E conseguiu golpear com o machado enquanto Palnatoke chegava mais perto.

O velho grunhiu, mas o ferimento era superficial. Podia ter quebrado uma costela, mas não era provável.

— O que é essa faquinha que você usa? — perguntou ele.

— Você logo descobrirá.

Palnatoke voltou, com mais intensidade e sem ardil, confiando na força. Thorvald se desviou e aparou o golpe, esperando uma abertura, mas o oponente não oferecia nenhuma. Era hora de atacar. Correu para uma árvore e subiu rapidamente pelo tronco, usando o peso para se lançar por cima do jomsviking, acertando o ombro do inimigo com a barba do machado.

O metal o atingiu com força, empurrando Palnatoke para trás. O jomsviking firmou os pés e girou, soltando o ombro do machado, mas Thorvald estava a postos com a lâmina oculta, e, com um golpe rápido como um relâmpago, o velho morreu quase de imediato.

Em seguida, Thorvald correu para o oeste através da floresta, em direção ao rio, usando os sons da batalha e sua visão de Odin. Ouviu um homem gritar o nome de Styrbjörn, e disparou naquela direção, chegando a tempo de ver a queda de Alferth. Mais dois do grupo o seguiram e morreram. Seria necessário uma dúzia dos melhores guerreiros para conter Styrbjörn em sua fúria.

Outra figura se moveu ali perto, e Thorvald avistou Östen entre as árvores. Por um momento, receou que o gigante também fosse atacar Styrbjörn, mas ele não o fez, e Thorvald se esgueirou até ele.

— Você aí! — gritou Styrbjörn. — Sei que pode me ouvir! Exijo passagem livre até Uppsala! Se esses ataques continuarem, vou queimar esta floresta por inteiro! Se eu não puder governar esta terra, saiba que vou destruí-la com certeza!

Naquele momento, Thorvald cogitou atacar Styrbjörn. Porém, no instante em que demorou para planejar a aproximação, notou uma arma estranha à cintura do inimigo. Uma adaga. Sua forma parecia familiar, mas também sinistra, e aquilo o fez parar. Ouviu as palavras de Torgny aconselhando sabedoria, paciência e esperteza.

Javier viu a adaga e a reconheceu. Era o primeiro vislumbre que conseguira naquela simulação. A corrida contra Isaiah e Sean tinha começado agora de um modo que não existira um instante atrás. A urgência havia mudado.

Östen foi na direção do rio, e Thorvald decidiu segui-lo, deixando Styrbjörn para outro dia. Quando chegaram a um ponto suficientemente distante do acampamento, ele gritou e Östen se virou.

— Thorvald?

— Siga-me — pediu ele, e levou Östen até o Fyriswater. — Há mais alguém com você?

— Todos caíram lutando contra Styrbjörn.

— O destino deles é deles. Onde está o resto da companhia?

Östen apontou para o norte, e Thorvald o deixou mostrar o caminho ao longo do gélido borbulhar do rio. Aos poucos, os sons do caos no acampamento foram ficando para trás até não serem mais ouvidos. Então, os dois viajaram pela tranquilidade de uma floresta noturna, acompanhados pelo perfume de pinheiro e o pio solitário de uma coruja.

Em dado momento, chegaram a uma campina junto ao rio, onde encontraram onze homens. Thorvald pensara encontrar mais, porém Östen informou que dera até o amanhecer para a companhia retornar. Assim esperaram.

— Você completou sua tarefa? — perguntou Östen.

Thorvald assentiu.

— Completei uma tarefa.

— Que tarefa? — perguntou um dos outros.

Thorvald pensou em como responder, e decidiu dar a verdade àqueles guerreiros. O trabalho daqueles homens nos últimos dias conquistara sua confiança.

— Matei Palnatoke, líder dos jomsvikings.

Os homens ficaram em silêncio.

— Por que ele? — perguntou Östen. — Por que não Styrbjörn?

— Minhas estratégias fracassaram? Eu os comandei mal?

— Não.

— Então, que essa seja a resposta.

— Isso não basta — argumentou Östen. — Homens bons morreram.

Thorvald suspirou. Sabia que Östen não pretendia desafiá-lo nem o desonrar, e ele não queria fazer tampouco nenhuma dessas coisas contra o fazendeiro.

— Styrbjörn não tem exército sem os jomsvikings — explicou Thorvald. — Mas eles não juraram a ele. Eles seguem Palnatoke. Assim, ao matar Palnatoke, cortei a ligação que eles tinham com Styrbjörn. De manhã, eles o culparão pela morte de seu comandante, e veremos se, depois disso, ele continuará com um exército.

Östen assentiu.

— E a ameaça de Styrbjörn, de queimar a floresta?

— Devemos aceitar sua palavra — respondeu Thorvald. — Devemos...

Um grupo de cinco guerreiros chegou à campina. Dentre eles, Olof, que informou que os jomsvikings tinham se juntado e matado muitos de seu grupo. Não acreditava que outros viriam, e, como o céu finalmente clareara, era hora de marchar. Thorvald ordenou que os homens, reduzidos à metade, fossem para o norte, para a planície de Fyrisfield.

— Então, vamos deixar Styrbjörn passar pela floresta? — perguntou Östen.

— Vamos — respondeu Thorvald. — Se os jomsvikings o seguirem, vamos deixar que eles também passem pela floresta.

— Nós reduzimos seus números o suficiente? — perguntou Olof.

— Não — respondeu Thorvald. — Mas não desanimem. Deixei projetos de uma máquina de guerra com o Porta-Voz da Lei. Se Styrbjörn levar os jomsvikings para a planície de Fyrisfield, a morte os espera.

17

Natalya ficava olhando para trás, pelo Caminho, conforme se afastava lentamente da colina com Grace. Esperava ver Owen correndo atrás delas a qualquer momento, talvez com o Cão enorme e amedrontador. Mas não viu nada, mesmo depois de andar por um bom tempo, e começou a se preocupar, achando que tinham cometido um erro ao deixá-lo para trás.

— Achei que ele viria logo depois de nós — disse a garota.

Grace olhou para trás.

— Ele se conectou com aquele Cão.

— Acho que não tinha tanto a ver com o Cão. E acho que talvez o Cão seja parte do que a gente deveria fazer aqui.

Grace parou de andar.

— Você acha que a gente deveria ter ficado com ele?

— Não sei. Acho que era uma coisa que Owen precisava fazer. Ou que achava que precisava fazer. Ele não sairia dali, disso eu sei, e não tenho certeza de que nos queria por lá.

— E o que devemos fazer agora? Acho que a gente poderia parar e esperar.

— Talvez. — Natalya fitou o Caminho adiante e viu uma pedra arredondada. — Por enquanto, vamos continuar. Quero ver o que há ali.

Grace confirmou com a cabeça, e as duas voltaram a andar lentamente por um campo de lajes de pedra branca e turfa verde. A paisagem parecia velha e nova ao mesmo tempo, como uma camada profunda de terra que tivesse subido havia pouco à superfície. O Caminho permanecia quase o mesmo de antes, e o vento tinha um leve cheiro de sálvia.

À medida que chegavam mais perto da pedra, que por acaso tinha mais ou menos o tamanho e a forma de um porco, Natalya viu que esta ficava posicionada numa encruzilhada, onde uma trilha de terra cruzava o Caminho. Relevos cobriam a pedra com formas geométricas, espirais e figuras de homens e animais extintos. Era aquela a Encruzilhada que o Andarilho mencionara, onde Owen poderia encontrar um novo dono para o Cão.

— Talvez a gente devesse esperar aqui — sugeriu Grace.

— Eu estava pensando a mesma coisa.

E as duas se sentaram na pedra, costas contra costas.

Ainda que aquela parte da simulação parecesse mais aberta que a Floresta, ela possuía seu próprio tipo de limite. As colinas que ondulavam até a distância as cercavam e mantinham o horizonte longe da vista. Ainda parecia a Natalya que, se ela saísse do Caminho, poderia se perder, talvez para sempre, só que numa escala maior.

Mas, em outro sentido, aquela simulação não a incomodava como as outras. Ela era ela mesma e podia fazer as próprias escolhas. Não estava presa ao passado e ao que seus ancestrais tinham feito. Não precisava atirar em ninguém com um arco nem lutar. Ficou satisfeita por estar ali, e não nas memórias de um viking.

— Como David está indo? — perguntou a Grace.

— Ele teve dificuldade para sincronizar, mas agora pegou o jeito.

— Foi por isso que você veio para cá?

— Bem, eu não ia ficar por aí, sem fazer nada. Não depois de ler... — Ela parou e desviou o olhar.

Natalya se perguntou o que ela deixara de fora; já ia perguntar quando Grace apontou.

— Aquele é Owen?

Natalya olhou e viu que era ele mesmo. O garoto vinha pelo Caminho, o Cão a seu lado.

— Parece que ele trouxe o melhor amigo do homem — disse Grace.

— Prefiro ter aquele Cão como amigo que como inimigo.

Natalya se levantou da pedra e deu alguns passos na direção de Owen para esperá-lo no Caminho. Enquanto ele se aproximava, ela notou que sua camisa estava rasgada no ombro, mas não viu sangue e ele não parecia ferido. Owen sorriu para as duas.

— Você está bem? — perguntou ela.

Owen acenou com a cabeça.

— Estou. — Depois apontou para trás de Natalya. — Vocês acharam a Encruzilhada.

— Achamos — disse Grace, levantando-se da pedra.

Owen as alcançou, e o Cão avançou, balançando o rabo, olhando para Natalya e Grace. Estava ofegando um pouco, com a língua pendurada. E, a não ser pelo tamanho, parecia qualquer outro cachorro. Mas seu tamanho bastava para deixar Natalya pouco à vontade.

— Você conseguiu que ele viesse — observou Grace.

— É. — Owen olhou para o Cão. — Precisei fazê-lo salvar minha vida, mas ele veio. Obrigado por esperar a gente, por sinal.

— Salvar sua vida? — perguntou Natalya.

— É uma longa história. Entre mim e ele.

— E o que vai acontecer com ele agora? — perguntou Grace.

Owen olhou nas quatro direções da Encruzilhada e deu de ombros.

— Acho que esperamos alguém aparecer, não é?

Grace suspirou e se sentou de novo na pedra.

— Vocês podem ir, se quiserem — disse Owen. — Sério.

— Não — respondeu Natalya. — Vamos esperar. Acho que isso é parte do que devemos fazer.

— É, sim — disse Owen. — Eu percebi que essa é a parte do Caminho que envolve devoção.

Isso não fazia sentido para Natalya. Ela se sentou na pedra perto de Grace, e Owen se acomodou no capim ao lado. O Cão se deitou nas pedras quentes e vermelhas do Caminho e dormiu; enquanto esperavam, os três conversaram. Não sobre a simulação, sobre o Tridente ou sobre os Templários e Assassinos. Falaram de coisas sem importância, mas que, ainda assim, importavam, como os programas aos quais gostavam de assistir, as músicas que odiavam e coisas idiotas que tinham visto na internet. Falaram sobre casa, bichos de estimação e o que faziam antes de tudo aquilo começar. Mas, então, ao mesmo tempo, todos ficaram em silêncio.

Owen arrancou um punhado de capim e o jogou na brisa.

— Parece meio ridículo pensar em voltar a uma vida comum, não é?

— É, parece mesmo — concordou Grace.

— Mas espero que a gente consiga — disse Natalya. — Prefiro muito mais minha vida ridícula e comum.

— Claro — concordou Grace. — Mas, para algumas pessoas, a vida comum é...

— Tem alguém vindo — interrompeu Owen, levantando-se.

Natalya se virou. Uma figura se aproximava, seguindo a trilha de terra que subia e descia com as ondulações do capim e do terreno. Os três não disseram nada enquanto esperavam, deixando de lado toda a conversa anterior. O estranho parecia alto e largo, e mais detalhes tomaram forma a cada passo que ele dava. Diferentemente do Andarilho, usava lã e tecidos cravejados de contas e conchas, mas, como o Andarilho, tinha pele de um tom bronze escuro. O cabelo e a barba pretos eram compridos, mas aparados, limpos e sem fios grisalhos. Ele caminhava segurando uma lança com ponta de ferro preto, e, quando ele chegou perto, seu olhar foi direto ao Cão.

— Que bela criatura! — disse ele, sem cumprimentar, a voz firme parecendo uma parede imponente que mantinha os outros a distância. — É de vocês?

Natalya não sabia direito o que pensar do homem, assim como não soubera o que pensar do Andarilho. Será que aqueles arquétipos representavam pessoas? Pessoas de verdade que tinham vivido? Ou seriam ideias de pessoas, apenas símbolos, assim como a Serpente?

— Ele é meu — revelou Owen.

O estranho assentiu.

— Eu faria bom uso de um Cão assim.

— Uso? — perguntou Owen, ficando entre o estranho e o Cão.

— Sim, claro. Para vigiar minha torre. Ela fica do outro lado daquele morro. Ninguém ousaria roubar meu ouro ou minha prata com esse Cão montando guarda. Garanto, ele será bem tratado. Eu lhe daria a melhor carne de minha mesa e uma cama de palha limpa.

Owen examinou o homem por vários instantes. Depois balançou a cabeça.

— Acho que não.

— Talvez você tenha entendido mal — disse o estranho. — Eu compro. Pago muito bem...

— Não. Ele não está à venda.

O estranho fez uma carranca, e Natalya notou a lança outra vez, enquanto ele olhava intensamente para o Cão. Quase parecia cogitar pegá-lo à força, mas Natalya esperava que o sujeito não fosse tão idiota assim. Quem tentaria roubar um Cão com tamanho suficiente para pensar no ladrão como um jantar? No fim, o sujeito afastou o olhar do Cão e se virou para Owen, depois seguiu pela trilha, presumivelmente na direção de sua torre, sem dizer mais nada.

— O que vai acontecer agora? — perguntou Grace assim que ele partira.

Owen se sentou perto do Cão, que rolou para mostrar a barriga, e ele a coçou.

— Vamos continuar esperando — respondeu o garoto.

E foi isso que fizeram, agora conversando muito pouco. Natalya não soube quanto tempo esperaram, porque a hora do dia não parecia mudar. Podiam estar sentados ali durante horas, mas o sol permanecia alto, apenas um pouquinho fora do centro. Um sol de tarde.

Mas, eventualmente, outro estranho se aproximou, daquela vez vindo da direção por onde o anterior havia partido. À medida que esse novo viajante se aproximava, Natalya viu que era um homem baixo e gorducho, meio careca, usando roupas de lã e andando com um daqueles cajados de pastor com extremidade curva.

— Saudações! — clamou ele, sorrindo, a voz estalando com a maciez de um velho casaco de couro. — É um belo dia para estar no Caminho, não é?

— É — respondeu Owen. — Um belo dia.

Natalya já gostava mais daquele homem que do anterior, mas era Owen que precisava gostar dele o suficiente para lhe dar o Cão como companheiro.

— Mas, afinal de contas, é sempre um belo dia quando se está no Caminho, não é? — disse o homem, parando perto do grupo. Depois se apoiou no cajado e soltou o ar das bochechas vermelhas. — O que vocês três estão fazendo aqui na Encruzilhada?

— Esperando — respondeu Owen.

— Esperando? O quê?

— Só esperando — disse Owen.

— Bobagem. Nós sempre esperamos alguma coisa. — Ele encarou Natalya com estranhos olhos azuis e dourados. — Talvez vocês estejam esperando a mim, e eu, a vocês.

— Por que estaríamos esperando você? — perguntou Grace.

— Não sei. Vocês não disseram.

— É porque não estamos esperando você — disse Owen.

— No entanto, aqui estão vocês, e aqui estou eu. — Então, o estranho olhou para o Cão e seus olhos se arregalaram, como se só o tivesse notado naquele momento. — Que animal magnífico! — exclamou o homem. — Uma impressionante obra de criação. — Ele levantou os olhos. — Ele pertence a algum de vocês?

Owen assentiu.

— É meu.

— Maravilhoso. — O homem deu a Owen um sorriso com os lábios apertados, de quem sabe das coisas, como se Owen tivesse feito algo do qual devesse ter muito orgulho. — Maravilhoso mesmo. — Ele olhou de novo para o Cão, e seu sorriso se afrouxou. — Que sorte a sua. Já eu não tenho tanta sorte, porque preciso de um cachorro.

— Precisa? — perguntou Owen.

Natalya achou que isso era uma melhoria, comparada com "uso".

— Preciso de um cachorro para vigiar meus rebanhos. Existem perigos nos limites de minhas pastagens, e não posso proteger meus animais em todos os momentos do dia.

— Que perigos? — perguntou Grace.

— Grandes perigos. Perigos indizíveis.

— Então você precisa de um cão de guarda? — perguntou Owen.

— Preciso. Mas não só de um cão de guarda. Há ocasiões em que um cordeiro ou um bezerro se perde. Eles podem se amedrontar com uma tempestade ou podem cair numa ravina. Preciso de um cachorro para arrebanhá-los. Para mantê-los juntos e em segurança. — Ele baixou os olhos. — Um cachorro como esse.

Owen coçou o queixo sem afastar o olhar do sujeito, e pareceu considerar mais aquela oferta que a anterior, o que surpreendeu Natalya. Se estavam procurando alguém para o lugar do Andarilho, um pastor e um sujeito rico eram a escolha errada. Nenhuma das duas vidas seria como a que o Cão conhecera.

Mas Owen se virou para Natalya e Grace e perguntou:

— O que acham?

Natalya havia pensado não somente que a decisão cabia a Owen, mas que parecia uma decisão bastante óbvia.

— Não acho que esse seja o cara que a gente está esperando — respondeu Grace.

— Mas e meus rebanhos? — perguntou o homem. — Estão em perigo. Por que você tira a única coisa de que eles precisam para sua segurança?

— Ele não está tirando nada — respondeu Grace. — Só se pode tirar algo de você se esse algo já for seu.

Os olhos do homem se estreitaram por um momento na direção de Grace, e com um *tsc* ele se virou para Owen.

— Minha necessidade é verdadeira e justa. Creio que possa enxergar isso.

— Talvez enxergue — argumentou Owen. — Mesmo assim, não vou lhe dar meu Cão.

— Sei. — O homem virou as costas para eles, balançando a cabeça. Deu alguns passos e olhou de volta. — Espero que vocês não sejam castigados por essa escolha.

— Castigados como? — perguntou Grace.

— Quando o Caminho trouxer infortúnio, vocês saberão. — Então, ele continuou andando e logo sumiu por trás de uma colina.

Grace fungou.

— Tenho quase certeza de que esse Caminho traz infortúnio em algum ponto, mas não será por causa desse sujeito.

Owen sentou-se ao lado do Cão, que se aproximou e pôs a língua enorme em seu colo, como tinha feito com o Andarilho. Owen coçou atrás das orelhas do bicho, em seguida olhou o rasgo na própria camisa.

— Mas acho melhor vocês tomarem a decisão da próxima vez.

— Por quê? — perguntou Grace.

— Acho que não consigo escolher. — Ele acariciou o topo da cabeça do Cão, que fechou os olhos. — Não quero que ele vá com ninguém, na verdade. Mas precisa ir. Sei que a gente deveria encontrar um novo companheiro para ele.

Se o Cão tinha mesmo salvado a vida de Owen, pelo menos dentro da simulação, Natalya podia entender por que Owen acharia difícil se separar dele. Mas Natalya também tinha passado a acreditar que ele estava certo. Era uma coisa que deveriam fazer. Um objetivo no inconsciente coletivo.

— Claro — disse ela. — Podemos decidir.

Grace concordou, e as duas se sentaram perto de Owen no capim enquanto o Cão dormia, e mais tempo passou sem algum modo de marcar tal passagem. Natalya se pegou ficando sonolenta na tarde interminável enquanto ouvia a respiração lenta e tranquila do Cão.

— Isso parece... — Ela tentou encontrar as palavras. — Não sei. Como se estivéssemos numa história. Uma história folclórica ou algo assim.

— Talvez a gente esteja — disse Owen.

Quando uma terceira figura apareceu a distância, Natalya quase não notou, mas Grace viu, e, então, Natalya se levantou depressa demais. Balançou a cabeça para afastar a tontura, e se concentrou na recém-chegada, que já se percebia ser uma mulher.

A estranha veio andando com um objetivo lento pelo Caminho à frente, e a base estreita de seu cajado simples de caminhada ecoava nas pedras. Ela era jovem, com a mesma pele escura dos outros viajantes, cabelo cor de bronze, encaracolado e preso em várias tranças. Usava roupas de couro, e, enquanto andava, seu olhar percorria a terra e o céu.

— Olá! — gritou Natalya para ela.

— Olá — ecoou a mulher. Mas parou antes de chegar a eles, perto da pedra, e lhe deu a volta. Parecia estar examinando os relevos que cobriam a superfície, talvez os lendo, e Natalya se perguntou se a pedra seria algum tipo de marco.

— Você está perdida? — perguntou Natalya.

A mulher parou, como se precisasse pensar no significado da palavra.

— Não. Estou onde quero estar. Por que pergunta?

— Eu a vi olhando a pedra e pensei... — Mas Natalya não sabia como terminar a frase.

A mulher olhou de novo para a pedra, parecendo confusa. Depois perguntou a Natalya:

— *Vocês* estão perdidos?

Perto de Owen, o Cão tinha acordado e percebido a nova estranha, com as orelhas apontadas para a frente enquanto farejava o ar.

— Sabemos onde estamos — respondeu Natalya. — Mas não sabemos para onde vamos.

— Se é isso que significa estar perdido — retrucou a mulher —, acho que todos estamos.

— Para onde você está viajando? — perguntou Owen.

— Para onde? — A mulher franziu a testa, como se de novo não entendesse a pergunta. — Só estou andando pelo Caminho.

— Estão, está só andando — disse Grace, olhando para Owen, e naquele momento Natalya soube que todos pensavam a mesma coisa.

— É, andando — concordou a mulher. — É uma boa palavra para isso, acho.

Então, Owen finalmente se levantou, com o Cão ao lado, como se quisesse dizer alguma coisa. Mas não disse e se passaram vários instantes de silêncio. O olhar da mulher foi dos três para o Caminho além da Encruzilhada, e ela pareceu pronta a continuar. Mas nem tinha perguntado sobre o Cão, e parecia que Owen ia simplesmente deixá-la partir.

— Nós, é... conhecemos um Andarilho, como você — disse Natalya. — Este era seu Cão.

Então, a mulher olhou para o Cão e sorriu.

— Ele é lindo.

E foi só isso que disse.

Owen apenas assentiu.

— Você já viajou com um cachorro? — perguntou Grace.

A mulher balançou a cabeça.

— Não. Não tenho utilidade para um cachorro. Nem necessidade.

Natalya não tinha ideia de como prosseguir.

— Vou indo — disse a mulher.

Mas ainda não podia ir. Não sem o Cão, a não ser que Owen planejasse levá-lo pelo resto da simulação. Ele poderia querer, mas Natalya ainda acreditava que precisavam fazer aquilo antes de seguirem adiante. Só não sabia como.

A estranha passou entre Natalya e Grace, baixando a cabeça, depois passou muito perto do Cão, que levantou a cabeça e balançou o rabo para ela.

— Desejo uma jornada segura para vocês... — disse ela, sorrindo para o Cão.

— Espere — pediu Owen.

A mulher se virou para ele.

— Você... você quer meu Cão?

A mulher esticou o pescoço na direção de Owen.

— Se eu quero?

— Não posso ficar com ele. — Owen pigarreou. — Ele só era meu mesmo até que eu pudesse encontrar um companheiro para ele. E você é a única pessoa que encontramos que acho que deveria tê-lo. Seu lugar é com você.

A mulher ficou parada um momento, franzindo a testa, e nitidamente parecia desejar dizer não. Porém, sua testa logo relaxou e ela deu um passo na direção do Cão, com a mão estendida, mais corajosa que Natalya tinha sido. Primeiro deixou o Cão cheirar o punho fechado, depois os dedos e a palma da mão, e, em seguida, coçou embaixo de seu focinho. Então, o Cão se sentou e encostou-se na mulher com um suspiro contente, batendo o rabo no chão, e ela levantou uma sobrancelha.

— Ele é realmente lindo — disse a estranha.

— Você vai ficar com ele? — perguntou Owen. — Quero dá-lo a você.

A mulher fez uma pausa, depois respondeu.

— Sim. Acho que quero ficar com ele.

Owen soltou um suspiro muito longo.

— Obrigado.

Natalya acreditou que aquela devia ser a decisão e o fim certos para a história que tinham acabado de representar. Mas aquilo significava que agora Owen precisava se despedir.

Ele fez isso enfiando os dedos na pelagem do pescoço do Cão e coçando atrás das orelhas. O Cão pareceu sorrir para ele e lambeu seu rosto, até chegar a hora de partir com a nova Andarilha, que já havia começado a seguir pelo Caminho.

— Venha! — chamou ela.

O Cão olhou-a, depois olhou para Owen.

— Pode ir — disse ele. — Tudo bem.

O Cão inclinou a cabeça de lado.

— Tudo bem. — Owen balançou a mão. — Vá.

— Venha! — chamou a Andarilha de novo.

183

Daquela vez, o Cão deu alguns passos hesitantes em direção à nova companheira, os olhos amarelos ainda fixados na direção de Owen, e ganiu.

— Você é um bom garoto — disse ele. — Continue!

— Venha!

O Cão deu mais alguns passos, então mais alguns, até finalmente iniciar um trote que o fez alcançar a Andarilha. Ela estendeu a mão e deu um tapinha em seu pescoço. Depois disso, os dois foram diminuindo de tamanho no Caminho até sumir na distância.

Owen ficou parado, olhando, mesmo depois de não existir mais nada para ver. Não disse nada. Manteve o rosto inexpressivo, e seus olhos permaneceram secos. Natalya não sabia o que fazer por ele, porque ainda não entendia o que havia acontecido entre ele e o Cão, provavelmente do mesmo modo como Owen não entendia o que havia acontecido entre ela e a Serpente.

— Está pronto para ir? — perguntou Grace finalmente.

Ele confirmou com a cabeça.

— Claro.

— Você está bem? — perguntou Natalya.

Owen deu de ombros.

— O importante é que a gente cuidou da devoção. Se aquela voz no início desta coisa estava certa, só resta a fé.

Grace foi até ele e o abraçou. O garoto pareceu surpreso por um momento, mas, então, ele a abraçou de volta e disse:

— Obrigado.

Então, os três se viraram para o Caminho, mas, enquanto davam os primeiros passos além da Encruzilhada, o céu escureceu, passando de reluzente para uma meia-noite fria, de modo tão súbito que Natalya ofegou. Era como se alguém tivesse apagado o sol.

— O que aconteceu com este lugar? — perguntou Grace.

— Talvez o cara estivesse certo — respondeu Owen. — Talvez estejamos sendo castigados.

18

Grace tremia enquanto caminhavam sob o céu cheio de estrelas aparentemente erradas, embora não soubesse como. Não sabia muito sobre o céu noturno, mas podia identificar algumas constelações que o pai costumava mostrar a ela quando mais nova, e ali, na simulação, aquelas formas pareciam tortas. A luz brilhava com uma claridade fria, como uma lanterna no meio do gelo, iluminando o Caminho à frente.

O ambiente ao redor também mudara. As colinas suaves haviam ficado íngremes e agudas, e as pedras brancas se transformaram em penhascos rochosos. O Caminho prosseguia na área mais baixa, serpenteando através de vales e ravinas.

Owen não dissera muita coisa depois de dar o Cão à nova Andarilha, mas aquilo não surpreendeu Grace.

— Tive um gato aos 3 anos — confessou ela. — Seu nome era Brando.

— Brando? — perguntou Natalya.

— Em homenagem a Marlon Brando. Foi meu pai que escolheu. Ele dizia que o gato andava igual ao Poderoso Chefão, e era verdade. Mas eu adorava aquele gato. — Grace ainda se lembrava de como aquele focinho fazia cócegas em suas orelhas quando ele ronronava.

— O que aconteceu com ele? — perguntou Owen.

— Descobrimos que David era alérgico. Então, precisamos mandar Brando embora.

— Ah — murmurou Owen.

— Meus pais conseguiram um casal idoso para cuidar dele. No dia em que vieram pegar Brando, eu me tranquei no banheiro. Meus pais tentaram fazer com que eu me despedisse, mas eu achava que, se me recusasse a dizer adeus, Brando não poderia ir embora. Quando saí do banheiro, ele havia partido.

Fazia anos que ela não pensava no gato nem no dia em que ele fora embora. Mas ver Owen se despedir do Cão trouxe tudo de volta, e ela ficou surpresa porque ainda a machucava.

— Sinto muito — lamentou Owen.

— Obrigada. E, só para você saber, aquele Cão nem se comparava com Brando.

Natalya deu um risinho, e Owen gargalhou.

— Como não conheci Brando, vou ter de aceitar sua palavra — disse ele.

— Pode acreditar.

No momento seguinte, Natalya tremeu e olhou para o céu.

— Está tão claro! Dá para ver a Via Láctea.

Depois disso, os três caminharam em silêncio, olhando as estrelas. O Caminho continuava se estendendo sem nenhuma ramificação ou encruzilhada. Tinha somente duas direções: para a frente e para trás, e eles já conheciam o que havia atrás. A não ser que quisessem ficar parados sem fazer nada, só existia uma opção, por isso continuaram andando.

A noite parecia tão atemporal quanto o dia. A lua e as estrelas mantinham posições fixas e pareciam mais perto do chão do que deveriam, como se pudessem se vestir de nuvens. Os três andavam e andavam, e aos poucos os morros ficaram mais próximos, transformando-se num cânion com paredes íngremes dos dois lados e que escondia a visão do céu perto do horizonte. Mas alguma coisa ali atraiu o olhar de Grace.

A princípio, ela pensou que fosse uma estrela, mas era muito brilhante, então percebeu que era brilhante demais. Ficava na cunha formada pelo cânion. À medida que eles se aproximavam, a luz ficava mais forte, e Grace percebeu que ela não estava no céu; estava no topo de uma montanha.

— É a luz que vocês viram no início? — perguntou a garota.

— Talvez — respondeu Natalya.

— Mas eu diria que aquilo é provavelmente o Cume — acrescentou Owen.

Grace olhou para as bordas do cânion, projetando-se à frente, e presumiu que era para lá que o Caminho levava.

— Está bem longe — observou Owen.

Mas descobriram que não estava. A viagem trouxe a montanha e seu cume para perto muito mais rapidamente do que Grace havia esperado. Ou a distância não era tão grande quanto parecia ou eles andavam mais depressa que ela pensava. Ou talvez fosse apenas o jeito estranho com que o tempo se movia ali, porque logo chegaram ao fim do cânion, onde uma enorme figura humana se erguia acima deles.

Tinha sido pintada na face vertical de uma rocha na montanha, a sombra simples de um gigante, sem detalhe ou indicação de sexo. Tinha pelo menos 30 metros de altura, mas talvez fosse mais. Para Grace, era difícil avaliar a distância de onde estava, e a escuridão escondia boa parte da montanha lá em cima. Além disso, não dava mais para ver a luz no Cume.

— Espero que não seja um autorretrato — disse Owen.

Grace olhou por cima do ombro, para a lua.

— Parece que, nesse lugar, pode ser.

— Para onde a gente vai? — perguntou Natalya. — O Caminho termina aqui.

Grace percebeu que ela estava certa. O Caminho parava aos pés do gigante. Mas à direita da figura, ela notou um canal estreito cortado na pedra. Ele subia em zigue-zague pela montanha até onde a vista alcançava, e Grace supôs que chegasse mais alto ainda que isso.

— Ei, tem uma corda ali. — Natalya foi numa direção diferente, à esquerda da figura.

Grace e Owen a seguiram e encontraram uma corda descendo da escuridão. Perto dela, alguém esculpira uma escada muito estreita e íngreme na parede do rochedo. Subia verticalmente, montanha acima, cada degrau com apenas alguns centímetros de profundidade. Era praticamente uma escada de mão. Grace ficou nauseada só de olhar.

— Precisamos subir isso? — perguntou Owen.

— Acho que sim — respondeu Natalya.

— Ah, tem um caminho ali. — Grace apontou para a direita da figura. — Não é *o* Caminho, mas é um caminho. Pode ser mais seguro.

Foram até o outro lado do gigante e olharam com mais atenção o caminho que Grace vira. Ele não tinha degraus e media apenas uns 40 centímetros de largura, mas não era nem de longe tão íngreme quanto a escalada com a corda, porque se deslocava em zigue-zague.

— Não gosto de nenhum dos dois — comentou Owen.

Grace concordou.

— Acho que precisamos escolher um deles — sugeriu Natalya.

Grace não queria concordar. Não gostava de altura. Nunca tinha rotulado isso de fobia, mas sem dúvida era um medo, um que ela sempre havia considerado saudável.

— Talvez haja outro modo — disse a garota, mesmo sabendo que não havia. O cânion parava onde a montanha começava, fechando-os dos três lados, e a única saída era para cima ou para trás.

— Não vejo outro modo — argumentou Natalya. — Se quisermos chegar lá em cima, e obviamente é para onde a gente deve ir, é preciso subir por um dos dois.

Owen olhou o caminho, depois se virou para a esquerda, na direção da corda.

— Acho que estou tendendo mais para a Escada da Perdição que para a Trilha da Morte.

— Por quê? — perguntou Natalya.

— Olhe só para essa coisa — disse ele, indicando o caminho. — Praticamente não tem largura suficiente, e não existe nada para impedir uma queda. A gente fica por conta própria. Pelo menos com a corda a gente tem alguma coisa em que se segurar.

Natalya confirmou com a cabeça. Os dois voltaram à escada, e Grace foi atrás, sem saber se concordava.

— Estão vendo? — Owen segurou a corda. — É só segurar.

Grace olhou para cima.

— É, mas a gente não sabe para onde isso vai. Não dá para saber em que ela está presa, se é velha. E se ela se partir? Sem essa corda, a gente cai.

Owen levantou os olhos, depois soltou a corda.

— Bem pensado.

— Então, é isso que precisamos decidir — disse Natalya. — Usar a escada e rezar para a corda aguentar ou pegar o caminho e esperar que a gente não precise da corda.

Grace ainda não gostava de nenhuma das opções. Nem ajudava dizer a si mesma que era apenas uma simulação. Mas era uma simulação que guardava perigos desconhecidos, e ela não tinha certeza do que significaria cair para a morte ali. Pelo jeito, havia algumas coisas que seu cérebro simplesmente se recusava a aceitar, e, enquanto olhava para o caminho e para a corda, ela já se sentia caindo. E se sua mente não conseguisse se recuperar?

— Vou com a corda — disse Owen.

— Acho que eu também — concordou Natalya.

Grace achava que não. Se precisasse escolher, escolheria a opção em que não tivesse de confiar numa corda misteriosa. O caminho lhe revelava tudo o que podia, o que não era muito, mas ela esperava que bastasse.

— Vou pegar o caminho — decidiu ela.

Os outros dois olharam para ela.

— Não acha que a gente deveria ficar junto? — perguntou Owen.

— Talvez. Então venham comigo pelo caminho.

— Acho a corda mais segura — respondeu Owen. Depois olhou para cima. — Talvez a gente devesse perguntar ao gigante qual é melhor.

Por um breve instante, Grace acreditou que aquilo seria possível. Por que não? Aquela era uma simulação do inconsciente coletivo. Quem sabia quais seriam as regras? No entanto, quando olhou para cima, a figura enorme não se mexeu nem falou, nem pareceu notá-los.

— Acho que a gente não deveria se separar — insistiu Natalya. — Acho que não consigo usar aquele caminho. Preciso de alguma coisa em que me segurar.

Os três se entreolharam.

— Certo — disse Grace. — Então, nós nos seguramos uns nos outros se for preciso.

Owen e Natalya se entreolharam e, quando pareceu que tinham chegado a uma concordância silenciosa, respiraram fundo e assentiram.

— Está bem — murmurou Natalya. — Está bem, vamos fazer isso.

Grace suspirou e, depois, se obrigou a ir até o caminho. Sabia que, assim que começassem a subir, não haveria volta. Não poderiam se virar nem descer de costas. Chegariam ao Cume ou cairiam.

— Acho que eu consigo — sussurrou consigo mesma, e Owen deu um risinho.

— Então, quem vai na frente? — perguntou Natalya.

— Eu vou — respondeu Grace.

Caso contrário, temia perder a coragem. Por isso deu o primeiro passo e sentiu a aspereza da pedra da montanha sob o sapato. Deu outro passo. E outro. E outro. Inclinava-se um pouco na direção da montanha, para poder se apoiar com uma das mãos caso precisasse se firmar.

Natalya foi atrás, seguida por Owen. Depois de dar algumas dezenas de passos, Grace chegou à primeira dobra e girou com o caminho, alguns centímetros de cada vez, até que a montanha tinha mudado para o outro lado de seu corpo, e, por um momento, ela pôde ver o rosto de Natalya e o de Owen. Os dois estavam sérios, concentrados e decididos.

Grace deu mais passos, dezenas, até a próxima dobra, onde mudou de direção de novo. Repetiu isso várias vezes, e, a cada dobra da trilha, a subida parecia ficar mais fácil. Até mesmo rotineira. Mas, então, olhou para baixo.

A vertigem agarrou suas entranhas e sua cabeça, quase a derrubando no ar. Mas ela se jogou contra a lateral da montanha, as mãos abertas de encontro à pedra fria como gelo.

— Você está bem? — perguntou Natalya.

Tinham subido muito. Até a altura dos ombros do gigante, supôs Grace. O chão parecia estar lá embaixo, o caminho mal passava de uma fita vermelha. O vento também havia aumentado, e era gélido, com sopros que sussurravam em seu ouvido, dizendo que ela iria morrer.

— Estou — respondeu, trincando os dentes para não chacoalharem com o frio e o medo.

Respirou fundo várias vezes, depois voltou a subir. Um passo, depois outro e outro. Uma dobra do caminho, depois outra e outra. Mantinha os olhos rigidamente voltados adiante, mas, de vez em quando, arriscava um rápido olhar para trás, só para garantir que Natalya e Owen continuavam ali. Juntos seguiram firmes montanha acima, deixando o gigante lá embaixo.

— Ei, pessoal — disse Owen. — Olhem para baixo.

— Owen — reagiu Grace. — Toda energia que meus pés não estão usando eu gasto tentando *não* olhar para baixo.

— Mas o chão sumiu!

— É verdade — disse Natalya, um instante depois.

Grace parou. Então, baixou os olhos com muito cuidado. E, daquela vez, quando olhou para o chão, não viu nada. A vista abaixo ficara mais escura que o céu, e Grace encarava um abismo. Não sabia direito o que aconteceria se caísse, mas parecia que a queda não terminaria jamais e ela ficaria presa no terror.

— Quanto falta? — perguntou Owen. — Alguma de vocês consegue ver o topo?

Agora Grace se firmou com a mão e olhou para cima. A parede de rocha íngreme sumia na noite, com o Cume ainda escondido em algum lugar acima.

— Não consigo ver.

— Eu também não — disse Natalya.

Owen suspirou.

— Só queria garantir.

Grace retomou a escalada cuidadosa, mas, pouco depois, sentiu as primeiras pontadas de fadiga nas coxas. Cada passo depois daquilo provocava um pequeno fogo nos músculos, até que eles ardiam quentes e vermelhos. Mas o topo da montanha continuava fora de vista e ela se perguntou, pela primeira vez, se conseguiria chegar. Não por causa de uma queda, mas porque era simplesmente alto demais e fisicamente não conseguiria.

— Mais alguém está ficando cansado? — perguntou ela, ofegando

— Eu estou — respondeu Natalya.

— Eu já me sinto mais lento — confessou Owen.

— Será que a gente deveria fazer uma pausa para descansar? — perguntou Grace.

Os outros dois concordaram, por isso pararam de subir e, com muito cuidado, sentaram-se no caminho. Grace se acomodou na posição mais segura que pôde, e olhou o céu noturno acima e o abismo abaixo, os pés pendendo da borda. Estava cansada demais para falar, e, como Natalya e Owen não diziam nada, achou que os dois sentiam a mesma coisa. Os três simplesmente ficaram sentados, descansando as pernas e recuperando o fôlego.

A princípio a sensação era boa e reconfortante. Suas pernas pararam de tremer, as batidas cardíacas ficaram mais lentas, e a respiração passou a vir com mais facilidade. Mas, então, o vento a atingiu em sua subida pela montanha e a transformou em gelo nos pontos em que estivera suando apenas alguns instantes antes. Sussurrava de novo para ela, transformando sua mente em dúvida, e ela começou a pensar.

E se não houvesse nada lá em cima? E se a luz que tinham visto no Cume fosse algum tipo de ilusão de ótica e eles estivessem subindo para uma promessa vazia? E se não importasse se a luz fosse real, porque jamais chegariam? Era alto demais, e o caminho, estreito demais, e eles cairiam antes de ao menos chegar perto.

A princípio, parecia que aqueles pensamentos vinham de dentro de Grace, mas logo ela percebeu que a chamavam do abismo enquanto olhava para o coração dele. O abismo lhe prometia braços abertos e dizia como seria fácil simplesmente se empurrar da borda. Não era necessário muito esforço, e, depois, ela não precisaria de esforço algum. Se jamais alcançassem o Cume, ou se alcançassem e não encontrassem nada, por que fazer a escalada? Por que se agarrar a uma montanha indiferente que se mantinha silenciosa diante de seu esforço? O abismo a escutava, não lhe pedia nada e esperava para recebê-la.

Um empurrãozinho. Era tudo de que precisava. Pensamentos sobre o irmão puxavam sua visão e sua mente para longe do abismo. As estrelas e a lua pendiam baixas e reluzentes, quase mais perto, agora que o grupo havia subido tanto. Natalya e Owen pareciam perdidos nos próprios pensamentos.

— Pessoal — chamou ela.

Eles não responderam.

— Pessoal, escute. — Ela estendeu a mão e tocou no braço de Natalya. — Precisamos seguir em frente. Se ficarmos aqui sentados, não vamos conseguir.

Natalya virou a cabeça devagar para Grace, como se ancorada ao abismo.

— Estou começando a achar que nunca vamos conseguir. É impossível.

— Não — retrucou Grace. — Está errada. Não é isso que pensa, Natalya. Foi você que derrotou aquela serpente, lembra? Você ajudou Owen a encontrar uma nova companheira para o Cão. Nós podemos conseguir.

— Como você sabe? — perguntou Owen. Pelo jeito, ele estivera as escutando. — Como você sabe que a gente consegue?

Grace não tinha resposta. Não sabia se conseguiriam, no sentido que Owen fazia a pergunta. Mas acreditava que conseguiriam porque tinha confiança em si própria e neles.

— Simplesmente sei — respondeu.

Natalya suspirou e balançou a cabeça.

— Acho que já estou cheia disso tudo.

Grace a viu se inclinar adiante e, no segundo que viu aquilo e percebeu o que Natalya ia fazer, estendeu a mão e lhe agarrou o pulso.

— Não! — gritou Grace.

Mas Natalya se empurrou da laje e Grace se firmou, segurando-se.

Natalya caiu o mais longe que pôde, até que seu pulso e o braço a puxaram de volta contra a montanha, quase arrancando Grace da beirada. Ela, porém, se deitou grudada no caminho, com um braço pendurado pela borda, e aguentou firme.

— Owen, ajude! — gritou Grace. Olhou nos olhos abertos de Natalya e viu terror. Qualquer que fosse o feitiço que a tivesse instigado a pular, fora quebrado.

— Não solte! — gritou Natalya.

— Não vou soltar — garantiu Grace. Mas não conseguiria segurar para sempre. — Owen!

— Estou aqui! — Ele meio se levantou e estendeu uma das mãos pela borda para segurar Natalya. — Certo — disse. — Nós pegamos você. Vamos puxar.

— Depressa — pediu Natalya.

Grace olhou para Owen. Ele assentiu e os dois puxaram ao mesmo tempo, levantando Natalya mais para perto.

— Me dê sua outra mão — ordenou Owen, e, assim que Natalya a levantou o suficiente, ele a agarrou.

Depois daquilo, Grace e Owen puxaram Natalya, cada um segurando uma das mãos, até que ela pôde colocar um joelho na laje de pedra. Alguns instantes depois, os três se sentavam no caminho, de costas para a montanha. Natalya estava com olhos fechados com força, o peito arfando

Grace olhou para além e fez uma carranca para Owen, ofegando.

— Por que demorou tanto?

— Não sei. — Owen balançou a cabeça e olhou para baixo. — Não sei.

Mas Grace sabia e, na verdade, não estava com raiva de Owen. Estava simplesmente apavorada com o que quase havia acontecido.

— Desculpem — pediu Natalya.

— Tudo bem — respondeu Grace. — Mas a gente precisa continuar.

— Está bem. — Natalya abriu os olhos e assentiu. — Está bem.

Descansaram mais alguns minutos até recuperar o fôlego, depois voltaram a subir. O abismo continuava lá embaixo, pedindo a rendição de Grace, mas ela se recusava a escutar. Ainda tinha dúvidas quanto ao que encontrariam no Cume, e continuava a ter medo de caírem antes de chegar. No entanto, em vez de ficar pensando naquilo, ela se concentrava no posicionamento dos pés a cada passo.

Centenas de passos.

Talvez milhares.

A coisa se tornou uma espécie de meditação em que ela se perdia, e os três subiram, até que de repente, sem aviso, não havia mais parede de penhasco sob sua mão. Grace afastou o olhar do caminho e espiou em volta, piscando. Não estavam no Cume da montanha, mas tinham chegado ao topo da face íngreme, e o caminho os levava para longe do abismo, ao longo de uma geleira que reluzia azul ao luar. O gelo preenchia um espaço entre duas cristas de morro, e, em cima da mais alta, Grace viu a luz, mas não era tão brilhante quanto parecia, vista do cânion. Porém, estava lá.

Ela emanava de dentro de uma cúpula enorme, tremeluzente, que se erguia da montanha, como metade de uma pérola gigante. Embaixo dela, escavada na pedra, havia uma passagem, e o caminho levava direto para lá. Grace continuou andando na frente, e eles seguiram pela borda da geleira até estar abaixo da entrada.

— Acho que isso é o fim — disse Owen.

— Tem de ser — concordou Grace. — Não há mais nenhum lugar aonde ir.

Assim, eles entraram.

19

Ainda que Sean segurasse o Pedaço do Éden, ele parecia impossivelmente distante, separado por centenas de anos e sabia-se lá quantos quilômetros. E, na verdade, as mãos não eram suas. Eram de Styrbjörn, e o viking ainda não entendia o que possuía. Ainda assim, carregava a adaga de um lado para o outro, estudava-a, porque suspeitava de que ela possuía algum significado além da santidade como uma relíquia do Cristo.

— Deveria destruir a adaga ou jogá-la fora — aconselhou Gorm. — Ela ofende os deuses.

— E como você sabe o que ofende os deuses? Você fala por eles? Agora virou vidente?

Estavam sentados à luz da manhã em volta das brasas e cinzas da fogueira da noite anterior, ainda acampados na floresta negra. Thyra permanecia do lado direito de Styrbjörn, enquanto Gorm e vários outros capitães jomsvikings o encaravam raivosos do outro lado do círculo. Ainda não tinham falado em recuar, mas Styrbjörn sabia que corria o perigo de perder seu exército. Podia sentir. Se ao menos um dos capitães sugerisse que abandonassem o objetivo, os outros o seguiriam.

— Palnatoke está morto — disse Gorm. — Não preciso ser vidente para saber que os deuses estão insatisfeitos.

Styrbjörn levantou a voz.

— Palnatoke sabia que o tamanho do fio de sua vida estava estabelecido. Ele enfrentou o fim da vida em batalha, e não escondido em Jomsborg. A adaga não teve nada a ver com isso, e você lhe tira a honra da morte dizendo o contrário.

Gorm não respondeu.

— Eu honro Palnatoke — continuou Styrbjörn. — Por isso buscarei vingança por sua morte. Mas fico me perguntando o que vocês farão.

— Não finja que luta contra Eric pela honra de Palnatoke — disse Gorm. — Você luta por...

— Não creio que ele finja — interveio Thyra. — Acho que Styrbjörn está com tanta raiva quanto você pela morte de Palnatoke, assim como está com raiva do tio. Ele não pode lutar pelas duas coisas? Pela coroa e também pela honra do irmão jurado? Se falar de novo contra Styrbjörn, falará contra Palnatoke.

Ela forjava as palavras com a certeza calma e firme de um martelo de ferreiro, e Gorm não disse nada para rebatê-las. O jomsviking baixou a cabeça sob o olhar de Thyra, como se ela fosse uma rainha, e não uma donzela escudeira. Styrbjörn ficou surpreso com a rapidez com que tinha passado a admirar Thyra e valorizar sua presença a seu lado. Aquele, no entanto, não era o momento de avaliar a questão.

Pressionou Gorm mais um pouco.

— Ainda me pergunto o que você fará para honrar Palnatoke. Como vai cumprir o juramento que fez de não recuar.

Gorm levantou os olhos.

— Nós vamos lutar. Mas saiba, Styrbjörn. Nós lutamos pela vingança. Lutamos por nossos juramentos e nossa honra. Não lutamos por sua coroa.

Styrbjörn assentiu. No fim das contas, não importava por que os jomsvikings iam à batalha. Só importava que lutassem.

— Preparem seus homens. Vamos marchar para a planície de Fyrisfield.

Gorm curvou a cabeça, mas não havia amor nem respeito no gesto. Em seguida, ele e seus capitães saíram do círculo do fogo, e, quando eles tinham ido, Styrbjörn se virou para Thyra.

— Obrigado pelo conselho.

— Só falei a verdade.

— Acho que você mudou a maré da mente de Gorm.

— Mas não a de meu pai; caso contrário, ele também estaria aqui. — Ela fitou a adaga que Styrbjörn usava à cintura. — Estou pasma que Harald tenha deixado isso para trás.

Styrbjörn olhou para a arma, e Sean se concentrou com mais intensidade na corrente de memórias, como sempre fazia quando a adaga se tornava o foco da simulação.

— Parecia ser mais que apenas uma relíquia para ele — disse Styrbjörn.

— Sempre foi. Muitas vezes pensei que deve haver algum poder nela.

— Que tipo de poder?

Ela inclinou a cabeça de lado, olhando para o alto entre as árvores, e seus olhos verdes capturaram a luz do sol.

— Eu diria que ela atrai as pessoas para ele. Inimigos saíam da presença de Harald devotos a ele. Só, porém, quando ele usava essa adaga.

Sean sabia exatamente o que ela havia observado. Aquele era o poder do dente. Ainda assim, Styrbjörn olhava a arma com suspeita, mesmo mantendo-a à cintura.

Pouco tempo depois, os jomsvikings estavam a postos com lanças, espadas, machados e escudos. Os que estavam feridos ou fracos demais devido ao veneno permaneceram para trás, e o restante marchou naquele dia em direção a Uppsala. Styrbjörn os guiou pela floresta, à frente do exército, para mostrar que não havia mais armadilhas envenenadas e nenhum guerreiro de Eric para incomodá-los. No fim da tarde, chegaram à vista do Fyrisfield, onde Styrbjörn esperava ver o exército de Eric reunido na planície.

Mas ela estava vazia.

Nenhum guerreiro. Nenhum acampamento. Só uma vastidão de capim e pântanos.

— Onde estão seus compatriotas? — perguntou Gorm. — Sem dúvida Eric mandou a Vara da Obrigação.

— Ele deve tê-los reunido ao norte daqui, em Uppsala — respondeu Styrbjörn.

— Perto do templo? — perguntou Gorm. — Por que ele se arriscaria a uma batalha ali?

— Talvez ele ache que os deuses vão salvá-lo.

Antes de entrarem na planície, espalharam-se em leque e formaram fileiras. Em seguida, Styrbjörn fez os jomsvikings marcharem na ponta de lança de sua cunha. Emergiram da floresta negra batendo os machados nos escudos em ritmo imponente, como se fossem tambores. Cantavam e marchavam, seguindo para o norte. A oeste, o Fyriswater corria para dentro do Mälaren, e a leste, os pântanos eram úmidos e cheios de juncos. À frente, a terra verde subia e descia como a vela frouxa de um navio enfunando ao vento. Fazia anos desde a última vez que Styrbjörn andara na terra de seus pais, onde corria em sua infância. Anos passados no exílio, esperando para vingar o assassinato do pai e reivindicar a coroa. Finalmente sua hora havia chegado. Ele podia sentir a raiva e a fúria da batalha crescendo.

— O que é isso? — perguntou Thyra.

Styrbjörn olhou para ela.

— O quê?

— Escute.

A princípio, ele não ouviu nada acima dos sons da marcha dos jomsvikings. Mas, então, sentiu um ribombo no chão sob os pés e ouviu um trovão distante, ainda que o céu estivesse límpido.

— Alguma coisa está vindo — disse ela. — Será o exército de Eric?

— Não. — Ele ficou ouvindo. — É outra coisa.

Styrbjörn examinou o horizonte à medida que o som ficava mais alto e mais próximo. Os jomsvikings pararam de cantar e bater nos escudos para ouvir. Interromperam a marcha na base de uma encosta baixa e larga e esperaram com as armas a postos.

— Você tem razão — observou Thyra. — Aquilo não é um exército.

— O que quer que seja, vamos matar ou destruir.

Thyra não assentiu nem concordou. Simplesmente olhou para ele com o rosto moldado em uma inexpressão que ele não entendeu, depois voltou a atenção para a planície. Styrbjörn apertou o cabo do machado, Randgríð, e sorriu diante do que estava para começar.

Um instante depois, uma fera gigantesca apareceu sobre a colina distante. Veio a toda velocidade em sua direção, berrando, e, a princípio, Styrbjörn não entendeu o que via: uma massa sólida, com muitas pernas, eriçada de espinhos, lanças e espadas que se espalhava quase com a largura da linha dos jomsvkings. Então, percebeu que não era uma coisa só, e sim muitas, um rebanho de bois, formados em uma fileira de cem cabeças e com três ou quatro animais de profundidade. Tinham sido presos e amarrados juntos, de modo que se moviam como um só, eriçados de armas, uma máquina de guerra viva, destinada a pisotear, esmagar, cortar e empalar. Styrbjörn jamais vira nada como aquilo.

Era algo capaz de partir um exército.

Qualquer guerreiro apanhado no caminho daquilo seria mutilado ou morto, e Styrbjörn sabia o que estava para acontecer com os jomsvikings. Eles não podiam recuar para o sul, porque o gado iria atropelá-los. Se fugissem para o leste, seriam engolidos pelo pântano. Assim, só restava uma rota de fuga.

— Para o rio! — ordenou, balançando o machado por cima da cabeça, depois soprando sua trombeta de guerra.

Os jomsvikings o ouviram, em seguida se viraram e correram para o oeste, com a intenção de sair do caminho daquela engenhosidade imensa. Thyra correu com eles, e, quando teve certeza de que ela estaria a salvo, Styrbjörn virou-se e partiu na direção da tempestade que se aproximava. O flanco leste dos jomsvikings não teria tempo de se desviar antes que os animais se chocassem contra a fileira. Styrbjörn precisava encontrar algum modo de interromper aquele avanço.

Eles vinham disparados em sua direção, os olhos arregalados e revirados, mugidos frenéticos, insensatos de medo. Styrbjörn recolocou

Randgrið no cinto enquanto a distância entre ele e a máquina de guerra diminuía. Quando o gado estava a apenas alguns metros de distância, ele se lançou no ar usando toda a força, passando suficientemente alto para não tocar nas primeiras lanças e chifres.

Mas, quando voltou para baixo, uma espada cortou sua coxa e ele rolou de lado por cima dos ombros móveis de um touro. O animal o jogou longe, e ele quase escorregou no espaço entre dois bichos. Suas pernas pendiam entre os cascos que batiam com força, e o terreno agarrou seus calcanhares, tentando puxá-lo para baixo pelo resto do caminho até a morte.

Styrbjörn agarrou uma canga pesada e se puxou para cima, usando o resto da estrutura de madeira como apoio. Sua coxa sangrava tremendamente, e ele tinha apenas alguns instantes para agir.

Tirou Randgrið da cintura e começou a golpear, lascar e cortar as cordas e a madeira ao redor, que transformavam aquele rebanho numa arma. Logo a linha trovejante de gado sofreu uma fratura e, depois, se partiu em duas.

Mas aquilo não bastava. Styrbjörn se equilibrou e pulou por cima das costas dos animais até outra junção, onde seu machado fez uma segunda divisão.

Agora a máquina de guerra atacava em três partes, com os espaços entre elas se alargando, as amarras que restavam enfraquecendo. Pelo menos agora alguns jomsvikings podiam se salvar nas aberturas criadas por Styrbjörn.

Ele se virou e pulou de cima da máquina de guerra, caindo embolado na retaguarda. Então, se levantou e viu o gado partindo para longe, na direção de seus homens, e, um instante depois, o ar se despedaçou com o som do impacto. Escudos se partiram, homens gritaram, metal ressoou. Alguns jomsvikings conseguiram passar em segurança pelas aberturas, mas um número grande demais ficou caído no caminho, e homens foram cuspidos sob o gado, fraturados e moribundos, enquanto a máquina prosseguia com abandono.

Styrbjörn correu pelo caminho lamacento e revirado em direção a seus homens, mas, antes de chegar, ouviu um novo som vindo do norte, aquele sim familiar. Virou-se e viu o exército de Eric atacando, vindo trucidar os que tinham sobrevivido ao estouro dos animais.

— A mim! — gritou Styrbjörn, levantando Randgrið, e tocou a ordem em sua trombeta de guerra. Então, se virou para o exército de Eric. Instantes depois, fileiras de jomsvikings se formavam em volta e atrás dele, inclusive Thyra e Gorm.

— Parede de escudos! — ordenou Styrbjörn, fazendo soar a trombeta mais uma vez.

— Eles estão em maior número, pelo menos quatro para um — constatou Gorm.

Styrbjörn apontou para o oeste.

— O sol vai se pôr logo. Só precisamos resistir. Hoje, vamos mostrar como eles precisam trabalhar duro para nos matar. Amanhã, mostraremos como vamos trabalhar duro para matá-los.

Em volta de Styrbjörn e em outros bolsões na planície, os jomsvikings que ainda podiam levantar um escudo se juntaram, ombro a ombro, com escudos e lanças para fora. Thyra ficou perto de Styrbjörn e percebeu o ferimento em sua coxa.

— Está ruim? — perguntou a guerreira.

— Não é nada — respondeu ele, apesar de sentir o sangue se acumulando dentro da bota.

Ela lhe deu um olhar feroz e ansioso, que o surpreendeu e que ele devolveu.

Então, o exército de Eric os alcançou.

Depois disso, foi luta homem a homem, estocando com lanças e espadas, empurrando o inimigo com os escudos. Mas os homens de Eric eram agricultores e homens livres convocados pelo *ledung*, muitos deles sem experiência de combate, ao passo que os jomsvikings eram homens jurados às investidas e às guerras. Para cada golpe que um dos guerreiros de Styrbjörn levava, os homens de Eric levavam cinco.

Thyra se mostrou hábil e mortal. E, à medida que o dia se passava, as paredes de escudos se sustentaram. Quando a tarde caiu, o exército de Eric recuou para seu acampamento do outro lado do Fyrisfield.

Os jomsvikings reuniram os feridos e os mortos, e voltaram à floresta, em cuja borda encontraram os restos da máquina de guerra bovina. Muitos dos animais tinham morrido com o impacto contra as árvores, e os que não tinham pareciam ter entrado na floresta. Os homens retalharam várias vacas e, naquela noite, comeram carne, o máximo que as barrigas aguentavam. E, depois, Gorm foi até a fogueira de Styrbjörn.

— Eu gostaria de prestar juramento a você, Styrbjörn — disse o jomsviking. — Eu e todos os meus irmãos. Nós vimos tudo o que você fez. Me perdoe por duvidar de sua honra.

— Vocês estão perdoados — concedeu Styrbjörn, enquanto Thyra se sentava e costurava o ferimento em sua coxa.

— Esta noite cantarão canções sobre seus feitos — continuou Gorm. — E, amanhã, os jomsvikings vão lutar e morrer a seu lado, até o último homem, se os deuses quiserem. Este é o juramento que fazemos.

Enquanto Sean observava aquela memória fluindo, percebeu que Styrbjörn conquistara a lealdade inabalável dos jomsvikings sem usar o poder da adaga.

— Vamos deixar os juramentos para amanhã — disse Styrbjörn. — Por enquanto, há guerreiros feridos e morrendo que precisam de seu comandante. Vá até eles, Gorm, e você e eu conversaremos de novo.

Gorm baixou a cabeça, daquela vez em sincera devoção, e saiu do círculo do fogo de Styrbjörn. Assim que ele se foi, Styrbjörn olhou para as chamas, para o centro mais profundo e quente em meio às toras e aos carvões. Precisaria de uma estratégia para o próximo dia de luta. Eric ainda tinha mais homens e nem chegara a mandar seus guerreiros pessoais para a batalha.

— Esse ferimento foi muito pior do que você deu a entender — comentou Thyra.

— Eu disse que não era nada. E não é.

Ela balançou a cabeça, franzindo a testa.

— O que você está pensando? — perguntou Styrbjörn.

— Que eu gostaria de tê-lo como marido.

Ele virou o olhar rapidamente para ela. O fogo lançava a luz nas bochechas vermelhas, no cabelo e nos olhos de Thyra.

— Está zombando de mim? — perguntou ele.

— Não. Por que acha isso?

Ele desviou o olhar, sem graça e inseguro.

— Você planeja se casar? — perguntou ela.

— Vou me casar. Quando tiver vingado meu pai e reivindicado o que é meu, vou me casar.

Ela assentiu, a testa ligeiramente franzida.

— Você é o primeiro homem que encontro digno de ser meu marido. E acho que sou a primeira mulher que você conhece digna de ser sua esposa.

Ela falava com simples confiança e, na verdade, estava certa em relação a como ele a enxergava. No entanto, Styrbjörn tinha mantido esses pensamentos longe do resto da mente até que pudesse avaliá-los bem. Porque aquela não era a hora para tê-los. Havia uma guerra a vencer e um tio a matar.

— Acho que deveríamos esperar para discutir o assunto — decidiu ele.

— Acho que não deveríamos esperar. Eu gostaria de me casar com você esta noite.

— Esta noite? — Então ele a encarou, chocado com a ousadia, mas também a admirando. — Por que esta noite?

— Porque depois de amanhã você será rei, e não quero você nem ninguém pensando que me casei com sua coroa. Não me caso com Styrbjörn, o Forte. Daqui a anos, quando nossos netos estiverem sentados a seus pés, quero que conte a eles sobre esta noite. Você dirá que eu o quis mesmo no exílio. Quis me casar com Bjorn.

Styrbjörn gostou de ouvi-la dizer seu nome verdadeiro e não desejou corrigi-la. Encarou-a por um longo tempo, e ela não disse mais nada, aparentemente decidida a dar-lhe tempo e espaço para pensar. Era verdade que ele queria se casar um dia, e também era verdade que gostaria de se casar com Thyra, mais do que com qualquer outra mulher que já conhecera. Mas àquela noite? Precisava ser àquela noite?

Quando vistas de um certo ângulo, parecia haver loucura nas palavras da mulher. Mas, de um ângulo diferente, fazia mais sentido que qualquer outra coisa que ele havia encontrado naquele mundo louco.

— Como você gostaria de se casar? — perguntou ele.

— Do jeito antigo. Com os deuses como testemunha.

— E quanto ao preço da noiva? As tradições?

— Não me importo com nada disso.

Ele assentiu e pensou mais, até chegar a uma decisão que, de fato, já havia tomado sem saber.

— Vou me casar com você esta noite. Mas preciso pedir algo de que você não vai gostar.

Ela sorriu, e, quando a encarou, ele concluiu irreversivelmente que ela era linda.

— O quê?

— Vou pedir que não lute amanhã. Você precisa deixar o campo de batalha.

— O quê? — O sorriso desapareceu. — Nenhum marido meu pediria...

— Pode ser que eu morra amanhã — disse ele. Era a primeira vez que falava aquelas palavras a alguém, inclusive a si mesmo. O único motivo pelo qual pensava nelas agora era o amor, não por Thyra, mesmo acreditando que iria amá-la, mas por Gyrid, sua irmã. — Não quero morrer — confessou. — Mas as nornas já cortaram o fio de minha vida e, se eu chegar ao fim dele amanhã, pediria que você levasse notícias minhas a minha irmã. Ela será sua irmã, também, e peço que a console e ocupe meu lugar a seu lado.

Thyra o encarou com a mesma expressão vazia que ele vira mais cedo, e ele se perguntou se algum dia aprenderia a decifrá-la. E, no caso, quantos anos isso demoraria.

— Sei que não posso obrigá-la — disse ele. — E não tentaria. Mas peço. Você me concede isso?

Thyra ficou muito tempo sem responder, mas ele sabia que era melhor não pressionar.

— Sim — respondeu ela por fim. — Apesar de que, antes, achava que não faria isso.

Ele gargalhou.

— Eu também achava que não. — E assentiu na direção da floresta. — E agora preciso construir um altar.

Assim eles se afastaram do acampamento juntos, entrando mais fundo na floresta negra, e logo chegaram a uma grande pedra com o dobro da altura de Styrbjörn. Ela possuía uma rachadura bem no meio, como se fosse a cabeça de um gigante que Thor tivesse acertado com o martelo, e eles decidiram que fariam os votos diante dela. Styrbjörn juntou pedras claras no crepúsculo e as empilhou de encontro à pedra grande, para fazer um altar, e, apesar de não terem mel nem grãos, ele pôs um anel de ouro ali em cima. Quando estava pronto, Styrbjörn deu sua espada Ingelrii a Thyra, jurou ser seu marido e honrá-la acima de todas as outras. E não deixar que ninguém falasse contra ela. Em seguida, Thyra deu sua espada a ele e fez os mesmos juramentos, e assim os dois selaram o casamento diante do deus Frey, que era pai de todos os reis dos sveas.

— Agora o sacrifício de sangue — disse Styrbjörn. — Vou encontrar um animal...

— Não. — Thyra olhou para o cinto do marido. — Já temos uma oferenda que agradará aos deuses.

Styrbjörn olhou para baixo, depois tirou de dentro da bainha a adaga de Dente Azul. Examinou-a um momento, depois a colocou no altar e dedicou a oferenda da relíquia de Cristo a Thor. Pediu ajuda do deus do céu na batalha vindoura. Depois enfiou a adaga na rachadura da pedra e empilhou as pedras mais alto, encostadas nela, para escondê-la da vista dos passantes.

Quando aquilo estava terminado, Styrbjörn e Thyra voltaram ao acampamento como marido e mulher, deixando a adaga em seu local de descanso. Se ela ainda estivesse lá, Sean poderia encontrá-la com facilidade.

— Isaiah — disse Sean. — Está ouvindo? Você viu isso?

Vi, respondeu Isaiah. *Excelente trabalho, Sean. Excelente.*

— Vocês têm a localização?

Temos. Podemos tirá-lo do Animus agora. As memórias de Styrbjörn estão para terminar, de qualquer modo.

— Estão? — Apesar de Sean ter cumprido com o objetivo da simulação, não se sentia exatamente pronto para deixar o ancestral para trás. — Por quê?

Parece que daqui a pouco, quando conceber uma criança com Thyra, Styrbjörn vai passar suas memórias genéticas. Não temos DNA de suas memórias depois desta noite.

— Então, ele não teve mais nenhum filho?

Claro que não.

— Por que é claro que não?

Eu... achei que você soubesse. É fato histórico que Styrbjörn morreu durante a batalha do Fyrisfield.

20

Owen estava num corredor diferente de tudo que havia encontrado naquela simulação até então. Enquanto a Floresta e o Caminho tinham aparência antiga ou primitiva, aquele lugar parecia avançado. As paredes cinzentas dos dois lados pareciam feitas de pedra metálica, com uma teia de veios finos, dourados, que se espalhavam como circuitos. À frente deles, o corredor terminava na entrada do que parecia uma sala luminosa e enorme.

— Não creio que isso seja um arquétipo — disse Owen.

— Ainda há só um caminho para a gente seguir — observou Grace.

Assim, os três prestaram atenção e andaram com cuidado pelo corredor, que parecia pulsar e tremeluzir nas bordas da visão de Owen, mas não quando ele olhava direto para as paredes. Os passos dos três faziam muito pouco barulho, ao mesmo tempo que um som profundo, ressoante, preenchia o espaço ao redor, constante e notável como batimentos cardíacos.

Quando chegaram ao fim do corredor, eles se esgueiraram para um lado e olharam em volta da esquina, para dentro da câmara, e descobriram que agora estavam embaixo da cúpula avistada do lado de fora. A curvatura reluzente cobria um vasto espaço abobadado, cheio de uma luz azul-clara. Diretamente sob a cúpula, várias plataformas espaçosas exibiam estranhos objetos e equipamentos, que Owen não reconhecia nem entendia. Podiam ser máquinas, computadores ou simplesmente esculturas. Passarelas cristalinas, escadas e condutos ligavam as plataformas, criando uma estrutura que parecia quase molecular. Ela subia pelo espaço sob a cúpula e descia até um silo que havia sido escavado na montanha, abaixo.

— Que lugar é esse? — perguntou Owen.

— Talvez seja o arquétipo do laboratório de um cientista louco — respondeu Grace.

— Algo assim — observou Natalya. — Acho que é a chave que Monroe está procurando. Os Pedaços do Éden vieram de uma civilização antiga, não é? — Ela acenou com a cabeça para o meio da câmara. — Isso me parece feito por uma civilização antiga.

VOCÊ ESTÁ CERTA, disse uma voz desconhecida.

Owen se virou naquela direção enquanto uma figura vinha de baixo. Tinha cabelo escuro e comprido, e a pele clara parecia reluzir por dentro. Usava um adereço de cabeça prateado, que podia ser um capacete, e seu manto branco quase tocava o chão. Enquanto a estranha se aproximava, falou com a mesma voz que tinham ouvido no início da simulação:

O QUE VOCÊS ESTÃO VENDO PERTENCE MESMO A UMA CIVILIZAÇÃO ANTIGA. MINHA CIVILIZAÇÃO. Ela deu as costas para os três. **VENHAM.**

Owen, Grace e Natalya acompanharam a estranha até uma das escadas de cristal, que, então, subiram, passando por cima do abismo aparentemente sem fundo. Owen segurou com força o corrimão frio.

— Quem é você? — perguntou Natalya, enquanto subiam.

SOU UMA MEMÓRIA DE ALGUÉM QUE VEIO ANTES, respondeu a estranha apenas.

Ela os guiou, indo de uma escada até uma passarela e a outra escada, subindo às partes mais altas da cúpula até chegarem a uma plataforma perto do cume da estrutura. Uma espécie de cama esperava ali, com contornos moldados a partir da mesma pedra metálica. A coisa lembrava um Animus a Owen, e nela estava deitada uma mulher, com a mesma pele cor de cobre dos arquétipos que haviam encontrado. Um lençol lhe cobria o corpo dos ombros para baixo, e ela parecia dormir.

SOU CONHECIDA POR MUITOS NOMES, disse a estranha, **MAS PODEM ME CHAMAR DE MINERVA.**

— Como a deusa? — perguntou Grace.

MEU POVO É A FONTE DE SEUS MITOS, EU TIVE MUITOS NOMES. A estranha abriu os braços. ATENA. SULIS. VÖR. SARASVATI. NÓS, QUE VIEMOS ANTES, REINAMOS SOBRE A HUMANIDADE POR MILHARES DE ANOS.

A voz da estranha, Minerva, entrou na mente de Owen com tamanho poder que deixou sua vistão turva, e a forma da mulher oscilou, cresceu e ardeu com luz.

COM ESSE OBJETIVO, FORAM CRIADOS INSTRUMENTOS E ARMAS. O TRIDENTE FOI FEITO PARA GOVERNAR COM AUTORIDADE PERFEITA. Ela balançou o braço, e a cúpula acima escureceu. Então, imagens a preencheram, perseguindo umas às outras na superfície. Cenas de batalha e campos com milhares e milhares de mortos espalhados. MEU POVO. LUTAMOS CONTRA NÓS MESMOS. LUTAMOS CONTRA VOCÊS, NOSSAS CRIAÇÕES. NÓS NOS DESTRUÍMOS, POIS COMETEMOS UM ERRO.

Ela foi até a cama cheia de contornos e tocou uma parte que não parecia diferente das outras. Mas, a seu toque, pulsos de luz começaram a viajar pelos veios dourados dentro da substância da plataforma, iluminando-a, e aquela luz fluiu para dentro da mulher adormecida. Então, Minerva olhou de volta para Owen e os outros, e este esperou, sem falar nada.

Owen se perguntou se deveriam fazer ou dizer alguma coisa. Olhou para Natalya, que parecia igualmente confusa.

VOCÊS NÃO ME PERGUNTAM QUAL FOI O ERRO, disse Minerva finalmente, parecendo cansada. Owen teve a sensação de que tinham acabado de fracassar num teste que desconheciam fazer. MEU POVO CONSTRUIU UMA CIVILIZAÇÃO DE FORÇA E BELEZA SEM PARALELOS. NÓS SUBMETEMOS O CAOS DA NATUREZA A NOSSA VONTADE. DECIFRAMOS O CÓDIGO DA PRÓPRIA VIDA E NOS TORNAMOS SENHORES. FIZEMOS TUDO ISSO E MAIS AINDA, E, NO ENTANTO, NÓS, OS ISU, NOS DESTRUÍMOS, E VOCÊS NÃO PENSAM EM PERGUNTAR COMO? TÊM

TANTA CERTEZA ASSIM DE QUE A HUMANIDADE NÃO PODE TAMBÉM RUIR?

— Como? — perguntou Natalya. — Como vocês se destruíram?

Agora Minerva andou de um lado a outro na plataforma, balançando a cabeça, periodicamente lançando olhares que pareciam quase desapontados. TALVEZ EU TENHA FRACASSADO. TALVEZ EU TENHA COMETIDO UM SEGUNDO ERRO.

— Por favor — implorou Grace. — Percorremos um longo caminho.

SEI DISSO. Minerva parou de andar. EU MESMA CONSTRUÍ O CAMINHO. DEPOIS DO CATACLISMO DO PRIMEIRO DESASTRE, UMA EJEÇÃO DE MASSA SOLAR DEIXOU NOSSA CIVILIZAÇÃO EM RUÍNAS. ENQUANTO FALO COM VOCÊS AGORA, DO PASSADO, MEU POVO ESTÁ PRATICAMENTE EXTINTO, E EU ME JUNTAREI A ELES EM BREVE. A HUMANIDADE SOBREVIVERÁ A NÓS, E, QUANDO TIVERMOS DESAPARECIDO, TEMO QUE VOCÊS FICARÃO COM NOSSO LEGADO. NOSSAS ARMAS.

— Os Pedaços do Éden — disse Owen.

É ASSIM QUE OS HUMANOS OS CHAMAM. Minerva foi em sua direção. SE PUDESSE DESTRUIR O TRIDENTE, EU O FARIA, MAS ELE DESAPARECEU. SEI QUE ELE NÃO FICARÁ ESCONDIDO PARA SEMPRE, E, QUANDO FOR ENCONTRADO, A HUMANIDADE SOFRERÁ. POR ISSO EU OS TROUXE AQUI.

Ela voltou à cama cheia de contornos e se sentou ao lado dela. Em seguida, virou a palma da mão aberta para a mulher deitada.

CRIEI TODA ESSA MEMÓRIA COLETIVA EM MINHAS FORJAS E A INSTALEI NO FUNDO DA MENTE E DAS CÉLULAS DE ALGUNS SERES HUMANOS. LI AS RAMIFICAÇÕES E AS POSSIBILIDADES DO TEMPO, E PREVI E PROGRAMEI PARA QUE SEUS ANCESTRAIS E O TRIDENTE FOSSEM ATRAÍDOS UNS PELOS OUTROS, ATRAVÉS DOS SÉCULOS, E ANTEVI O DIA EM QUE A HUMANIDADE PRECISARIA DE MINHA AJUDA. E AQUI ESTÃO VOCÊS.

— Mas o que isso significa? — perguntou Owen, ainda perplexo com tudo o que Minerva revelara. — Como podemos impedir o Tridente?

AO VIREM AQUI, SUA MENTE RECEBEU UM ESCUDO DE MODO QUE POSSAM FAZER O QUE EU NÃO PUDE, E DESTRUIR O TRIDENTE.

— Mas como? — perguntou Natalya. — Como essa memória coletiva ajuda?

O CAMINHO PASSA ATRAVÉS DO MEDO, DA DEVOÇÃO E DA FÉ.

Owen pensou na Serpente, no Cão e na terceira parte que devia ser o penhasco que haviam escalado.

— Mas o que isso quer dizer? — perguntou o garoto. — Como isso deve ajudar?

VOCÊS SÃO APENAS HUMANOS, NÃO ENTENDERIAM. MAS ESTA MEMÓRIA DESTRAVOU SEU POTENCIAL, E, QUANDO CHEGAR A HORA, VOCÊS TERÃO TUDO DE QUE PRECISAM.

Owen não se sentia diferente nem sabia como aquela simulação poderia ter mudado alguma coisa para ele.

— Você não contou como vocês se destruíram — insistiu Grace.

NÓS ESQUECEMOS, respondeu ela.

— Esqueceram o quê? — perguntou Owen.

ESQUECEMOS QUE ÉRAMOS PARTE DO UNIVERSO, E NÃO SEPARADOS DELE. ESQUECEMOS QUE NÃO ESTÁVAMOS NO CENTRO DA CRIAÇÃO NEM DO LADO DE FORA DESTA. ESQUECEMOS QUE O PERIGO E O MEDO NÃO SÃO A MESMA COISA, E, APESAR DE LUTARMOS CONTRA NOSSOS MEDOS, NÃO ENXERGAMOS O VERDADEIRO PERIGO. ESQUECEMOS TUDO ISSO ATÉ QUE O UNIVERSO NOS CASTIGOU COM NOSSO PRÓPRIO SOL, LEMBRANDO-NOS DE NOSSO DEVIDO LUGAR.

Minerva balançou a mão num arco amplo sobre a cabeça, e a cúpula se abriu como a pupila de um olho se alargando, revelando o céu noturno.

NÃO REPITAM NOSSO ERRO. NÃO ESQUEÇAM.

— Não esqueceremos — assegurou Owen.

Minerva assentiu.

VOCÊS CHEGARAM AO FIM DO CAMINHO QUE EU CRIEI. LEMBREM-SE DE CADA PASSO DADO. Ela balançou a mão de novo, e, em seguida, desapareceu.

A plataforma caiu para longe, assim como o resto da estrutura e a cúpula em volta, rachando-se e fragmentando-se no buraco do coração da montanha. Owen permaneceu suspenso no céu noturno, perto de Grace e Natalya, cercado por estrelas e diante de uma lua imponente. Mas aquelas luzes foram se desbotando aos poucos e morrendo, até que ele estava na escuridão completa, incapaz até mesmo de ver as amigas a seu lado.

Algo puxou sua cabeça. Ele se encolheu e levantou a mão para lutar, mas sentiu mãos humanas e o capacete do Animus. E, então, o capacete foi retirado.

Ficou olhando, confuso, depois franziu os olhos e piscou. Estava de volta ao laboratório do Ninho da Águia. Monroe estava a sua frente e lhe deu um tapinha no ombro. Grace e Natalya pendiam em seus anéis do Animus, ali perto.

— O que aconteceu? — perguntou Owen. — A gente dessincronizou?

Não parecia que sim. Era a saída mais suave de uma simulação que ele já havia experimentado.

— Não — respondeu Monroe. — Vocês não dessincronizaram. A memória simplesmente... os liberou.

Ele ajudou os três a se desconectarem dos arneses e sair dos anéis. Owen esfregou a cabeça e os olhos, e repassou as memórias para garantir que toda a simulação estava ali, e não sumindo, como o sonho que ela quase parecia ser. Mas as memórias ficaram e, de certa forma, aquilo as tornou ainda mais difíceis de entender. Aparentemente, a Terra possuía toda uma história da qual ninguém sabia. Uma raça antiga, mítica, se extinguira. Se alguém que não fosse Monroe os tivesse mandado para aquela simulação, Owen suspeitaria de que a coisa toda era falsa.

Mas era real.

— Todo mundo está bem? — perguntou Monroe. — Nenhum efeito adverso?

Owen balançou a cabeça.

— Estou me sentindo bem — garantiu Grace.

— Eu também — emendou Natalya.

— Bom. — Monroe suspirou. — Nesse caso, podem me contar exatamente o que viram lá dentro. Vamos começar por Natalya, depois vocês dois podem completar com qualquer detalhe que ela deixe de fora.

Assim todos se sentaram, e Natalya descreveu a Monroe toda a simulação, começando pela Floresta e a Serpente, e acabando com Minerva. Owen contou o que acontecera com o Cão enquanto as outras duas iam em frente, e Grace falou mais sobre a experiência da escalada. Monroe falou muito pouco, só parando para fazer perguntas breves. Quando terminaram, ele ficou sentado com os braços cruzados, cobrindo a boca com uma das mãos, aparentemente pensando em tudo o que fora dito.

— É extraordinário — disse o cientista, por fim. — Vocês três acabaram de responder a algumas das maiores perguntas científicas que eu já fiz. E, além de tudo, tiveram um contato indireto com um Precursor.

— Um Precursor? — perguntou Grace.

— Os Isu. Um membro da Primeira Civilização. Aqueles Que Vieram Antes. Temos vários nomes para eles. — Ele balançou a cabeça. — Mas isso não significa que possamos compreendê-los. Pense no que seria necessário para criar uma cápsula do tempo genética destinada a se abrir num momento específico dezenas de milhares de anos mais tarde.

— Mas não foi Minerva que abriu; foi você — argumentou Grace.

— É o que parece... — Monroe deixou o resto no ar.

— O que Minerva disse é verdade? — perguntou Natalya.

Monroe descruzou os braços e se inclinou para ela.

— Qual parte?

— Tudo.

Monroe assentiu.

— Mais ou menos. A história toda aconteceu há dezenas de milhares de anos, por isso não sabemos exatamente o que passou. O que sabemos é que temos os Pedaços do Éden. Encontramos alguns templos dos Precursores. Outros antes de você tiveram contato com os Isu de diferentes modos, inclusive com Minerva. Sua civilização existiu e era incrivelmente avançada. Acreditamos que tenha sido destruída por uma ejeção de massa da coroa solar conhecida como Catástrofe de Toba. Portanto, sim, o que Minerva contou é basicamente verdade. — Ele se virou para Grace. — Existem até alguns que querem trazer os Isu de volta.

— Os Instrumentos da Primeira Vontade? — perguntou Grace.

Monroe assentiu.

— Quem são eles? — Quis saber Owen.

Monroe indicou Grace, e ela puxou um papel dobrado de dentro do bolso.

— Encontrei isso num livro sobre mitologia nórdica — disse ela. — Foi Isaiah que escreveu.

— O que é? — perguntou Natalya.

— Diz que ele não quer governar o mundo. — Grace levantou o papel. — Quer destruí-lo.

— Espere aí. O quê? — Owen tinha presumido que Isaiah queria ser outro Alexandre, o Grande. — Por quê?

— Ele acredita que a Terra precisa morrer para renascer — explicou Grace. — É um ciclo. Ele diz que estivemos impedindo que esse ciclo se concretizasse, e que outra grande catástrofe já devia ter acontecido, mas não aconteceu por conta da interferência de Assassinos e Templários. Portanto, ele agora quer acarretá-la de outro modo.

Owen sabia que isso seria concretizado muito facilmente com o Tridente. Não somente Isaiah conseguiria usá-lo para criar um exército, mas poderia virar países uns contra os outros, com suas armas nucleares.

— E quem são os Instrumentos da Primeira Vontade? — perguntou Grace.

— Só ouvi boatos — respondeu Monroe. — Mas dentro da Ordem Templária parece haver uma facção secreta que tenta devolver o poder a outra Precursora, chamada Juno. Pelos escritos de Isaiah, parece que ele sabia sobre essa facção. Talvez até fizesse parte dela. Mas, se fazia, não faz mais. Ele decidiu que quer o poder para *si*, e não para Juno. — Monroe se levantou da cadeira. — Vou verificar as outras duas simulações, ver como David e Javier estão indo.

— O que a gente deveria fazer? — perguntou Grace.

Monroe passou os olhos pelo laboratório em volta.

— Podem ficar por aqui ou voltar à sala comunitária e esperar. Assim vou saber onde encontrá-los.

— E eu? — perguntou Owen.

Antes de ele concordar em entrar na simulação do inconsciente coletivo, Monroe tinha prometido mostrar as verdadeiras memórias do assalto a banco de seu pai.

— Não é hora para isso — disse Monroe.

— Você prometeu...

— Eu prometi que ajudaria, e vou ajudar. Mas acho que você sabe que há questões mais urgentes que precisamos abordar primeiro.

A impaciência de Owen virou irritação.

— Mas agora tudo o que estamos fazendo é esperar que Javier e David achem a adaga.

— Coisa que pode acontecer a qualquer momento. — Monroe foi em direção à porta. — Além disso, prefiro ter sua mente limpa para o que vem por aí.

— Por que minha mente não estaria limpa?

Monroe segurou a maçaneta da porta e parou.

— Se você precisa fazer essa pergunta, fico em dúvida se está pronto para o que pede.

Com isso ele saiu da sala, deixando os três a sós.

21

Thorvald parou perto do Porta-Voz da Lei, na tenda do rei. Eric estava sentado numa cadeira-sela, com Astrid ao lado, mas, fora isso, estavam sozinhos. Javier ainda não tinha se acostumado com a presença da enorme ursa doméstica, e ela o espantava sempre que o ancestral a encontrava. Um braseiro fornecia luz alaranjada e fumaça branca que se juntava no ponto mais alto da tenda antes de escapar.

— O gado matou um terço dos jomsvikings — relatou Thorvald. — Os que sobreviveram sustentaram o terreno atrás das paredes de escudos. A batalha cessou com o pôr do sol.

— E Styrbjörn? — perguntou o rei.

— Vive. — Thorvald não viu necessidade de dizer ao rei o que Styrbjörn fizera a fim de parar o gado. Ainda não. O próprio Thorvald mal podia acreditar e, pela primeira vez desde o início dessa tarefa, se perguntou se o inimigo não seria realmente capaz de vencer. — Seu exército voltou para a floresta negra.

Eric assentiu.

— Suas estratégias foram muito eficazes. Elogio os dois e desejo recompensá-los. — Ele pegou duas pequenas bolsas de couro dentro da túnica e entregou a Thorvald, que as guardou.

O Porta-Voz da Lei baixou a cabeça.

— Nós servimos ao povo para que todos possamos viver livres.

— E como vocês iriam servi-lo agora? — perguntou o rei lentamente, a pergunta pesada com as palavras que ele não disse, mas deu a entender. — Chegou a hora?

— Sim — respondeu Thorvald. — Assim como chegou para seu irmão.

— Eu lhes disse. — Eric se virou e olhou para Astrid. — Não quero saber nada sobre isso.

Javier sentiu o esforço de Thorvald para conter a raiva. O rei queria o serviço mortal da Irmandade a seu favor, mas protegia seu sentimento de honra, recusando-se a falar abertamente a respeito, como se pudesse se convencer de que aquilo nada tinha a ver com ele. Mas todo mundo na tenda, a não ser a ursa, sabia o que ele queria dizer.

Mesmo assim, o Porta-Voz da Lei não parecia sentir raiva da fraqueza do rei.

— Thorvald irá esta noite, e amanhã veremos o que o alvorecer nos traz.

— Não espere até o amanhecer para me informar — recomendou Eric. — Me acorde, se preciso.

— Como quiser — respondeu o Porta-Voz da Lei.

Eric assentiu; então, Thorvald e o Porta-Voz da Lei saíram da tenda do rei.

Do lado de fora, os dois andaram pelo acampamento, cercados pelos sons de aço contra pedras de amolar e o retinido dos martelos dos ferreiros. Ouviram risos e sentiram cheiro de carne cozida em fogueiras. O clima no acampamento parecia animado e confiante. O número de homens de Eric era maior que o dos jomsvikings, e a guarda pessoal do rei iria se juntar à batalha no dia seguinte. A vitória parecia inevitável.

— Não considere nada garantido — aconselhou o Porta-Voz da Lei, enxergando a mente de Thorvald com os olhos cegos. — Independentemente do que esses guerreiros acreditem, qualquer batalha pode ser vítima de uma reviravolta com a batida das asas de um corvo. Pense na adaga que viu. Se for o que você teme que seja, talvez já tenhamos perdido essa batalha, apesar de nossa astúcia e de nossa força.

— Entendo.

— Chegou a hora de levar a Styrbjörn o julgamento das nornas. Ele nunca mais deve empunhar sua espada ou seu machado.

— Ele não o fará.

Torgny assentiu.

— Se você encontrar a tal adaga, traga-a para mim.

Thorvald segurou a mão de seu mentor.

— Farei isso.

Assim, ele deixou o Porta-Voz da Lei no acampamento e foi para o sul, pela planície de Fyrisfield. A lua ainda não nascera, o que significava que ele podia passar despercebido, mas partiu correndo pela escuridão. Precisava contar com sua visão de Odin, sentindo mais que seria possível apenas com os ouvidos e os olhos, seguindo os contornos da terra e evitando perigos imprevistos e pântanos.

Quando chegou a um agrupamento de pedras baixas e pulou por cima destas, sua visão de Odin captou um brilho perto do chão e ele parou para investigar. Uma grossa capa de musgo cobria parte da pedra ali, e, enquanto ele a afastava, encontrou um pequeno pedaço de ouro incrustado com terra. Olhou aquilo por alguns instantes, perplexo, mas, então, se lembrou da história de Hrólf, que havia espalhado seu ouro em Fyrisfield para distrair os inimigos durante sua fuga. Parecia que talvez houvesse verdade na lenda, afinal de contas, e isso deu uma ideia a Thorvald. Uma última estratégia, talvez a mais simples de todas.

Pegou as bolsas que o rei lhe dera, e, dentro, encontrou um pequeno tesouro em dinheiro árabe. Hrólf não teria espalhado moedas como aquelas, tantas gerações antes, mas Thorvald não acreditava que tais detalhes importariam para os jomsvikings. Arrumou as moedas sobre uma das pedras, depois pegou outro frasco com o mesmo veneno que dera a Östen. Com muito cuidado, salpicou a morte em cada moeda de prata e, assim que o veneno havia secado, espalhou-as enquanto percorria o resto do caminho pela planície.

Quando chegou à floresta negra, subiu nos galhos e, de novo, seguiu de árvore em árvore, passando por cima das sentinelas sem ser visto, até chegar ao coração do acampamento. O gado causara um dano tremendo aos jomsvikings. Muitos guerreiros estavam feridos e morrendo. E, apesar de seus irmãos cuidarem deles, não sobreviveriam à noite. No entanto, o clima não parecia muito diferente do encontrado no acampamento de Eric. Depois de todas as baixas, a coragem e a vontade dos jomsvikings ainda não foram abaladas, e Thorvald os admirou.

Eventualmente encontrou Styrbjörn em conselho com um capitão jomsviking enquanto uma donzela escudeira cuidava de um ferimento em sua coxa. A visão da mulher surpreendeu Thorvald, porque os jomsvikings só permitiam homens em suas fileiras.

— Esta noite cantarão canções sobre seus feitos — disse o capitão. — E, amanhã, os jomsvikings vão lutar e morrer a seu lado, até o último homem, se os deuses quiserem. Este é o juramento que fazemos.

Parecia que a coragem e a força que Styrbjörn demonstrara unia os jomsvikings a ele com a lealdade exigida por seu código e sua honra. Eles lutariam de verdade até o último homem, o que significava que o exército de Eric não teria opção a não ser destruir cada um.

Thorvald observou enquanto Styrbjörn dispensava o capitão e, depois de alguns instantes de silêncio, começou a conversar com a donzela escudeira. Os dois debateram em voz baixa sobre casamento, surpreendendo Thorvald outra vez. Quando eles se afastaram do acampamento, penetrando na floresta para fazer seus votos, ele os acompanhou por entre as árvores, observando ao longe.

Eventualmente, chegaram a uma grande pedra rachada, onde Styrbjörn fez um altar. Em seguida ofereceu um bracelete de ouro a Frey. Enquanto ele e sua donzela escudeira trocavam votos e espadas, Thorvald pensou em atacar os dois. Seria uma tarefa bastante simples, pois estavam distraídos um com o outro. Mas os Princípios ensinados por Torgny o contiveram.

Não conhecia aquela donzela escudeira. Ela não podia ser jomsviking. Seria dinamarquesa? Podia até ser inocente, e, se fosse, o Credo da Irmandade proibia Thorvald de derramar seu sangue. Antes de golpear, precisava saber quem estaria matando.

— Agora o sacrifício de sangue — disse Styrbjörn abaixo. — Vou encontrar um animal...

— Não — reagiu a donzela escudeira. — Já temos uma oferenda que vai agradar aos deuses.

Thorvald tentou imaginar o que ela queria dizer, mas, então, Styrbjörn pegou sua estranha adaga e a colocou no altar. Ao dedicar a oferenda a Thor, Styrbjörn disse que a arma era uma relíquia do Cristo, o que significava que a adaga podia ser o que Thorvald temia que fosse. Mas, se aquilo era verdade, por que Styrbjörn iria oferecê-la na véspera de uma batalha? Por que entregaria exatamente a coisa que poderia lhe garantir a vitória?

Depois de terminar o que fazia no altar, Styrbjörn colocou a adaga na rachadura da rocha, empilhou mais algumas pedras, e, depois, ele e a donzela escudeira partiram na direção do acampamento.

Thorvald esperou alguns instantes para ter certeza de que eles tinham ido embora, depois desceu das árvores até a pedra e o altar. O bracelete de ouro não lhe era interessante. Empurrou-o de lado com as pedras menores, até descobrir a rachadura e a adaga escondida ali.

Javier sentiu uma empolgação.

— Estou com ela — disse a Griffin.

Bom. Muito bom. Fique com Thorvald. Vejamos aonde ela vai agora.

— Claro.

Esse é todo um ramo da Irmandade que eu não conhecia, comentou Griffin. *É incrível. Com sua herança, seu sangue, sei que você pode se tornar um Assassino realmente grande.*

Javier não sabia o que pensar a respeito. Gostava de ouvir, mas também lutava contra aquilo em sua mente ao mergulhar de volta na memória.

A adaga não era uma arma comum. Thorvald podia ver com clareza. Mas aquilo não significava que fosse uma arma antiga, dos deuses. Jamais segurara uma lâmina Aesir, por isso não tinha certeza se aquela era divina ou não. Mas acreditava que fosse, o que significava que precisava levá-la em segurança para as mãos do Porta-Voz da Lei.

A morte de Stybjörn precisaria esperar.

Thorvald subiu de novo às copas das árvores e voltou pela floresta, depois passou pela planície de Fyrisfield, onde sua prata brilhava fracamente à luz das estrelas. O Porta-Voz da Lei havia saído de sua choupana perto do templo e ocupado uma tenda no acampamento de Eric. E, enquanto se aproximava dela, Thorvald encontrou Torgny sentado do lado de fora, perto da fogueira, com o queixo enterrado no peito, roncando.

— Mentor — disse ele, tocando o ombro do Porta-Voz da Lei.

Torgny levantou os olhos, inalando profundamente pelo nariz.

— Já voltou? Quanto tempo eu estive em contemplação?

— Só o senhor saberia a resposta. — Thorvald encostou o cabo da adaga nas mãos do Porta-Voz da Lei. — Acredito que isso seja o que pensei que fosse.

Torgny aceitou a adaga. E, mesmo não podendo ver, virou-a várias vezes nas mãos, e Thorvald se preocupou, imaginando que ele poderia se cortar, o que não aconteceu.

— Acho que você tem razão — disse o Porta-Voz da Lei.

— O senhor sabe que poder ela possui?

— Não. E Styrbjörn?

— Vive. Casou-se com uma donzela escudeira em segredo enquanto eu assistia. Para matá-lo, eu precisaria matá-la também, e não a conheço.

— Você foi sensato em conter sua arma. É melhor nossos inimigos permanecerem incólumes que nos arriscarmos a fazer mal a nosso Credo.

— Eric não ficará satisfeito.

— Mas nós temos isso. — Torgny levantou a adaga. — Acho que ela vai agradar ao rei.

— O senhor vai dá-la a ele?

— Não como pensa. Vamos até ele.

O Porta-Voz da Lei se levantou de perto da fogueira, em seguida Thorvald o guiou pelo acampamento, que ficara muito mais silencioso enquanto os guerreiros procuravam dormir, até chegarem à tenda de

Eric. Dois guardas posicionados junto à porta os deixaram entrar, mas, logo que o fizeram, encontraram Astrid bufando.

— Calma — pediu Thorvald à massa de pelos marrons que vinha em sua direção. — Você nos conhece.

— Eric — chamou Torgny alto e enfaticamente, e o rei se remexeu fungando.

— O que é?

— Sua ursa — respondeu o Porta-Voz da Lei.

— O quê? Ah. — Primeiro ele se sentou, depois ficou de pé, com as peles e os cobertores caindo. — Astrid, venha — disse, puxando-lhe a corrente.

A ursa parou de andar, mas não de fazer barulho, e se virou para ir bamboleando até o rei, antes de se sentar e se encostar nele.

— Está feito? — perguntou o rei.

— Não — respondeu o Porta-Voz da Lei.

— Não?

— Temos algo melhor. — Ele estendeu a adaga para o rei, e Eric segurou-a, franzindo a testa.

— O que é isso?

— Uma relíquia crística — respondeu Torgny. — Styrbjörn a tirou de Harald Dente Azul, que a recebeu do grande Pai Cristão em Roma.

Agora a carranca de Eric se transformou numa expressão de nojo.

— E por que eu quereria isso?

O Porta-Voz da Lei se virou para Thorvald.

— Diga o que viu.

Então, ficou claro que Torgny pretendia usar a adaga como um símbolo, por isso Thorvald disse:

— Styrbjörn disse que podia obter o favor de Thor oferecendo a relíquia ao deus do céu. Mas Styrbjörn foi descuidado e eu a peguei no altar. Se o senhor oferecesse essa relíquia crística a Odin e dedicasse a batalha de amanhã a ele...

— Achei que eu não deveria lutar contra Styrbjörn.

— Isso ainda é verdade — argumentou o Porta-Voz da Lei. — Você não deve. Mas seu exército lutará e, com o favor de Odin, sua vitória será garantida.

— Os jomsvikings fizeram juramento a Styrbjörn — observou Thorvald. — Será melhor para seu governo se Styrbjörn for derrotado no campo de batalha, em espaço aberto, e não nas sombras. Que seu exército saiba que o senhor tem o favor de Odin.

— Mas Thor não ficará com raiva? — perguntou o rei.

— A oferenda foi malfeita — respondeu Thorvald. — O desprazer de Thor cairá sobre Styrbjörn.

— E se Styrbjörn me desafiar?

— Ele não deverá ter essa chance — respondeu o Porta-Voz da Lei. — O senhor deve se manter longe da batalha.

— Não. — Eric balançou a cabeça, as bochechas ficando vermelhas. — Não sou covarde. Não vou me esconder em minha tenda, vou lutar com meu povo, ainda que isso signifique minha morte.

— Isso revela bem sua honra — disse Torgny. — Ninguém duvida de sua coragem. Mas o povo desta terra precisa que você governe por muitos anos, ainda.

E Thorvald sabia que a Irmandade vinha gastando anos demais, estabelecendo o governo de Eric, para que ele simplesmente morresse no dia seguinte no campo de batalha. E sem dúvida morreria. Thorvald vira Styrbjörn lutar. O rei não seria páreo para o tamanho, a força e a juventude do sobrinho. Poucos homens seriam. Mas lhe ocorria um.

— O povo de Svealand precisa que eu o lidere — decidiu o rei. — Com relação a isso, juro que seu conselho não vai me abalar.

Thorvald viu que aquilo era verdade.

— Então lidere-o — disse o Assassino. — Mas escolha um campeão. Um que lute contra Styrbjörn se acontecer um combate singular. Não é desonrado.

— Talvez não seja desonrado — retrucou Eric. — Mas tampouco é honrado.

— É assim que precisa ser — aconselhou o Porta-Voz da Lei.

— Há um gigante em seu exército — explicou Thorvald. — O nome dele é Östen...

— Por tradição, meu comandante é meu campeão.

Javier se lembrou de como o comandante tentara impedir que os Assassinos entrassem no conselho de guerra do rei, Thorvald também lembrava e balançou a cabeça.

— Eu o conheço, e ele certamente será derrotado. Só há um homem, dentre todos os sveas, que eu mandaria contra Styrbjörn.

Eric pôs a mão na cabeça de Astrid e coçou seus pelos enquanto examinava a adaga.

— É uma arma estranha para ser uma relíquia — comentou ele. — Nunca vou entender esses cristãos. Eles me ofendem.

— Eles ofendem os deuses — observou o Porta-Voz da Lei.

— Então, vamos aplacá-los — disse o rei. — Vamos oferecer esta coisa a Odin.

Os três saíram da tenda e caminharam pelo acampamento no meio da noite, com Astrid puxada pelo rei. Depois saíram do acampamento e foram até o templo em Uppsala, onde entraram no salão iluminado por uma única tocha. Astrid os acompanhou e farejou o ar, fitando a escuridão fora do alcance da tocha, onde deuses e heróis permaneciam como sentinelas, em silêncio.

Torgny conhecia o lugar mesmo sem tochas e sem visão. Levou-os até o altar de madeira de Odin, esculpido no tronco de um antigo freixo e colocado numa das extremidades do salão. O Pai de Todos espiava com seu olho único, armado com sua lança, Gungnir, que ele usaria na batalha contra o lobo Fenris, no Ragnarök.

À luz da tocha, o Porta-Voz da Lei guiou o rei pelo ritual do blót. Pediram que Odin ouvisse seu pedido e rogaram por seu favor na batalha. No entanto, em vez de oferecer a vida e o sangue de um cavalo ou de um porco, deram a adaga. E, ao fazer aquilo, prometiam sua adoração aos Aesir, acima de qualquer outro deus falso. O rei fez juramentos e entregou a vida a Odin, prometendo entrar em Valhalla dez anos depois daquele dia. Dedicou a batalha do dia seguinte ao Pai de Todos. A figura muda de Odin se erguia acima deles no salão silencioso e escuro, meio nas sombras, e não deu qualquer sinal de que haviam sido ouvidos.

Ao fim do ritual, Torgny guiou o rei para fora do templo em silêncio. Atrás deles, Thorvald recuperou secretamente a adaga. Depois que os três voltaram à tenda do rei, Eric disse ao escaldo:

— Traga-me Östen. Quero conhecer esse campeão.

Em seguida, ele e Astrid entraram.

— Vou esperar aqui com Eric — disse Torgny, colocando-se à entrada da tenda.

Thorvald deixou o Porta-Voz da Lei e foi procurar sua companhia. Os homens que escolhera para incomodar os jomsvikings tinham permanecido juntos, mesmo depois de se unirem ao resto do exército. Encontrou sua fogueira pouco tempo depois, e, com facilidade, discerniu Östen dormindo entre eles. Aproximou-se fazendo barulho suficiente para acordá-lo, depois chamou seu nome.

Östen rolou na direção de Thorvald, os olhos apenas meio abertos.

— O que foi, escaldo?

— Venha comigo. O rei precisa de você.

Os olhos de Östen terminaram de se abrir, e ele se levantou depressa, surpreendendo Thorvald com sua velocidade, apesar do tamanho.

— O rei me convocou?

— Sim. E não consigo pensar em alguém melhor. Traga suas armas e seu escudo.

Voltaram à tenda de Eric, e Thorvald levou Östen para dentro. O Porta-Voz da Lei esperava ali, com o rei e sua ursa de estimação, e Östen baixou a cabeça depois de entrar.

— Precisa de mim, meu rei? — perguntou ele.

— Sim — respondeu Eric. — Apesar de não ser escolha minha. Eu o convoquei seguindo o conselho de outros. — Ele se virou para Torgny.

— Escaldo? — disse então, sugerindo que o Porta-Voz da Lei deveria explicar, antes de sentar-se em sua cadeira-sela.

Torgny sorriu.

— Mesmo não podendo vê-lo, Östen, percebo que você é um homem de honra incomum.

Östen baixou a cabeça de novo.

— Obrigado.

— E é um homem renomado — acrescentou Torgny.

— Talvez quando eu era mais novo — disse Osten.

Thorvald deu um passo em sua direção.

— Amanhã vamos lutar contra Styrbjörn até o fim. É provável que ele procure o tio, o rei, no campo de batalha.

— Para desafiá-lo — disse Östen.

— Isso mesmo. — Torgny juntou as mãos às costas. — Como outro homem de honra incomum, o rei, claro, aceitaria esse desafio...

— Ele não deveria — interrompeu Östen.

O rei se inclinou.

— E por quê?

Deve ter parecido uma pergunta perigosa, porque Östen baixou a cabeça bastante e curvou os ombros, mas, ainda assim, parecia roçar o teto da tenda com o cabelo.

— O senhor morreria, meu rei. Desculpe dizer isso, mas vi Styrbjörn lutar. O senhor não sairia do campo de batalha, e Svealand estaria perdida.

Eric estreitou os olhos e, em seguida, recostou-se na cadeira. Enquanto Thorvald observava e ouvia o diálogo, sentiu-se agradecido por Östen ter confirmado todos os motivos pelos quais fora escolhido.

— E você? — perguntou Torgny. — Você lutaria contra Styrbjörn?

Östen se virou para ele, e, pela primeira vez desde que Thorvald tinha conhecido o gigante, viu medo nas extremidades comprimidas dos olhos do sujeito. A princípio, Östen não respondeu. Em vez disso, olhou para o fio de lã ainda enrolado no pulso. Thorvald não sabia o que aquilo podia significar, mas sem dúvida tinha importância.

— Lutaria — respondeu Östen, com firmeza, mas em voz baixa.

— Se você estivesse ao lado de seu rei na batalha — começou o Porta-Voz da Lei — e Styrbjörn corresse na direção dele, o que você faria?

— Travaria combate com Styrbjörn antes que ele pudesse chegar ao rei para desafiá-lo.

Torgny assentiu.

— É como eu disse. Um homem de honra incomum.

Thorvald deu um tapa nas costas de Östen, feliz por tê-lo avaliado corretamente.

— A partir deste momento, você será a lança e o escudo do rei. Permanecerá a seu lado até que essa tempestade tenha passado. Aceita essa honra?

Östen respirou fundo, sonoramente, quase como Astrid.

— Aceito.

— Odin estará com você — disse Torgny. — Portanto, que venha a manhã.

228

22

Uma névoa baixa se espalhava em fiapos sobre a planície de Fyrisfield nas horas que precediam o amanhecer, ficando mais densa nas dobras e reentrâncias, e cobrindo o capim com orvalho. Östen seguia o rei, que puxava sua ursa de estimação pela corrente, até chegar a uma área cercada por pedras. Alguém tinha enfiado uma estaca pesada no meio, e o rei prendeu a corrente de Astrid a ela. Enquanto deixavam a ursa ali e fechavam o portão depois de sair, Östen ficou curioso a ponto de fazer uma pergunta, algo em que David também pensara.

— Ela seria capaz de lutar numa batalha?

— Astrid? — O rei olhou por cima do ombro, em direção ao cercado de pedras. — Sim, se eu ordenasse, ela lutaria.

— Mas o senhor não quer isso?

— Eu a capturei quando filhote. Eu a criei. Eu a treinei. Ela é minha há dez anos. Então, não, eu não daria ordem para que lutasse. Cada guerreiro no campo de batalha tentaria matá-la, e ela significa demais para mim a fim de que isso acontecesse.

— Parece que ela se acostumou às correntes.

— As correntes estão lá para seu bem. Sem elas, Astrid poderia andar por aí e matar animais de criação, ou um caçador poderia pegá-la.

Östen matara ursos. No verão, sua gordura tinha o gosto das frutinhas que comiam. Eram competidores ferozes dos lobos, e uma matilha forte poderia, às vezes, matar um urso. Mas para Östen era difícil definir qual animal levava uma vida melhor: Astrid, segura em suas correntes, ou um urso selvagem, se arriscando à morte.

— Quando saímos de minha tenda hoje de manhã — disse o rei —, você notou aquele corvo grande no freixo?

— Não.

— Então foi um sinal apenas para meus olhos. — Ele sorriu enquanto os dois voltavam pelo acampamento, que tinha acordado totalmente a fim de se armar para a batalha. — Odin está nos vigiando. Minha oferenda foi aceita. O Porta-Voz da Lei tinha razão.

— Ele é muito sábio. E Thorvald é bem esperto.

— Os dois me dão conselhos valiosos.

Na tenda do rei, os dois pegaram suas armas e escudos. Além da cota de malha, o rei colocou a armadura de escamas douradas de um grego derrotado, e depois foram recebidos do lado de fora pela guarda de elite e os capitães do exército do rei. Alguns daqueles guerreiros veteranos espiaram Östen com suspeita, especialmente o comandante do rei, que lhe lançou olhares de esguelha, mas nenhum ousou verbalizar suas dúvidas.

O rei deu as ordens aos capitães. A estratégia era simples, porque o rei sabia exatamente o que Styrbjörn faria. Os sveas ofereceriam uma frente sólida para os jomsvikings atacarem, e Styrbjörn, sempre desafiador, tentaria romper a linha com uma cunha para chegar ao rei. Mas, então, o centro da frente de Eric fingiria recuar, para atrair os jomsvikings mais para dentro, ao mesmo tempo que os clãs sveas nos flancos se estenderiam e cercariam totalmente o inimigo. Agora que o tamanho do exército de Styrbjörn fora reduzido, os sveas poderiam cercá-lo e esmagá-lo.

— Também espalhem a seguinte notícia — disse o rei. — Ontem à noite, eu fiz uma oferenda a Odin e, hoje de manhã, recebi um sinal. O Pai de Todos está conosco, e a vitória será nossa.

Os capitães partiram para levar essas palavras e as ordens do rei aos clãs que eles comandariam em batalha. Östen e o rei encontraram um ponto elevado para assistir ao nascer do sol sobre a planície, primeiro uma fagulha, depois uma brasa, em seguida uma chama. O calor derreteu a geada e expulsou a névoa.

Não muito depois, Östen vislumbrou os jomsvikings vindo sobre o horizonte, e, quase no mesmo momento, as trombetas sveas soaram.

Ele e o rei saíram de seu local elevado e correram do acampamento para o campo aberto, reunindo-se ao comandante e a uma companhia de cem guardas pessoais.

Os clãs agruparam suas fileiras ao longo da planície, espinhentos com lanças e estandartes ao vento, berrando seus gritos de batalha e batendo nos escudos, abafando qualquer uivo que os jomsvikings já tivessem lançado em sua direção. O rei levantou sua lança e deu a ordem de marcha.

Trombetas soaram ao longo da linha, e a frente avançou. Östen manteve o passo com o rei, a sua direita, enquanto o comandante ficava à esquerda de Eric, e os guardas e porta-estandartes marchavam à frente e atrás deles, com o passo disciplinado e sem hesitação.

O cheiro de terra no ar e o orvalho da planície de Fyrisfield, que molhava as botas de Östen, o fizeram se lembrar dos campos onde morava, e ele desejou ser capaz de lavar o rosto na fonte gélida, como fazia na maior parte das manhãs. Olhou para o fio de lã amarrado no pulso, depois o beijou.

Em pouco tempo, os jomsvikings surgiram acima de uma colina, como uma onda se chocando contra a proa de um navio, e avançaram.

O rei deu a ordem seguinte, e as trombetas soaram. A guarda pessoal se preparou para recuar enquanto lutava, e Östen preparou seu machado e seu escudo.

Os jomsvikings lançaram seu ataque, com as botas provocando um trovão, como se realmente tivessem o favor do deus do céu. Östen podia ver fúria nos olhos e nos dentes enquanto examinava as fileiras, encontrando Styrbjörn perto da frente, na ponta da cunha. A visão e a memória de Alferth sopraram as brasas de sua raiva, tornando-as chamas.

O inimigo se aproximava feito uma tempestade, devorando o terreno à frente até que restasse pouquíssima distância. No último momento, o rei deu a terceira ordem e as trombetas soaram.

A guarda pessoal formou uma parede de escudos, e, quando a cunha dos jomsvikings se chocou contra ela, os sveas cederam terreno como um galho de salgueiro, dobrando-se sem se partir. A manobra não deu sinal de retirada, mas incitou os jomsvikings a pressionar ainda mais. Espadas e machados caíam com força sobre escudos, e lanças estocavam nas aberturas.

Östen permaneceu ao lado do rei, atrás da fileira, de olho em Styrbjörn, que ia atravessando tudo em seu caminho à medida que um guarda pessoal depois do outro avançava para barrá-lo.

— Seus homens morrem pelo senhor — disse o comandante.

— Eu sei — respondeu o rei, a voz tensa.

— O senhor poderia encerrar isso com um combate singular — observou o comandante. — Sem dúvida o senhor poderia derrotar seu sobrinho.

Östen olhou intensamente para o sujeito, que até agora não verbalizara nenhuma objeção à estratégia, esperando até o momento de batalha furiosa para pressionar o rei. Parecia haver alguma coisa sinistra naquilo tudo.

— O rei já decidiu o que fará — disse Östen.

O comandante sorriu.

— Eu jamais presumiria falar pelo rei.

— Paz, *stallari* — pediu o rei. — Östen está certo, apesar de eu odiar isso. Ele está aqui a meu pedido para lutar por mim quando chegar a hora.

Então, o comandante perdeu o sorriso e olhou para Östen com ódio explícito. — Então, você agora é o campeão do rei?

— Sou — respondeu Östen.

Naquele momento, os jomsvikings conseguiram um avanço súbito, renovado, e a parede de escudos da guarda pessoal quase se rompeu, empurrando guerreiros para trás, de encontro a Östen e a Eric. Östen conseguiu manter o equilíbrio e, depois de um rápido olhar, encontrou Styrbjörn a uma distância segura. Mas o comandante havia se movido e, enquanto Östen se virava para olhá-lo, encontrou-o ao lado e vislumbrou o brilho de uma faca vindo para suas costelas.

Girou para bloqueá-la, sabendo que não conseguiria.

Mas a lâmina não o alcançou. Caiu da mão frouxa do comandante, e Östen viu o choque no rosto do sujeito.

Ele estava com as costas arqueadas, olhando por cima da cabeça de Östen, olhos arregalados e boca aberta. Thorvald saiu de trás dele enquanto todo o corpo do comandante desmoronava, e Östen notou uma lâmina estranha e sangrenta no pulso do escaldo.

Thorvald assentiu para ele, e Östen devolveu o cumprimento. A poucos metros dali, o rei olhou para o corpo de seu ex-comandante, como se fosse uma pilha de estrume, depois voltou a atenção à batalha.

O falso recuo continuou por várias centenas de metros, até que Östen ouviu as trombetas distantes dos clãs de flanco sinalizando que tinham executado a manobra de pinça e começado o ataque contra a retaguarda.

O rei soprou em sua trombeta, e a guarda pessoal firmou os pés, a parede de escudos, num primeiro momento, se sustentando contra a pressão da linha dos jomsvikings, depois a empurrando de volta, impelindo os jomsvikings à frente.

O rosto dos inimigos demonstrou surpresa e raiva, então, por fim, a compreensão, enquanto suas próprias trombetas soavam na retaguarda.

Östen passou por cima de mortos e feridos, tanto sveas quanto jomsvikings, e, enquanto guerreiros caíam, outros saltavam para ocupar o lugar destes. Precisou conter a ânsia de se juntar à refrega, e parecia que o rei fazia o mesmo, a julgar pelo modo como segurava a lança. Thorvald e sua lâmina de pulso tinham desaparecido.

— Onde está o escaldo? — perguntou ele ao rei.

— Ele vai aonde quer — respondeu Eric.

Um guarda pessoal ao lado de Östen gritou e olhou para baixo, onde um jomsviking ferido no chão acertara seu tornozelo com uma faca comprida. Antes que Östen pudesse agir, o rei passou por ele com um salto e cravou a lança no pescoço do inimigo. O guarda ferido arrancou a faca da perna, encolhendo-se, e a acertou no jomsviking morto.

— Você ainda pode lutar? — perguntou Östen.

O homem assentiu e tirou um dos cintos, que usou para amarrar a perna com força, para estancar o sangramento. Depois daquilo, os guardas que vinham atrás passaram a acabar com qualquer jomsviking ferido que ainda estivesse vivo.

O embate durou horas. Os jomsvikings se recusavam a morrer facilmente, mas os guardas pressionavam devagar, com firmeza e intensidade. As trombetas dos invasores continuavam a soar na retaguarda, pedindo reforços, mas não havia reforço algum. Östen mantinha a vigilância a Styrbjörn, que lutava com ferocidade e fúria, incapaz de impedir que sua maré virasse.

— O dia é nosso — declarou Eric.

— Ainda não, meu rei — retrucou Östen.

Os jomsvikings tinham jurado lutar até o último homem e pareciam dispostos a cumprir o juramento, mas a que preço? Quantos sveas estavam morrendo ou já estavam mortos? Quantas famílias esperavam em casa por alguém que jamais retornaria?

— Eric! — gritou Styrbjörn, suficientemente alto para ser ouvido acima de todos os sons da guerra.

Östen se preparou e esperou.

Styrbjörn jogou seu escudo de lado e segurou o topo do escudo do guarda que estava a sua frente, mas, em vez de empurrá-lo, puxou, desequilibrando o sujeito, e o jogou no chão. Então, pisou em suas costas e o usou para saltar no ar, por cima das cabeças da linha dos guardas de Eric.

Pousou, girando o machado, e todos os sveas se afastaram, chocados.

— Eric! — gritou ele de novo. — Eu o desafio...

— Eu desafio você, Styrbjörn! — Östen entrou na frente do guerreiro. — Combate singular!

Enquanto a batalha continuava atrás, Styrbjörn apontou o machado para Östen.

— Minha disputa é com meu tio! Quem é você?

— Sou amigo de um homem que você matou, e quero vingança!

Styrbjörn caminhou em sua direção, e Östen viu um ferimento na coxa do inimigo, sangrando através de couro e da cota de malha.

— Você lutaria comigo?

Östen preparou sua arma.

— Sim.

— Então, não vamos retardar isso! — Styrbjörn partiu para cima de Östen, quase mais rápido do que este poderia levantar o escudo, e deu um golpe que chacoalhou o tutano nos ossos de seu braço.

Östen recuou, mas estava pronto para o próximo ataque, aparando-o com habilidade. Tentou contra-atacar, mas Styrbjörn saltou de lado facilmente e desferiu outro golpe, girando, quase acertando sua cabeça. Östen jamais havia lutado contra um homem tão rápido ou tão forte. Tendo visto o que Styrbjörn fizera com Alferth, Östen havia esperado um oponente temível, mas tinha confiado que venceria com a ajuda dos deuses. Agora, diante de tal inimigo, achou que podia ter chegado ao fim do seu fio da vida.

Styrbjörn atacou de novo e de novo, e o segundo golpe despedaçou o escudo de Östen. O fazendeiro jogou para o lado a madeira quebrada e o metal retorcido, e agora os dois lutavam apenas com machados.

— É isso que quer, tio? — perguntou Styrbjörn.

O rei ficou parado com sua lança, assistindo ao duelo.

Styrbjörn balançou o braço na direção da batalha que continuava.

— Todos esses homens vão lutar contra mim em seu lugar? — Ele gargalhou. — Onde está sua honra?

— A honra dele é dele — disse Östen. Se aquilo fosse apenas o fim do fio de sua vida, iria enfrentá-lo lutando, sem medo. — Minha honra o reivindicou primeiro.

— Então, que seja. Mas você morre por nada.

Styrbjörn brandiu o machado, e, enquanto se desviava do golpe, Östen foi atingido no rosto com a lateral da guarda de braço. O homem cambaleou para longe, com sangue enchendo a boca, mas não teve tempo para se recuperar antes que Styrbjörn atacasse outra vez.

Östen usou seu machado para aparar três golpes, como se lutasse com uma espada. Depois do terceiro aproveitou uma abertura e acertou Styrbjörn no peito com o ombro, fazendo-o cambalear para trás.

O fazendeiro não esperou que o inimigo batesse no chão antes de saltar até ele, e seu machado se cravou fundo no braço de Styrbjörn, bem na junta da armadura no cotovelo. O sangue jorrou instantaneamente, numa velocidade que logo seria fatal, mas Styrbjörn o ignorou e voltou ao ataque.

Depois de vários golpes repetidos, que Östen conseguiu desviar e aparar, a ponta do machado de Styrbjörn o acertou na lateral do corpo, abrindo um talho através de armadura e carne. Östen deu um soco no pescoço de Styrbjörn e recuou para verificar o ferimento, aliviado ao ver que a lâmina tinha cortado a pele, mas não o músculo.

Styrbjörn engasgou e deu um passo, cambaleando na direção de Östen, oscilando sobre os pés. Parecia que a perda de sangue começara a enfraquecê-lo. Ele piscou e deu mais um passo, mas, então, caiu sobre um dos joelhos, a cabeça tombando.

— A prata — disse ele, balançando a cabeça. — Depois cuspiu. — Covarde.

Östen foi em sua direção.

— Você me chama de covarde? Agora? Depois de eu...

— Você não. — Ele olhou para o rei. — Meu tio. Ele me envenenou, como fez com meu pai.

Eric avançou.

— Não envenenei meu irmão e não o envenenei.

Östen sabia quem de fato o fizera, mesmo não sabendo como, e se perguntou como Thorvald teria conseguido.

— Eric, o Covarde. — Styrbjörn gargalhou. — Quer você tenha feito isso ou ordenado que o fizessem, dá no mesmo. — Ele olhou para Östen. — Vamos acabar logo com isso.

— Você não pode lutar. Não vou...

— Acabe com isso! — gritou Styrbjörn, depois grunhiu e rosnou, levantando-se, braço e machado pendendo frouxos ao lado do corpo.

Assentiu na direção dos jomsvikings que ainda lutavam pela sobrevivência. — Vou morrer de pé, com eles. Agora acabe com isso.

Östen não sabia o que seria mais honrado. Deixar Styrbjörn sair do campo de batalha e sofrer até a morte pelo envenenamento ou golpeá-lo naquele momento de fraqueza.

— Östen! — gritou o rei. — Mate-o!

Mesmo assim, Östen hesitou. Não podia matar um homem daquele modo, e, dentro de suas memórias, David sentiu-se concordando perfeitamente com o ancestral.

Styrbjörn deu um passo em sua direção.

— Vou tomar a decisão por você.

— Pare — pediu Östen.

Mas Styrbjörn deu mais um passo e, muito lentamente, levantou o machado acima da cabeça.

— Se não acabar com isso, eu acabo com você.

Östen deu um passo atrás, mas levantou o machado.

— Eu não queria isso.

— Eu sei — disse Styrbjörn. — Você tem mais honra que um rei. — Ele deu outro passo cambaleante. — De qualquer modo, já perdi sangue demais. Se o veneno não me matasse, seu golpe mataria. Prefiro que minha morte seja sua. Não de Eric.

Östen olhou nos olhos de Styrbjörn e viu as pupilas estremecendo, entrando e saindo de foco. O ex-príncipe deu mais um passo e chegou à distância de golpear Östen. Então, seu machado se moveu e Östen, relutante, levantou o dele com mãos que não queriam tomar parte naquilo. Foi aí que notou que o fio sumira de seu pulso. Aquele fio delicado, sujo de sangue e lama, fora finalmente partido, perdido em algum ponto no caos da batalha. Naquele momento, a única coisa que Östen queria era tê-lo de volta. Teria dado um bracelete de ouro grosso como seu polegar para ter de volta aquele fio comum, imundo, do tear de Hilla.

— Styrbjörn! — gritou uma mulher.

Östen se virou enquanto uma donzela escudeira o atacava com a espada em punho. Antes que ela pudesse alcançá-lo, três homens da guarda de Eric a contiveram. A espada da mulher relampejou, e seu escudo ressoou enquanto ela lutava contra eles, sustentando o terreno, devolvendo um golpe depois do outro, com velocidade e agilidade ofuscantes. Mas nenhum guerreiro poderia durar para sempre e, mesmo naquele momento, vários outros guardas se aproximavam.

— Thyra — sussurrou Styrbjörn, e caiu de novo sobre os joelhos.

— Não.

— Quem é ela? — perguntou Östen. — Diga depressa.

— Minha rainha — respondeu ele.

— É sua mulher?

— É.

Östen correu para o meio da confusão.

— Parem! — gritou o fazendeiro. — Parem! — Mas eles o ignoraram.

Ele agarrou um dos guardas por trás e o lançou para longe. Quando os outros dois se viraram para ele, a donzela escudeira tentou aproveitar a oportunidade para matar um, mas Östen a bloqueou com o machado.

— Pare, Thyra! — gritou ele.

Ao ouvir seu nome, ela parou com os ombros arfando.

Östen apontou.

— Vá até ele. Enquanto ainda pode.

Ela olhou de Östen para Styrbjörn, depois correu para perto do marido. Östen estendeu as mãos para garantir que os guardas ficariam afastados, depois foi para perto da jovem. Não podia ouvir o que os dois diziam um para o outro acima dos sons da destruição dos jomsvikings, mas soube do momento em que Styrbjörn morreu pelo modo como Thyra baixou a cabeça, apesar de o ex-príncipe permanecer ereto sobre os joelhos, meio encurvado, com o corpo sem vida encostado ao dela.

Naquele instante, Eric levantou uma lança e andou na direção do que restava do exército dos jomsvikings.

— Eu sacrifico vocês! — gritou o rei. — Os mortos! Os moribundos! E os que ainda vão morrer! Dedico seu sangue a Odin! O Pai de

Todos, que me concedeu a vitória! — Com isso ele atirou a lança no meio dos jomsvikings.

Nenhum deles fugiu da planície de Fyrisfield.

Até o último, eles ficaram e morreram.

No fim da batalha, Eric amarrou Thyra e chamou Östen para andar com eles. Deixaram o Fyrisfield, onde os guardas e capitães procuravam sobreviventes no meio dos mortos entre os membros de seus clãs, e caminharam pelo acampamento. Depois, deixaram também aquilo para trás e, eventualmente, chegaram ao cercado de pedras onde Astrid esperava acorrentada. A ursa rosnou e se levantou ao ver Eric, e Östen viu profundas marcas de arranhado na terra em volta da estaca.

Thyra olhou para Astrid com o maxilar firme e o queixo levantado, mas suas mãos tremiam.

Eric não disse nada.

— Por que trouxe esta mulher aqui, meu rei? — perguntou Östen.

— Ainda não alimentei Astrid — respondeu Eric.

Os lábios de Thyra se separaram, mas ela não ofegou e não afastou o olhar da ursa.

— Meu rei — disse Östen. — O senhor não pode querer isso.

— Por quê? Ela é mulher de meu sobrinho traidor. Ele, que teria me assassinado em troca da coroa e tomado Svealand. Ele, que ameaçou destruir esta terra se não pudesse governá-la.

— Quem fez isso foi Styrbjörn — reagiu Östen. — Não ela.

— Mas, se eu deixá-la viver, ela não procurará se vingar?

— Não farei isso — disse Thyra. Eram as primeiras palavras que ela havia falado desde a morte de Styrbjörn. — Só desejo ir para casa.

— Para Jutland? — perguntou Eric. — Você é dinamarquesa?

Ela assentiu.

— Você voltaria para cá com Dente Azul — insistiu Eric. — Ou talvez fosse para Jomsborg e trouxesse mais jomsvikings.

— Não farei isso — repetiu ela.

— Você é uma donzela escudeira! — gritou Eric. — Você luta tão bem quanto três de meus guardas juntos. Não posso acreditar que vai me deixar em paz...

— Você não deve dá-la de comer à ursa, Eric — disse o Porta-Voz da Lei, aparecendo subitamente ao lado deles com Thorvald. Östen não tinha ouvido nem visto a aproximação dos dois. — Entre nossos nobres existem aqueles que vão lamentar em segredo a morte de Styrbjörn. Se você fizer isso com sua mulher, irá transformá-los em inimigos amargos.

— Então, o que devo fazer?

O Porta-Voz da Lei encarou Östen com seus olhos leitosos.

— Entregue-a como thrall a seu campeão. O homem que matou seu marido.

Essa sugestão deixou Östen com raiva. Ele não tinha matado Styrbjörn e não queria sua viúva como thrall, e aquilo deixou David com raiva, já que ele ainda odiava o fato de seu ancestral possuir escravos.

— Isso seria visto como adequado e justo — considerou Thorvald.

Eric olhou para Östen.

— Mesmo tendo hesitado no fim — disse o rei —, você lutou bem. — Depois se virou para Thorvald. — E meu comandante?

Thorvald balançou a cabeça.

— Desculpe não o ter avisado, mas não houve tempo. Ele tentou matar Östen.

De novo Östen baixou a cabeça, agradecendo ao bardo.

— Por quê? — perguntou Eric.

— Para que Styrbjörn pudesse matá-lo — respondeu o Porta-Voz da Lei. — O comandante desejava sua queda, e acreditamos que ele não estava sozinho. Com o tempo, encontraremos o covil dessas víboras. Até lá, faça o possível para não colocar mais ninguém contra você.

Eric olhou para Astrid por alguns instantes, depois entregou a corda que prendia Thyra a Östen, que a aceitou sem agradecer. O rei entrou no cercado de pedras, onde tirou a corrente da ursa da estaca, depois levou-a para fora, passando pelos outros, e partiu na direção de seu salão.

— Vou com ele — anunciou o Porta-Voz da Lei. — Ele vai precisar de meu conselho nos próximos dias.

O velho se afastou, arrastando os pés, chamando Eric, que parou e esperou que ele o alcançasse antes de continuar a caminhada com Astrid. Östen ficou olhando-os se afastar, a ursa acorrentada ao rei e o rei acorrentado a um homem muito mais sábio e mais astuto através de elos que ele não conseguia enxergar.

Thorvald se virou para Östen.

— Como está esse seu ferimento?

Östen olhou para baixo.

— Vai precisar de atenção, mas não abriu minhas tripas.

— Então, você deveria partir de imediato. Tire-a daqui antes que haja mais problemas. — Ele entregou a Östen um punhado de prata em pedaços, uma pequena fortuna. — Deixe suas coisas e pague pelo que precisar na estrada.

— Não quero ficar com ela — disse Östen.

Thorvald pegou o braço do fazendeiro e o levou até uma curta distância.

— Então, não fique — sussurrou ele. — Só a leve até um lugar seguro. — Em seguida, pegou uma adaga estranha, e, apesar de Östen não a reconhecer, David o fez. — Quero que leve esta adaga e a esconda bem. Longe daqui.

— Por quê?

— Pode não parecer, mas esta adaga é perigosa. Jamais deve ser usada, nem por mim. Por esse motivo, ela não pode ficar em Uppsala, e talvez você seja o único homem em Svealand a quem eu poderia confiá-la. Não a mostre à dinamarquesa.

Östen aceitou a adaga e a escondeu dentro da túnica.

— Você é um homem incomum — disse Thorvald em voz alta. — Duvido de que nossos caminhos se cruzem de novo, mas é uma honra poder tê-lo conhecido.

— Sinto o mesmo em relação a você, escaldo. Vai escrever uma canção sobre o dia de hoje?

— Claro. Um número muito grande de homens ouviu Styrbjörn chamar o rei de "Eric, o Covarde". Isso não pode ficar assim. Ele será Eric, o Vitorioso, porque é isso que Svealand precisa que ele seja.

Östen balançou a cabeça.

— Vou deixá-lo com seu trabalho com as palavras — disse o homem, preferindo isso ao trabalho com o veneno ou com a lâmina estreita escondida no pulso do outro. E se despediram.

Östen saiu com Thyra de Uppsala e foram até um vau no Fyriswater, que atravessaram, depois viajaram ligeiramente a sudeste, pelas estradas vazias. Pelo caminho usaram a prata dada por Thorvald a fim de comprar o que precisassem em aldeias e fazendas, mas raramente conversavam. Östen a mantinha amarrada, não porque quisesse ou porque sentisse medo, mas porque notícias sobre eles poderiam se espalhar, e ainda não estavam suficientemente longe do rei.

Apenas alguns dias depois, quando atravessaram os limites de suas terras, Östen cortou completamente a corda. Quando chegaram à fazenda, sua família correu para recebê-lo. Primeiro ele abraçou Hilla, beijou-a e a apertou até ela reclamar de seu fedor. Depois abraçou Tørgils, Agnes e Greta. Arne, o dinamarquês, veio com Cão de Pedra, que levantou a cabeça para lamber os dedos de Östen.

— A fazenda parece estar bem, Arne — disse Östen. — Não me esqueci de minha promessa.

Depois, ele apresentou Thyra à família, chamando-a de hóspede, e não de thrall.

Naquela noite, comeram bem, e depois Östen caminhou ao luar com Cão de Pedra até a fonte, onde tomou um banho gelado na única água que podia fazer com que ele se sentisse limpo depois da batalha. Em seguida, com Cão de Pedra como única testemunha, enrolou a estranha adaga de Thorvald numa pele impermeável e a enterrou perto da fonte. Depois cobriu o local com uma pequena pilha de pedras.

Junto da mente de Östen, David anotou a localização, as características que não mudariam muito, mesmo depois de séculos.

— É isso! — exclamou. — Conseguimos.

Conseguimos, disse Victoria. *Bom trabalho, David. Se estiver pronto, vou trazê-lo de volta...*

— Ainda não — pediu David. — Se... não tiver problema. Só preciso ver uma coisa.

Houve uma pausa.

Está bem, mais alguns minutos.

David se juntou de novo à mente e às memórias de Östen e, quando seu ancestral retornou à casa, encontrou Thyra do lado de fora, fitando a lua. Östen tentou passar sem incomodá-la, mas ela o chamou. Ele se aproximou.

— Você é um homem de sorte por ter uma vida assim — disse ela.

— Eu morreria para proteger essa vida.

Ela olhou para o chão, sem dúvida pensando no marido morto, e ele percebeu que tinha escolhido mal as palavras, mas não sabia como consertar.

— Achei mesmo que ele faria o que pretendia — disse Thyra. — Em Uppsala, achei que Eric me daria como comida à ursa, não importando o que o Porta-Voz da Lei dissesse.

— Por quê?

— O poder dos símbolos e o significado do nome de meu marido. Styrbjörn, o urso selvagem e indomável, e eu, sua viúva, comida por uma ursa acorrentada.

Östen ficou em silêncio.

— Eu não tinha pensado nisso.

O diálogo fez Östen se lembrar da própria pergunta sobre a questão dos ursos e se era melhor viver na corrente do rei ou livre, arriscando-se à morte nas mãos de caçadores ou às crueldades do inverno feroz. De sua parte, sabia o que escolheria e o que cada homem merecia.

— Meu thrall é seu compatriota — disse o fazendeiro.

— É, eu conheço sua aldeia.

— Eu pretendo libertá-lo. Você pode ficar ou ir, como quiser, claro, mas ainda resta um bocado da prata que Thorvald deixou. Pensei que você poderia pegá-la e voltar com Arne para Jutland.

Aquele era o momento que David tinha ficado para ver. Não porque precisasse vê-lo. Porque esperava vê-lo.

Thyra se virou para Östen, o rosto pálido inexpressivo e ilegível como a lua no alto.

— Thorvald estava certo. Você é um homem incomum. — Então, ela olhou de volta para o céu. — Vou falar com Arne, mas não estou pensando em ir embora ainda.

Östen franziu a testa.

— Será perigoso para você ficar. Por que correr o risco?

Ela olhou para a mão direita.

— Quando Eric mandou me amarrar, um dos guardas tirou de mim a espada Ingelrii, de Styrbjörn. Foi a espada que ele me deu com os votos nupciais.

Östen começou a entender, mas agora se preocupou mais ainda.

— Você quer recuperá-la?

— Quero. — Ela encostou a mão na barriga. — Um dia precisarei dela.

David?, disse Victoria. *Está na hora.*

Mas ele não queria sair. Queria saber o que tinha acontecido com aquelas pessoas, com Östen e seus filhos, com os filhos deles. Queria saber se Thyra conseguira recuperar a espada de Styrbjörn, e se Arne, o dinamarquês, chegara ao seu lar, e...

Preciso tirá-lo, David. Lembre-se do motivo para você estar aí. Pense em Isaiah.

Ele não queria pensar em Isaiah. Mas sabia que precisava.

— Certo — concordou, e suspirou. — Certo, estou pronto para sair. Vamos salvar o mundo.

23

Natalya esperava com Owen e Grace na sala comunitária. Já havia anoitecido, transformando todas as janelas do Ninho da Águia em espelhos, e ela havia acabado de comer um segundo pacote de batatinhas sabor churrasco, não porque estivesse com fome, mesmo estando, e não porque gostasse de batatinhas sabor churrasco, porque não gostava, mas porque estava ansiosa e não tinha mais nada para fazer. Os dois sacos abertos a encaravam, perguntando: *e agora?*

— E aí, como vocês acham que esse escudo funciona? — perguntou Grace.

Owen estava largado em sua cadeira, os pés em cima da mesa.

— Também andei pensando nisso. Não me sinto nem um pouco diferente.

Natalya se inclinou, os cotovelos e os antebraços chapados na mesa.

— Bem, nós seguimos o Caminho através da simulação, certo? A primeira coisa que encontramos foi a Serpente na Floresta. Suponho que tenha sido a parte do medo. A próxima coisa foi o Cão, que era provavelmente a devoção.

— E escalar aquela montanha foi a fé — concluiu Grace.

— Exato.

— Certo — disse Owen. — Nós sabemos tudo isso. Mas espero que a grande mensagem de Minerva não fosse só um resumo do que a gente já tinha feito. Como isso pode funcionar como um escudo?

Natalya não fazia ideia. Mas, como o dente que Isaiah usara na Mongólia provocava o medo e os outros dois provocavam devoção e fé, o fato de que se alinhavam com os arquétipos da simulação devia significar alguma coisa. A ideia, no entanto, ainda não explicava de onde viria o escudo, ou como eles poderiam usá-lo para resistir ao poder do Tridente.

— Talvez o inconsciente coletivo esteja quebrado — sugeriu Grace. — Monroe disse que ele é antigo de verdade, não é? E se a cápsula de tempo genética de Minerva deu defeito antes de chegar até nós?

Owen fechou os olhos, como se quisesse tirar um cochilo.

— Não acho que seja assim que...

A porta se abriu, e Javier entrou, seguido por David. Então, Monroe, Griffin e Victoria entraram na sala. Os olhos de Owen se arregalaram enquanto ele tirava os pés de cima da mesa e se sentava empertigado na cadeira.

— Todo mundo se mantendo hidratado depois das simulações? — perguntou Victoria.

— Aham — respondeu Grace, contendo-se para não revirar os olhos, e olhou para David. — Acharam?

Ele confirmou com a cabeça e sorriu.

— Achamos — disse Victoria. — O Pedaço do Éden mudou de mão várias vezes, mas agora temos a melhor estimativa possível para a localização final.

— Então, vamos lá pegá-lo — sugeriu Owen. — Depois pensamos em como tirar os outros dois de Isaiah.

— Infelizmente, não é assim tão simples. — Victoria sentou-se à comprida mesa de reuniões. — Os Templários vêm tentando encontrar Isaiah usando métodos mais convencionais. Eles o rastrearam até uma antiga instalação da Abstergo que nunca chegou a ser concluída, na ilha de Skye, perto da Escócia. Perderam contato com a primeira equipe de ataque que mandaram, e a segunda encontrou o local abandonado.

— O que aconteceu com a primeira equipe? — perguntou Grace.

— Parece que se juntou a ele. Esse é o poder do Tridente. Qualquer força que mandarmos contra Isaiah só vai aumentar seu exército e deixá-lo muito mais forte.

— Isaiah é como um buraco negro — disse Monroe. — Se chegarmos perto demais, ele vai nos sugar para dentro e vamos virar seus seguidores.

— Escravos, você quer dizer — corrigiu David.

Javier inclinou a cabeça em sua direção.

— Eu estava pensando mais em zumbis.

— Como quiserem chamar — cortou Monroe. — Deixe-me perguntar: vocês gostam da ideia de Griffin lutando ao lado de Isaiah? Contra nós?

Natalya não gostava nem um pouco da ideia. Tinha visto o que Griffin era capaz de fazer com quem considerava inimigo. Mas, fora isso, não gostava da ideia de nenhum deles se perdendo sob o poder do Tridente. Já haviam perdido Sean, e Natalya ainda planejava resgatá-lo de algum modo.

— É por isso que não podemos, simplesmente, correr até a Escandinávia para encontrar o Pedaço do Éden — argumentou Griffin, parado perto da mesa.

— Nós sabemos onde Isaiah está agora? — perguntou Grace.

— Em algum lugar da Suécia — respondeu Victoria. — É o mais perto que podemos chegar.

— Não é, não — rebateu Javier. — Sabemos que Sean estava nas memórias de Styrbjörn, certo? E, na última vez em que viu a adaga, ela estava escondida num altar no meio da floresta. Eu estive lá. Sabemos onde é. Mesmo quando Isaiah perceber que ela não está lá, o único outro lugar em que vai procurar é Uppsala. E também sabemos onde isso é. — Ele olhou para David. — Isaiah nunca vai adivinhar que meu ancestral deu a adaga a um fazendeiro gigante.

Griffin assentiu.

— Javier está certo. E isso nos dá pelo menos uma ideia do perímetro do qual estamos falando.

Victoria concordou, depois bateu em seu tablet.

— O local da simulação de David é a mais de 60 quilômetros de Uppsala e da floresta.

— Isso é distância suficiente? — perguntou Monroe. — Se Isaiah perceber que vocês estão lá, vai poder atacar.

— Acho que é o melhor que conseguiremos — disse Victoria. — Vou arranjar um jato da Abstergo para...

— Espere. — Monroe levantou a mão, olhando para a mesa. — Antes disso, como vamos saber que podemos confiar em alguém da Abstergo a esse ponto? Ou nos Templários?

— O que você... — Victoria franziu a testa. — Não sei bem o que está sugerindo. Eu já disse: todos vocês estão perfeitamente seguros aqui.

— Não é disso que estou falando. — Monroe apertou o indicador contra a mesa. — Como sabemos que Isaiah já não tem zumbis, escravos ou como quer que vocês queiram chamar *dentro* da Ordem?

— Isso é impossível — declarou Victoria.

— Impossível é uma palavra bem abrangente — contrapôs Monroe. — Tem certeza de que ela se aplica? Tem certeza de que a Ordem não precisa cuidar de alguns arranjos domésticos?

Natalya sabia que ele falava dos Instrumentos da Primeira Vontade e de sua ligação com Isaiah. A questão era se Victoria sabia àquele respeito. Mas, em vez de responder à pergunta, ela pôs o tablet na mesa, franzindo a testa, e não disse nada.

— Parece que você sabe de alguma coisa, Monroe — disse Griffin.

— Sei. — Monroe não tinha afastado o olhar de Victoria. — A questão é: ela sabe?

Victoria continuou sem dizer nada, o rosto numa serenidade inquietante. Griffin deu um passo em sua direção, e a tensão na sala aumentou até um sentimento quase perigoso. Natalya sabia que Monroe não iria ceder, e não parecia que Victoria fosse se dobrar. Outra pessoa precisaria acabar com o impasse, e rapidamente, antes que perdessem mais tempo.

— Nós sabemos sobre os Instrumentos da Primeira Vontade — disse Natalya.

Monroe virou um olhar irritado e incrédulo na direção dela, tentando silenciá-la do outro lado da mesa, enquanto a confusão rachava o verniz da serenidade de Victoria. Pequenas rugas apareceram nos cantos de seus lábios e entre as sobrancelhas.

— O que eles têm a ver com isso? — perguntou ela. — E como vocês sabem a seu respeito?

Natalya se virou para Grace, que tirou o papel do bolso.

Monroe levantou as mãos e xingou.

— Isso é que é manter a coisa entre nós!

— Eu encontrei isso num livro — disse Grace, ignorando-o. — Escrito por Isaiah. Parece que ele fazia parte dos Instrumentos da Primeira Vontade.

— Posso ver? — perguntou Victoria.

Grace hesitou alguns segundos, mas depois deu de ombros e passou o papel para Victoria. Enquanto ela lia, as rugas em seu rosto pareceram se aprofundar, em confusão. Quando terminou de ler, Victoria entregou o papel a Griffin.

— Eu não tinha ideia de que Isaiah já esteve ligado aos Instrumentos — disse ela. — Acho que compartilha alguns de seus objetivos. Mas garanto que a Ordem está lidando com eles. Internamente.

— Então, vocês não sabiam de nada disso? — perguntou Natalya, assentindo na direção do papel nas mãos de Griffin.

— Eu sabia sobre as motivações de Isaiah — respondeu Victoria. — Ele me mandou um documento semelhante antes de partir para a Mongólia. Honestamente, não pensei que seus motivos fariam diferença para nós e nossos planos. Mas ele não fez nenhuma menção aos Instrumentos da Primeira Vontade.

— Agora você entende por que eu estava com suspeitas? — perguntou Monroe.

Victoria assentiu.

— Se Isaiah já foi um aliado, é possível que tivesse espiões e seguidores mesmo sem o poder do Tridente. Mas *com* o Tridente...

— Agora você vê por que não podemos recorrer à Ordem. — Monroe olhou para Griffin. — Ou à Irmandade. Estamos sozinhos. As únicas pessoas em quem podemos confiar estão nesta sala.

— É melhor assim, de todo modo — disse David. — Você já disse que agentes e equipes de ataque não vão nos ajudar aqui. Que, na verdade, só vão piorar as coisas.

— Sim — concordou Victoria. — Então, acho que preciso conseguir um avião para irmos à Suécia.

Natalya olhou ao redor.

— Todos nós?

— Por que não? — perguntou Owen.

— Porque, se alguma coisa der errado e Isaiah dominar nossa mente, não vai restar ninguém para impedi-lo — respondeu ela.

— Uma equipe menor também teria mais chance de não ser detectada — observou Griffin.

— Certo. — Victoria pegou seu tablet. — Então, quem vai?

— Isso cai em minha área — respondeu Griffin. — Eu vou.

— Eu vou — ecoou Javier.

— Não. — Monroe balançou a cabeça. — Acho que não devemos mandar nenhuma criança.

— Criança? — perguntou Grace.

— Mas nós temos o escudo — argumentou Owen. — Na verdade, somos os mais indicados para ir. — E depois acrescentou: — Desde que o escudo funcione.

— Concordo com Owen — declarou Victoria. — Mas Javier e David não estiveram na simulação do inconsciente coletivo, por isso vão ficar. Monroe pode colocá-los na simulação enquanto Griffin leva uma equipe à Suécia.

— Eu vou à Suécia — disse Owen.

Natalya avaliou suas opções, mas se decidiu quando lhe ocorreu que Sean também poderia estar na Suécia:

— Eu vou.

Griffin concordou.

— Fico aqui se não for problema — sugeriu Grace, olhando para David.

— Eu preciso de todos os marinheiros no convés — disse Griffin.

— Seu irmão ficará bem.

Grace mordeu o lábio inferior, depois assentiu.

— Vou comprar quatro passagens no próximo voo comercial disponível — avisou Victoria. — Não posso pegar um avião da Abstergo sem chamar atenção, mas posso usar um cartão de crédito corporativo.

— Um voo comercial — observou Griffin. — Isso significa nada de armas.

— Infelizmente. — Victoria se concentrou em seu tablet. — De qualquer modo, Isaiah não deixou nenhuma arma para trás. A única coisa que resta aqui, no Ninho da Águia, são algumas ferramentas e instrumentos usados para controle de pragas. É tremendamente improvável que Isaiah tenha a capacidade de controlar as viagens aéreas comerciais, de modo que essa é a melhor opção para não sermos detectados. Por segurança, vocês vão viajar com passaportes falsos.

— Vamos? — perguntou Owen.

— Claro. — Victoria deu um risinho e bateu na tela. — Vocês não podem pousar em Estocolmo. Isso resultaria em uma desnecessária viagem por terra, e, dependendo da rota que peguem para contornar o lago, poderiam passar perto demais de Uppsala. — Ela bateu de novo na tela. — Ah, isso vai funcionar. Há um voo partindo para Västerås em 18 horas. O aeroporto de lá fica a apenas 25 quilômetros da localização do dente.

— Não há nenhum voo mais cedo? — perguntou Griffin.

— Não. Mas, depois das simulações, todo mundo precisa descansar, de qualquer jeito. — Ela olhou para David e depois para os outros. — O Animus mantém a mente de vocês estimulada, mas seu corpo está ativo e sentirá os efeitos da fadiga, mesmo que ainda não pareça.

Ocorreu a Natalya que ela nem sabia que horas eram, só que era tarde. De repente, se sentiu exausta, como se Victoria tivesse acionado um interruptor ao falar aquilo.

Monroe se levantou.

— Vou ver o que posso cozinhar para todo mundo. Depois, todos podem descansar. Vocês merecem. Estou orgulhoso.

— Eu também — disse Victoria. — É tarde demais para ligar para seus pais, mas devem fazer isso pela manhã.

Assim que ela falou isso, foi como se acionasse outro interruptor, e, de repente, Natalya sentiu uma enorme saudade de casa. Queria sua cama. Ou, melhor ainda, o sofá dos avós, onde às vezes ela dormia melhor que em qualquer local, e onde acordava com o cheiro horrível de mingau de trigo-sarraceno no fogão, que ela agora comeria de boa vontade se a avó o colocasse a sua frente.

Monroe seguiu para a porta.

— Estejam aqui em vinte ou trinta minutos se sentirem fome.

Natalya decidiu ficar e esperar.

— Minha mãe ainda acha que fugi — disse Owen.

— A minha também — observou Javier.

— Por quê? — perguntou Natalya.

— Porque foi isso que eu disse a ela — respondeu Owen. — Não pude inventar uma história sobre uma escola especial da Abstergo. Estávamos com Griffin.

Javier pendurou um braço por cima das costas da cadeira.

— É mais perto da verdade do que o que vocês contaram a seus pais.

Natalya estava exausta demais para discutir; além disso, ele tinha certa razão.

— E o que é esse grupo de Instrumentos do qual estavam falando? — perguntou Javier.

— Ah, é! — exclamou Grace. — Vocês não estavam aqui. É meio difícil de explicar, mas, basicamente, os Instrumentos da Primeira Vontade são um grupo de Templários que querem trazer de volta a civilização que criou os Pedaços do Éden.

— E isso seria ruim? — perguntou Javier.

— Provavelmente... já que eles se destruíram — respondeu Owen.

— Por que eles querem trazer isso de volta? — perguntou David.

— Porque são Templários — respondeu Griffin.

— Eu protesto — disse Victoria. — Os Instrumentos querem recolocar Juno como sua senhora. Acreditam que os seres humanos deveriam ser *escravos* dos Precursores.

— Escravos? — perguntou David.

— É — respondeu Victoria. — Os Instrumentos *não* são Templários de verdade.

— Ou será que são os Templários mais verdadeiros? — argumentou Griffin. — Talvez eles sejam apenas o resultado lógico do que os Templários começaram. O Animus existe porque os Templários queriam encontrar Pedaços do Éden. A Ordem saiu procurando Precursores, e, depois de partirem por essa estrada, onde ela termina?

Os lábios de Victoria se apertaram, e ela não respondeu.

— Parece que termina nos Instrumentos — arriscou Javier.

Victoria se levantou.

— Não estou com fome e preciso reservar as passagens. Vejo vocês todos de manhã. — Com isso, ela saiu da sala.

O argumento de Griffin estava alinhado ao pensamento de Natalya desde o início da situação. Ela achava que ninguém deveria ficar com o Tridente. Yanmei estava morta porque Natalya tentara impedir que os outros encontrassem o segundo pedaço. Assim que você se permite usar um poder assim, onde aquilo acaba?

Como aquilo acaba?

Natalya balançou a cabeça. Griffin estava errado.

— Não creio que isso acabe nos Instrumentos — disse a garota. — Acho que acaba em Isaiah. Ele não quer trazer Juno de volta. Quer ser o senhor. Quer destruir e escravizar o mundo.

Depois daquilo, a sala ficou silenciosa e permaneceu assim até que Monroe empurrou um carrinho para dentro, carregando pratos e uma panela grande.

— Isaiah levou a maior parte das provisões não perecíveis — explicou ele. — Todos os perecíveis já venceram. Assim, para jantar temos macarrão com manteiga, um pouco de alho e tomilho. — Ele olhou em volta da mesa. — Cadê Victoria?

— Ela não gosta de onde as coisas chegaram — respondeu Griffin.

— Acho que está meio na defensiva por causa da Ordem.

Monroe assentiu.

— Não posso dizer que a culpo por isso. — Depois, ele enfiou um garfo de serviço na panela e derramou um bocado de macarrão num prato. — Quem está com fome?

Owen levantou a mão.

— Eu.

Monroe entregou o prato a ele, então serviu macarrão para todo mundo. Todos comeram, e Natalya achou que o gosto estava bastante bom. Vários minutos se passaram sem que ninguém falasse, mas depois Monroe pousou seu garfo.

— Claro, para ser justo, os Assassinos também são culpados de alguns excessos. Não é, Griffin?

Griffin parou de mastigar.

— Que excessos? — perguntou David.

Monroe pegou o garfo de volta.

— É difícil dizer com certeza, já que a Irmandade gosta de manter tudo no escuro. Especialmente os erros. Historiadores da Abstergo culpam um homem chamado Ezio Auditore, um dos Assassinos mais reverenciados da história, pelo incêndio de Constantinopla. Aconteceram incontáveis mortes de inocentes naquele desastre. E, claro, um dos ancestrais de Javier, Shay Cormac, se tornou Templário depois de provocar um terremoto; ele culpou a Irmandade por isso. E havia Jack, o Estripador.

— Ele era um Assassino? — perguntou Grace.

— Não, não era — respondeu Griffin, com os punhos fechados dos dois lados do prato. — Não era um verdadeiro Assassino.

— Ou será que era o mais verdadeiro? — perguntou Natalya. — Os Assassinos matam pessoas. Depois de tomarem essa estrada, onde ela termina?

— E quem pode dizer quem é verdadeiro e quem não é? — perguntou Monroe.

— Ninguém. — Agora Griffin se levantou. — Nosso Credo fala por si. Qualquer um que o viole não é Assassino. — Ele se virou e foi andando para a porta, mas, antes de sair da sala, voltou-se de novo e disse: — Os Assassinos *impediram* Jack, o Estripador. Nós limpamos nossa casa.

Em seguida, saiu. E, depois disso, todos terminaram logo de jantar. Natalya, que tinha praticamente perdido o apetite com a menção de um assassino em série, só comeu mais algumas garfadas.

— Vocês todos vão para a cama — disse Monroe. — Eu lavo os pratos.

Natalya se sentiu muito pesada enquanto tentava sair da cadeira, e seus pés se arrastaram um pouco enquanto todos iam para a ala do dormitório no Ninho da Águia. Encontrou seu quarto e caiu na cama ainda vestida; quando abriu os olhos outra vez, já estava claro do lado de fora e ela não se mexera durante toda a noite.

Saiu da cama, sentindo o corpo inteiro dolorido, e foi do quarto para a sala comunitária. David e Javier estavam lá e pareciam muito mais alertas que ela. Grace estava sentada numa poltrona, fitando o nada com ar inexpressivo, e Owen ainda não havia aparecido.

Natalya arrastou os pés até Grace e se encolheu, acomodando-se numa poltrona a seu lado.

— Você também? — perguntou Grace.

— É, por que será? — Às vezes o Animus cobrava um preço, mas principalmente na forma de dores de cabeça. Uma simulação jamais a deixara tão arrasada no dia seguinte.

— Não sei. — Grace apontou o queixo para o irmão. — Ele ficou dentro muito mais tempo que eu e hoje de manhã estava praticamente saltitando.

— Javier também parece bem. — Natalya decidiu que a diferença devia ter algo a ver com o inconsciente coletivo, e desejou que aquilo significasse o sucesso da simulação, afinal de contas.

Alguns minutos depois, Monroe entrou carregando uma bandeja com biscoitos que tinha conseguido assar, e um pouco de creme de amendoim e geleia para passar em cima. Os biscoitos cheiravam a manteiga, e Natalya acabou com três antes de parar e se perguntar quantos deveria comer.

— Vamos deixar uns para Owen — pediu ela.

Todos os outros olharam para os pratos e depois para a bandeja. Só restava um biscoito.

— Ele vai ficar bem — disse Javier.

O biscoito estava frio quando Owen entrou cambaleando na sala, e, pouco depois, Victoria apareceu com os passaportes e as passagens aéreas. Natalya voltou ao quarto e tomou um banho, o que ajudou a aliviar a dor nos músculos. Em seguida, vestiu um conjunto de moletom limpo, com capuz e o logotipo do Ninho da Águia. Quando saíram para o aeroporto num furgão da Abstergo, ela se sentia ligeiramente mais normal.

Monroe dirigiu o carro montanha abaixo, com Griffin no banco do carona. Nenhum dos dois falou durante quase toda a viagem, mas, quando pararam junto ao meio-fio diante do aeroporto, Monroe puxou o freio de mão e girou no banco para encarar o Assassino.

— Escute, o que eu falei ontem sobre a Irmandade... era algo genérico. Não sobre você.

Griffin assentiu.

— Obrigado.

— E vocês mantêm mesmo a casa bastante limpa — acrescentou Monroe. — Considerando...

— Considerando o quê? — perguntou Owen, rindo.

Monroe balançou a cabeça.

— Saia do furgão, malandro. E fiquem seguros. Todos vocês. Não corram riscos desnecessários.

— Combinado — disse Grace.

Todos saíram, e Monroe partiu com o veículo. Griffin levou-os pela segurança sem disparar nenhum alarme, o que significava que deixara a lâmina oculta no Ninho da Águia ou que tinha encontrado um modo de mantê-la realmente escondida; então, embarcaram no avião. Victoria comprara passagens de primeira classe, algo que Natalya nunca havia experimentado e provavelmente jamais experimentaria de novo. Contudo, enquanto ocupava a poltrona mais larga e mais macia, seu corpo sentiu-se imensamente agradecido ao cartão corporativo da Abstergo.

Sentou-se perto de uma janela, ao lado de Griffin, e, enquanto o avião decolava, este se recostou e fechou os olhos.

— Vejo você na Suécia — disse ele.

Natalya olhou pela janela, para os prédios e estradas que iam encolhendo.

— Vejo você na Suécia — sussurrou a garota.

24

Pousaram no início da tarde. Grace dormira boa parte do voo, mas também assistira a uns dois filmes, o que havia se provado uma experiência estranha. Com tudo o que vinha acontecendo, filmes pareciam completamente triviais, até mesmo sem valor. Porém, o que mais iria fazer presa num avião? Um era de super-herói, e o outro, uma comédia, e os dois tinham conseguido distraí-la do motivo pelo qual, para começo de conversa, estava presa naquele avião. Talvez fosse só isso que os filmes precisassem fazer.

A cidade de Västerås parecia linda vista do alto, situada no lago Mälaren, com um rio atravessando-a e umas poucas ilhas espalhadas. Assim que pousaram no pequeno aeroporto fora da cidade, Griffin alugou um SUV e dirigiu até uma loja de ferramentas. Entrou sozinho e voltou com duas pás, que jogou na traseira do carro. Depois, ele os levou para a área rural do país, passando por numerosas fazendas com celeiros e silos, lagos, plantações de grãos e pastos. Atravessaram também pequenos bosques, mas somente a vários quilômetros da cidade chegaram à verdadeira floresta.

Quando Grace pensava em João e Maria perdidos na floresta, imaginava um lugar como aquele. Enormes pinheiros e carvalhos mantinham boa parte do piso da floresta em sombras, o que parecia opressivo num momento, e reconfortante no outro. Aquelas profundezas a atraíam e a intimidavam em igual medida.

— É como a Floresta — constatou Natalya.

— Sem a cobra gigante — emendou Owen.

Grace baixou o vidro de sua janela, e um ar fresco, com cheiro de pinho, soprou em sua testa. Acima do som do carro, escutava uma variedade de pássaros piando nas árvores. De repente, ao virarem uma curva, viu um alce junto da estrada. A parte de trás do imenso corpo estava nas sombras sob as árvores, e a cabeça e os enormes chifres sob a luz do sol. Como jamais vira um alce pessoalmente, girou na poltrona para olhar de novo, mas ele já havia desaparecido na floresta, provavelmente espantado pelo carro.

— O local que David identificou fica numa propriedade particular — avisou Griffin. — Não temos tempo para pedir permissão aos donos, por isso simplesmente vamos tentar passar despercebidos. Owen e Natalya são bem hábeis nisso. — Grace pôde ver seus olhos espiando-a pelo retrovisor. — E você? Teve uma antepassada Assassina em Nova York, não teve?

Grace assentiu.

— Eliza.

— Por acaso aprendeu alguma coisa com aquela experiência?

— Um pouco. — O ancestral de Owen, o Assassino Varius, treinara Eliza, e os Efeitos de Sangria haviam legado a Grace algumas habilidades de combate corpo a corpo e um pouco da capacidade de corrida livre de sua ancestral. — Vou tentar acompanhá-los.

Griffin dirigiu por mais alguns quilômetros antes de virar o carro para uma esburacada estrada de terra na floresta. Depois de uma curta distância, parou e desligou o motor.

— A partir daqui, vamos andando.

Todos desceram, e Grace olhou para as árvores e a luz verde do sol que se filtrava entre as folhas, respirando o ar profundamente. Aquele lugar lhe parecia certo, familiar, e ela percebeu que já estivera ali antes. Não naquele local específico, mas naquela terra que o ancestral conhecia tão bem. Não tinha passado muito tempo nas memórias de Östen, mas, pelo jeito, o que vira era suficiente para deixar uma impressão.

— É estranho fazer isso sem nenhuma arma — comentou Owen. — Nenhuma besta. Nem granada.

— E sua lâmina oculta? — perguntou Natalya a Griffin.

Ele levantou o antebraço direito e bateu nele com a outra mão.

— Cerâmica. Vocês peguem isso. — Ele entregou uma pá a Owen, e outra a Natalya, depois tirou um telefone do bolso. — Esperem enquanto pego a localização pelo GPS.

Mas Grace não precisava de GPS. Östen sempre soube seu caminho para casa.

— É naquela direção — indicou ela.

Griffin olhou para ela, depois para a floresta, em seguida para o telefone.

— É mesmo. Como sabia?

— Efeito de Sangria. Agora vocês estão em minha casa.

— Sua casa viking — disse Owen.

Griffin enfiou o telefone de volta no bolso.

— Mostre o caminho.

E foi isso que Grace fez, guiando-os pela floresta, passando por pedregulhos que reconhecia, embora os riachos que agora atravessavam parecessem diferentes dos que ela lembrava. Não encontraram outro alce, mas viram um pequeno javali, que logo se afastou correndo. Através de Östen, Grace soube que o bicho era uma fêmea jovem e tímida, raramente vista.

Chegaram à antiga fazenda de Östen pelos fundos, subindo a retaguarda da colina, onde agora havia uma torre de celular. A visão daquilo incomodou Grace, mas ela sabia que provavelmente ficaria mais incomodada ao ver o que fora feito da terra de Östen do outro lado. Mas não podia fazer nada. Era simplesmente a passagem do tempo.

— Vamos fazer o que precisamos o mais depressa que pudermos — instruiu Griffin, enquanto passavam pelo topo do morro.

Mas Grace soube instantaneamente que não haveria nada de rápido naquilo.

Abaixo deles, o que parecia uma pequena fábrica ocupava o espaço onde antes estivera a sede da fazenda de Östen. Uma tela de arame cercava tudo, inclusive o local onde estaria a fonte de Östen. No entanto, em vez da fonte, Grace avistou uma pequena construção de tijolos com um tubo grosso saindo do interior e descendo do morro até a fábrica.

— Parece que eles engarrafam a água — disse Natalya.

— É isso mesmo. — Griffin pegou seu telefone de novo. — Não entendo. Isso não estava listado.

— Vejam só o resto do lugar. — Owen apontou para vários locais em volta da fábrica, onde o mato baixo e as árvores haviam sido retirados. — É tudo novo. Acho que acabaram de construir a fábrica.

Griffin apontou para a construção de tijolos.

— Aquela casa da fonte está bem em cima do Pedaço do Éden.

— Então, o que vamos fazer? — perguntou Owen.

— Estou pensando — respondeu Griffin. — Façam o mesmo.

Grace tentou ver o local através dos olhos do ancestral, esperando que aquilo lhe desse alguma ideia. Lembrou-se de Östen cavando um poço em volta da fonte para recolher mais da água antes de a nascente se juntar aos riachos e aos lagos. A rocha era dura, e o trabalho fora difícil. Para construir o prédio perto da fonte, eles deviam ter cavado mais ainda, o que significava que deviam ter mexido na adaga.

— Quando estavam construindo esse lugar — começou Grace —, o que acham que eles fizeram com qualquer objeto histórico encontrado?

Griffin levantou uma sobrancelha.

— Eis uma ideia.

Grace olhou para a fábrica.

— Acho que deveríamos perguntar se oferecem visitas guiadas.

— Certo — concordou Griffin. — Owen, Natalya, fiquem aqui, fora de vista. Grace e eu vamos descer e verificar.

Partiram morro abaixo, dando a volta na cerca de tela até a entrada frontal da fábrica, onde Grace viu o nome e o logotipo da empresa.

— Só pode ser brincadeira — disse Griffin.

O logo tinha a imagem inconfundível de um dos pedaços do Tridente numa silhueta simplificada, com a palavra *dolkkäla* escrita acima.

— Você sabe traduzir o nome? — perguntou Grace.

— Fonte da Adaga — respondeu ele. — Tenho quase certeza de que é isso.

Grace quase gargalhou.

— Escondida em plena vista, não é?

Griffin balançou a cabeça.

— Vejamos o que há lá dentro.

Passaram rapidamente pela placa, subiram pela entrada de veículos e foram até a entrada principal; o nome e o logotipo da empresa estavam em todo lugar para onde olhavam. Cruzando a porta da frente, eles entraram num saguão modesto que cheirava a tinta fresca e carpete. Um recepcionista levantou os olhos de sua mesa, sorriu e disse algo numa língua que Grace supôs ser sueco.

Griffin balançou a cabeça e, naquele instante, perdeu toda a ameaça casual que costumava projetar, tornando-se um turista afável e sem graça.

— Desculpe — lamentou ele. — Somos dos Estados Unidos.

O sorriso do recepcionista mudou muito sutilmente, assumindo um tom de impaciência e desdém.

— Claro. O que posso fazer por vocês? — perguntou ele, com apenas um leve sotaque.

— Estávamos passando de carro e vimos sua fábrica — respondeu Griffin. — Vocês fazem visitas guiadas?

— No momento, não. Acabamos de abrir. Talvez no futuro.

— De onde vem o nome de vocês? — perguntou Grace.

— Isso, fico feliz em dizer, posso mostrar. — Ele se levantou da cadeira e deu a volta na mesa, depois guiou-os pelo saguão até uma porta de vidro. A sala do outro lado era mal iluminada, com vitrines reluzentes. Algumas tinham fragmentos e pequenos objetos que Grace não conseguia identificar daquela distância. Algumas estavam vazias. Mas, na outra extremidade da sala, sozinho sob um refletor quente, estava exposto o Pedaço do Éden.

— Neste local, por muitas centenas de anos, existiram várias fazendas — explicou o recepcionista. — Trabalhamos com cientistas para preservar o que encontramos. A maior parte das coisas foi para um museu, mas conseguimos deixar essas em exposição. Aquela é a adaga. Eles a encontraram enterrada perto da fonte. Muito estranha, não é?

— Inacreditável — respondeu Griffin. — Podemos entrar?

— Não, sinto muito. O museu não está pronto. Ainda está sendo montado. — Então, o recepcionista cruzou as mãos na frente da cintura e olhou pela porta de vidro, como se nunca se cansasse da visão. — Vocês são os segundos americanos a vê-la hoje.

Grace olhou para Griffin, com a nuca pinicando. Griffin olhou para o recepcionista.

— É verdade? De onde era o outro?

— A outra — respondeu o recepcionista. — Não perguntei de onde era. Ela leu sobre nós no jornal de ontem e veio de Uppsala para nos visitar. — Ele apontou na direção da mesa. — Tenho o artigo se quiserem ler.

Grace tentou se convencer de que era apenas coincidência, mas não conseguiu. Era possível que a mulher que viera ver a adaga não se relacionasse com Isaiah, mas por que correr o risco? Seria mais inteligente apenas sair correndo dali.

— Interessante. — Griffin sorriu. — Mas é melhor irmos. Obrigado por seu tempo.

— De nada — disse o recepcionista. — Por favor, voltem quando o museu estiver aberto.

— Eu bem que gostaria — comentou Griffin. — Mas não vamos ficar muito tempo.

— Então, vocês têm um motivo para voltar à Suécia. — O recepcionista abriu um amplo sorriso.

— É verdade — concordou Griffin. Depois olhou para a porta da frente. — Tenha um bom dia.

— O mesmo para vocês.

Griffin acenou, despedindo-se, e levou Grace pelo saguão, depois de volta para fora. Desceram pela entrada de veículos o mais depressa que ousavam, tentando não atrair atenção. Mas, assim que chegaram à cerca, desviaram-se de lado e subiram o morro correndo. No topo, encontraram Owen e Natalya.

— E então? — perguntou Owen.

— Vocês não vão acreditar — respondeu Grace. — Ela está lá. Exposta.

— Como você sabe? — perguntou Natalya.

— Porque eu vi. Está lá. Numa vitrine.

— Essa fábrica se chama Fonte da Adaga — revelou Griffin, e Grace notou que seu ar usual de ameaça retornara. — Eles desenterraram o dente quando estavam escavando.

— Então, qual é o problema? — perguntou Owen. — Vamos entrar à noite e pegar o dente.

Griffin olhou para a fábrica.

— O problema é Isaiah. Outra pessoa esteve aqui hoje, perguntando pela adaga. Ele já pode estar a caminho.

— Talvez não devêssemos esperar — sugeriu Natalya. — Você poderia roubá-la agora?

— Não há nenhum guarda — respondeu Griffin. — Eu poderia facilmente forçar a entrada e sair com ela. Mas eles a consideram uma antiguidade nacional. Vão sair procurando-a e a mim, o que dificultará nossa saída do país.

— Então, o que vamos fazer? — perguntou Grace. O dente estava bem ali, ao alcance. Mas qualquer opção de pegá-lo implicava riscos.

Griffin olhou para o chão e coçou a cabeça raspada.

— Vamos esperar até de tarde. Assim que esse lugar for fechado, eu entro, pego a adaga, e, depois, damos o fora. — Ele os encarou. — Combinado?

Grace confirmou com a cabeça, assim como Owen e Natalya.

— Certo. — Griffin sentou-se no chão. — É melhor ficarmos à vontade.

Grace fez o mesmo, e logo os quatro estavam sentados num círculo no topo da colina, cercados pela floresta, esperando a tarde chegar. As nuvens fofas rolavam aos poucos, riscadas por algum pássaro ocasional.

E, no silêncio, Grace pensou em David. Esperava que ele estivesse se saindo bem na simulação do inconsciente coletivo, lembrando-se de que ele estaria mais seguro lá do que ela ali. Ninguém falou muito, mas o silêncio não era incômodo nem vazio. Pelo menos para ela.

Talvez para Owen fosse. Depois de um tempo, ele pigarreou.

— Se eu ficar com câncer por causa dessa torre de celular, vou os considerar responsáveis.

— Celulares não dão câncer — argumentou Natalya.

— Ah, verdade? Está ouvindo aquele zumbido?

— Acho relaxante — respondeu Griffin. — Quando eu era criança, morava perto de uma via férrea movimentada. A gente se acostuma com o ruído de fundo.

— Você já foi criança? — perguntou Owen.

Griffin confirmou, sorrindo.

— Acredite ou não.

— Eles fazem pijaminhas com capuz de Assassino? — perguntou Grace. — Qual foi seu primeiro brinquedo?

— Um canivete suíço — respondeu Griffin, a voz chapada.

Durante alguns segundos, Grace não soube se ele mentia, e olhou para Owen e Natalya, que tinham parado de sorrir. Mas, então, Griffin deu um risinho.

— Vocês quase acreditaram.

— Não acreditamos, não — disse Owen.

— Claro que acreditaram. — Griffin se inclinou para eles. — Escutem, preciso ser honesto com vocês sobre uma coisa. Eu não achava que conseguiriam chegar tão longe.

De novo houve silêncio, e Grace se perguntou se aquilo era outra piada.

— Ahn... Obrigada?

— Não. Só escutem. Quando eu descobri que Monroe tinha arrastado um punhado de moleques para essa história, presumi que ela teria um fim rápido e feio para todo mundo. Mas cá estão vocês. É impressionante, é só o que estou dizendo. Vocês me impressionaram.

— Valeu — disse Owen. — Você é bem legal para um matador implacável.

Griffin fingiu atacá-lo.

— Espertalhão — disse o Assassino.

— Que horas são? — perguntou Natalya. — A sensação é de que é tarde, mas não parece tarde.

— Estamos praticamente na terra do sol da meia-noite — explicou Griffin. — Tão ao norte, assim, nessa época do ano, o sol fica mais tempo no céu. — Ele verificou o telefone e, depois, se levantou. — Mas eles provavelmente vão fechar a fábrica logo. Pelo menos a recepção.

Grace, Owen e Natalya também se levantaram. Grace olhou para a fábrica e viu que o estacionamento estava quase vazio.

— Certo — disse Owen. — Como vamos fazer isso?

— Não vamos — respondeu Griffin. — Eu vou.

— Por quê? — indagou Owen. — Você disse que nós o impressionamos. Podemos ajudar.

— Isso é serviço para uma pessoa só. Mais que isso só complicará as coisas. — Ele olhou para Grace. — Diga a ele como é simples.

— A adaga está basicamente ali, depois de passar pela porta da frente — explicou ela.

— O único problema parece ser um sistema de segurança, mas posso lidar com isso. — Griffin começou a descer o morro, mas apontou de volta para eles. — Fique aí, Owen.

Owen fez uma carranca e cruzou os braços.

Grace ficou observando o Assassino por todo o caminho enquanto ele seguia ao longo da cerca, parecendo se mover muito mais depressa que quando ela o acompanhara. Por duas vezes até o perdeu de vista, como se ele tivesse sumido em plena luz do dia. Mas, então, ele apareceu de novo, a alguma distância de onde ela o vira pela última vez. Seu coração batia forte, apesar de Griffin ter parecido perfeitamente calmo e confiante. Quando ele chegou ao final da cerca, subiu correndo pela entrada de veículos e sumiu de vista.

— Agora a gente espera — disse Natalya.

Alguns minutos se passaram. Depois, mais alguns minutos. Grace quase esperou que os alarmes disparassem a qualquer momento, mas percebeu que era idiotice. Aquilo não era uma instalação do governo. Era uma fábrica de engarrafamento de água, com uma sala servindo de museu. Portanto, nenhum alarme disparou. Mas Griffin não saiu tampouco.

— Está demorando mais do que eu pensava — observou Natalya.

— Talvez o sistema de segurança seja mais difícil do que ele imaginou — sugeriu Owen.

Grace ficou olhando, prestando atenção. Mais minutos se passaram.

Então, ouviu alguma coisa. Um matraquear distante, familiar. Olhou para Natalya e Owen e, pelos olhos arregalados dos dois, soube que eles também ouviam.

— Helicópteros — murmurou Owen.

— Escondam-se! — ordenou Natalya.

Os dois correram do topo da colina para a linha das árvores, onde se esconderam nas sombras, olhando enquanto dois helicópteros surgiam. Eram grandes e pretos, com o logotipo da Abstergo e semelhantes aos que Isaiah usara para escapar da Mongólia.

— E Griffin? — sussurrou Natalya.

Os helicópteros pairaram baixos acima da fábrica durante alguns instantes; então, as portas se abriram de repente nas laterais, lançando rolos de corda preta. Agentes da Abstergo, usando equipamento paramilitar, emergiram de dentro, e um a um deslizaram pelas cordas.

— O que vamos fazer? — perguntou Natalya.

Grace não sabia. Sentia-se impotente. Não tinham armas, além das duas pás.

— Precisamos fazer alguma coisa — disse Owen. — Não podemos simplesmente...

Tiros ecoaram morro acima, parecendo distantes e abafados, como se viessem de dentro da fábrica. Grace conhecia aquele som, que parecia rasgar sua barriga.

— Sério, o que vamos fazer? — perguntou Natalya.

Owen deu um passo.

— Eu vou até lá...

— Não vai, não. — Grace o agarrou. — É suicídio.

— Bem, não posso simplesmente ficar aqui — disse ele.

— Não vou deixá-lo entrar lá — decidiu Grace. — Não me importa o quanto você se ache bom. Não é...

Mais tiros, esses mais altos e mais nítidos, e Grace baixou a cabeça involuntariamente. Os últimos disparos tinham vindo de fora, muito mais próximos.

— Olhem! — apontou Natalya.

Lá embaixo, Grace viu Griffin correndo por trás da fábrica, depois subindo a colina junto ao tubo principal. Três agentes o perseguiam, parando para mirar e atirar. No entanto, Griffin continuava em movimento, desviando-se, e conseguiu não ser acertado. Quando chegou ao edifício da fonte, um dos helicópteros mergulhou em sua direção e mais três agentes saltaram, pousando no lado da cerca mais perto de Grace e dos outros.

— Ele está encurralado — sussurrou Natalya.

— Que se dane! — exclamou Owen.

Em seguida, pegou uma das pás e partiu antes que Grace pudesse impedi-lo.

25

Grace observou Owen correr em disparada a fim de ajudar Griffin. No instante seguinte, agarrou a outra pá e fez o mesmo e, antes que realmente parasse para pensar no que fazia, já se aproximava do primeiro agente. Os capangas de Isaiah estavam concentrados em Griffin e não perceberam o ataque. Owen os alcançou primeiro, girando a pá com força. Grace ouviu o impacto de metal contra o capacete da agente, que girou quase 180 graus antes de cair.

Os outros dois se viraram para Owen, mas, àquela altura, Grace estava lá. Atacou com a pá nas duas mãos, como uma lança, contra o joelho do agente mais próximo, e a perna deste se dobrou. Em seguida, girou a pá e baixou-a sobre a cabeça do homem, derrubando-o.

Com o canto do olho, viu o terceiro agente mirar a arma em sua direção e levantou a pá num reflexo, como um escudo. Um tiro, um *clang*, e a pá voou de sua mão. Mas, naquele momento, Owen acertou o agente por trás, com força.

Então, os três estavam fora de combate.

Grace viu que Griffin tinha chegado à cerca, mas estava com dificuldade para subir por ela, e, no topo, simplesmente rolou para o outro lado, caindo no chão com força.

— Ele levou um tiro — disse Owen, correndo para lá.

Grace também correu, sentindo-se como Östen, Eliza e ela própria, tudo ao mesmo tempo.

Os agentes continuavam atirando, e balas fustigaram o chão ao redor enquanto ela e Owen ajudavam Griffin a se levantar.

Ele pôs alguma coisa na mão de Grace, e ela percebeu que era o dente, enrolado numa toalha. Enfiou-o num bolso.

— Vão para a floresta — instruiu Griffin. — Sigam para o centro da mata. Os helicópteros não podem pousar. Vocês vão despistá-los.

— Você vem com a gente — insistiu Owen.

— Não! — Griffin se encolheu. — Escutem. Não vou conseguir. Vocês precisam ir. Agora!

Mas não podia impedir que eles ficassem a seu lado e continuou mancando enquanto os dois o ajudavam a subir a colina. Grace olhou para trás e viu seis agentes correndo até eles, mas os três chegaram às árvores primeiro, onde Natalya os esperava.

— E agora? — perguntou ela.

— Precisamos despistá-los — respondeu Owen. — E voltar ao carro.

— Em que direção? — perguntou Natalya.

Grace parou e deixou Östen assumir mais inteiramente sua mente. Pensou na floresta que conhecia bem e encontrou um caminho.

— Tem uma ravina com um córrego no meio, ali adiante. — Ela apontou para a direita. — Vai manter a gente fora de vista. Podemos seguir por ela até uma saída.

— Me parece bom.

Griffin resmungou, como se pretendesse dizer alguma coisa, mas não o fez.

Correram cambaleantes pela floresta, tentando se esconder atrás das árvores, até chegarem ao barranco coberto de capim, que desceram, chegando a um riacho raso e com água gelada. Atrás deles, ecoavam os gritos dos agentes da Abstergo que vasculhavam a floresta.

— Vamos! — sussurrou Grace.

Ela os guiou pela ravina, com Owen e Natalya um de cada lado de Griffin, correndo e espirrando água enquanto os helicópteros circulavam acima. Mas Grace mal conseguia enxergá-los através das árvores, o que significava que não seriam vistos. Logo os gritos ficaram mais distantes, assim como o som dos helicópteros.

— Vocês acham que eles estão desistindo? — perguntou Owen.

— Não — respondeu Grace. — Eles sabem que estamos com o dente. Não vão desistir de jeito algum. Só estão procurando no lugar errado, mas vão acabar descobrindo isso. Precisamos continuar em movimento.

— Griffin está sangrando muito — avisou Natalya.

Grace viu que a lateral do Assassino, assim como Natalya, encostada nele para dar apoio, estava coberta de vermelho. A cabeça do homem oscilava, e suas pálpebras tremulavam, mas, de algum modo, ele conseguia se manter de pé. Mesmo com seu conhecimento muito limitado, ficava claro para ela que Griffin precisava de cuidados médicos urgentes; no entanto, ela não tinha ideia de como consegui-los.

— Vamos levá-lo para o carro — disse ela.

Assim eles continuaram, mantendo-se abaixados, na escuta. A água gelada ficou dolorosa, e ela subia na lama e nas pedras quando podia, sabendo que eles teriam de sair da ravina para chegar ao carro, e que aquela seria a parte mais perigosa da fuga.

— O que foi? — perguntou Owen.

Grace se virou para ele e o viu inclinando a cabeça na direção de Griffin.

— Espere aí — disse Owen a Natalya. — Ele está tentando dizer alguma coisa. — Eles pararam, e o riacho envolveu seus tornozelos. — O que é, Griffin?

— Dê minhas... — A voz do Assassino estava ofegante, chiando. — Dê minhas lâminas a Javier.

— Não, cara — respondeu Owen. — Não, você é quem tem de fazer isso. Então, você precisa ficar com a gente.

Griffin balançou a cabeça.

— Diga... diga que... que ele fez por merecer.

— Diga você — insistiu Owen. — Ele não vai acreditar se eu disser.

A boca de Griffin formou um sorriso débil.

— Owen — murmurou ele. — Owen...

— É, Griffin, eu estou aqui.

— Não importa — disse o Assassino.

— O que não importa?

— Não... importa — repetiu Griffin.

— Não sei o que ele quer dizer — disse Owen baixinho, olhando para Grace.

— Só vamos continuar andando — insistiu a garota.

Voltaram a andar e conseguiram seguir por mais uns 30 metros até que as pernas de Griffin cederam e ele caiu no riacho. A água gorgolejou sobre seu rosto, e eles se apressaram em levantá-lo.

— Griffin — pediu Grace. — Griffin, fique com a gente.

Mas ele não se mexeu.

Owen se ajoelhou no riacho, o rosto bem na frente do do Assassino.

— Griffin — disse o garoto, sacudindo-o. — Griffin.

Continuou sem resposta.

— Me ajudem — pediu Owen, segurando Griffin por um dos braços.

Grace e Natalya pegaram o outro, e juntos puxaram o corpo pesado do assassino para fora do riacho. Depois Owen se ajoelhou e começou a fazer uma massagem cardíaca, contando as compressões no peito e fazendo respiração boca a boca.

Grace viu que não estava funcionando. Nada iria funcionar, porque Griffin já estava morto e ninguém poderia fazer nada a respeito. Owen, porém, continuou tentando por vários minutos, e Grace o deixou tentar por um tempo, antes de se ajoelhar a seu lado e pôr a mão em suas costas.

— Sinto muito — lamentou ela.

Owen continuou contando e apertando.

— Owen, ele morreu.

— Não — disse ele. — Esse cara não morreria fácil assim.

Grace olhou para Natalya, que se ajoelhou do outro lado. As duas envolveram Owen com os braços, e, aos poucos, as compressões pararam e ele simplesmente se inclinou sobre Griffin, com as mãos apertando o peito do Assassino. Ficaram assim por vários instantes, sem dizer nada, enquanto a água ao redor murmurava. O que parecia estranho, como se o riacho devesse ter parado.

Grace não conseguia entender.

Era uma questão de minutos.

Apenas minutos.

Minutos antes, eles estavam sentados na colina, falando de Griffin como um bebê Assassino. Agora, minutos depois, estavam ajoelhados num córrego, com seu sangue nas roupas, e o Assassino estava morto. Não conseguia descobrir como aquilo acontecera.

Owen se sentou mais empertigado, e Grace e Natalya baixaram os braços. Então, ele se curvou por cima de Griffin, até o braço direito, e levantou sua manga. Ali, no pulso, estava a lâmina oculta, esta de cerâmica. Owen soltou as tiras e a deslizou por cima da mão de Griffin. Depois a colocou no próprio pulso.

— Só até poder entregá-la a Javier — explicou o garoto.

— O telefone! — exclamou Natalya, revirando os bolsos até achar. Contudo, o riacho o encontrara antes, e o telefone não funcionava mais.

Grace não queria ser a pessoa a falar da carteira, mas iriam precisar de dinheiro. Estavam num país estranho com passaportes falsos, sem celular e com um Pedaço do Éden. Sem dizer nada, enfiou a mão embaixo do Assassino, encontrou o bolso de trás e puxou a carteira. Owen e Natalya viram o que ela fez, mas não falaram nada também. E os três ficaram sentados, em silêncio.

Silêncio.

Algo estava faltando.

— Estão ouvindo os helicópteros? — perguntou Grace.

Owen esticou o pescoço.

— Não.

— Eu também não — disse Natalya.

Grace não acreditava que Isaiah tivesse cancelado a busca. Principalmente porque ele sabia que outra pessoa se apossara do último dente do Tridente. Mas os helicópteros não estavam mais no ar, e ela não conseguia ouvir nada na floresta, a não ser o que deveria estar ali.

— Não quero deixar Griffin aqui — disse Owen, olhando o corpo.

Grace também não gostava da ideia. Entretanto, tinham deixado as pás para trás durante o caos na fábrica, de modo que não tinham como cavar uma sepultura. Além disso, precisavam continuar em movimento. Precisavam encontrar um modo de tirar o dente dali, levá-lo para longe de Isaiah.

— Griffin não gostaria que você ficasse se preocupando com ele — disse Natalya. — Você sabe. Ele preferiria que você escapasse e levasse a adaga para longe de Isaiah.

Owen assentiu, olhando para a lâmina oculta agora em seu pulso.

— Vamos indo. A coisa não vai ficar mais fácil se a gente continuar aqui.

Grace e Natalya se entreolharam e assentiram suavemente. Em seguida, os três se levantaram e Grace foi guiando-os pela ravina, e, de repente, a jornada se tornara mais difícil. Fisicamente mais difícil, como se sentisse o peso do corpo sem vida de Griffin nos ombros. Ela, no entanto, persistiu, recusando-se a olhar para trás, esperando que o fardo diminuísse com a distância.

Não diminuiu.

Passado certo tempo, chegaram ao lugar onde precisariam sair da ravina e atravessar um trecho de floresta se quisessem chegar ao carro. Grace tentou escutar os helicópteros, mas continuou sem conseguir. Não ouvia nenhum agente se movendo pela floresta, mas não confiava naquele silêncio.

— Acho que a gente deveria esperar aqui um tempo — sussurrou ela.

— Por quê? — perguntou Natalya.

— Alguma coisa não parece certa.

— Alguma coisa não está certa. — Owen pegou um graveto no chão. — Griffin acabou de morrer.

— Não — disse Grace. — Não é isso.

— Então o que é? — perguntou Natalya.

— Para onde Isaiah foi? — Ela olhou para o topo das árvores. — Não gosto de não saber onde ele está, e acho que a gente deveria esperar aqui até escurecer, só por garantia. Depois disso, vamos para o carro.

Owen balançou a cabeça e quebrou o graveto.

— Tudo bem — disse o garoto.

Natalya pôs a mão no braço de Grace.

Assim ficaram na ravina, molhados e tremendo, tentando escutar qualquer som que indicasse a volta de Isaiah. Depois de permanecer sentada na mesma posição por um tempo, Grace moveu as pernas e sentiu no bolso a adaga, da qual quase se esquecera. Pegou-a, imaginando onde Griffin teria encontrado a toalha com que a havia embrulhado, e, enquanto a desenrolava, notou o sangue no tecido. A mancha marrom avermelhada atraiu seu olhar e o sustentou até que ela se livrou daquela sensação e puxou a adaga.

O dente do Tridente. O Pedaço do Éden.

— Então é isso — disse Owen. — É disso que se trata.

A ancestral de Grace, Eliza, tinha carregado uma das adagas da cidade de Nova York até o general Grant no campo de batalha. Grace, porém, jamais segurara uma. Seu gume continuava afiado depois de milhares e milhares de anos, e, mesmo sem seu poder, aquilo seria mortal. Isaiah havia demonstrado isso ao usar uma para matar Yanmei.

— Guarde isso — pediu Natalya. — Por favor.

Grace a embrulhou de novo na toalha e a enfiou no bolso. Pouco depois, notou que a floresta ficara mais escura, assim como o azul do céu. A tarde chegava ao fim e logo se transformou em crepúsculo, sem qualquer sinal de Isaiah. Se quisessem chegar ao carro, chegara a hora.

— Vamos — disse a menina.

Saíram da ravina, subindo o barranco, e partiram rapidamente entre as árvores. Na penumbra, Grace descobriu que as memórias de Östen lhe davam uma vantagem. Ela conhecia aquelas terras, o que lhe permitia correr depressa, o que permitia que Owen e Natalya a acompanhassem.

Não encontraram nenhum agente da Abstergo no caminho, e Grace não escutou nenhum helicóptero. Quanto mais perto do veículo chegavam, mais ela pensava que se preocupara à toa.

— Acho que estou vendo — disse Owen.

Estava certo. Mais adiante ficava a estrada de terra, e o carro continuava ali, com as janelas pretas e vazias. Tinham conseguido.

— Eu dirijo — avisou Grace, enquanto corriam até o carro. Ela enfiou a mão no bolso e parou, e quase não quis perguntar. — Quem está com a chave?

Ninguém respondeu, e Grace sentiu a respiração pesada nos pulmões, pressionando. Tinham deixado a chave no corpo de Griffin. Ela experimentou a porta do motorista, esperando que estivesse destrancada e que talvez Griffin tivesse deixado a chave no interior. Mas não era o caso.

— Vamos ter de voltar? — perguntou Owen.

Para ele fora bastante difícil se afastar da primeira vez. Grace não queria que o amigo precisasse reviver aquilo no escuro.

— Eu vou — decidiu ela. — Conheço o caminho. Vocês fiquem aqui.

— Não acho que a gente deveria se separar — comentou Natalya.

Grace também não gostava da ideia, mas, se fossem todos, demorariam mais que sentia ser necessário.

— Vou ficar bem — disse ela. — Só fiquem aqui e...

Uma luz ofuscante acertou o rosto de Grace, que levantou a mão para proteger os olhos. Então, outra luz foi ligada, e outra, e outra, vindas de todos os lados e se aproximando.

— Devo dizer que vocês me deixaram esperando tanto tempo que até comecei a duvidar se esse carro era o de vocês — disse uma voz familiar. Isaiah.

Grace quase saiu correndo, em pânico, num reflexo. Sua mente, porém, manteve os pés sob controle, porque sabia que estavam cercados e que não chegaria longe. Mesmo se tivessem se lembrado da chave, não teria feito diferença.

— Onde está o Assassino? — perguntou Isaiah, uma silhueta alta nas luzes.

Ninguém respondeu.

— Então, o tiro foi fatal — disse Isaiah. — E qual de vocês está com a adaga?

Ninguém respondeu de novo.

— Vamos diminuir essas luzes. Talvez isso os ajude a ver a situação com mais clareza.

Os refletores baixaram os fachos para o chão, e agora Grace podia ver os agentes que os seguravam. E, entre eles, havia um número ainda maior de agentes apontando as armas em silêncio. Isaiah se aproximou, usando uma roupa paramilitar da Abstergo, os olhos verdes um pouco empalidecidos pela claridade artificial.

— Vocês podem ver que não estou com o Tridente — declarou Isaiah. — Não precisam morrer esta noite. Eu certamente não desejo isso.

— Você quer seu próprio Ragnarök — retrucou Owen. — Quer que todo mundo morra.

— Não. Não quero isso. Mas muitas pessoas devem morrer para que o mundo renasça de uma forma melhor. Vocês lamentam a pele morta deixada pela cobra? Lamentam a perda da lagarta depois de ela virar borboleta?

— Acho que meu professor de história chamaria isso de falsa analogia — respondeu Grace. — A Terra não solta pele, e os seres humanos não são essa pele. E a lagarta não morre para virar borboleta.

Isaiah assentiu, quase aprovando.

— Isso é para eu me lembrar de como vocês todos são excepcionais. Mais um motivo para poupá-los, porque não quero que pessoas específicas morram, assim como um exterminador não deseja a morte de formigas específicas. — Ele encarou Grace. — Você aprova essa analogia?

— Cadê Sean? — perguntou Natalya.

Isaiah sorriu.

— Sua lealdade e dedicação são admiráveis.

— Onde ele está? — perguntou Natalyha de novo, mas para Grace ficou claro que Isaiah não iria responder.

— O que você vai fazer conosco? — Quis saber Grace.

Isaiah estalou os dedos, e um grupo de agentes da Abstergo chegou mais perto, com as armas ainda levantadas.

— Eu tinha planejado só deixá-los aqui — respondeu Isaiah. — Depois de recuperar a adaga, claro. Mas acho que posso levá-los comigo. Podem ser úteis, dada sua linhagem. Mas, se recusarem qualquer uma das duas coisas, vou mandar matá-los. E, mesmo não desejando sua morte, acreditem quando digo que não vou lamentá-la.

As pernas de Grace tinham 'omeçado a tremer de frio e de medo, mas ela esperava que Isaiah não percebesse. Era o mais perto da morte que já havia chegado. Estava ali, a minutos ou segundos no futuro, como acontecera com Griffin, e a encarava por cima dos canos de dezenas de armas. Os agentes a fitavam como se ela fosse apenas um alvo. Era como se fosse feita de papelão, e qualquer escudo de Minerva seria inútil contra balas.

— Você está com a adaga, não é, Grace? — perguntou Isaiah.

Ela não conseguia sentir o próprio corpo. Pensou em David e nos pais.

— Cole, verifique os bolsos dela.

Uma agente se aproximou de Grace, que reconheceu a mulher pelo codinome. Era Rothenberg, uma Templária que a havia ajudado a escapar do Ninho da Águia com Monroe. No entanto, quando a mulher olhou para Grace agora, não parecia se importar com nada daquilo.

Javier estava certo. Era mais uma zumbi que uma escrava.

— Não se mexa — disse Cole, e, ainda que Grace não quisesse obedecer, a parte de sua mente impelida pela sobrevivência a manteve imóvel. Cole enfiou a mão no bolso de Grace e pegou a adaga, que entregou imediatamente a Isaiah.

Ele tirou a adaga da toalha, segurou-a na mão aberta e fechou os dedos em volta do cabo.

— Vocês acharam tão engraçado quanto eu achei a localização deste dente? — perguntou ele.

Tinham perdido.

Tinham perdido *tudo*.

Isaiah estava com todos os pedaços do Tridente, exatamente o que Minerva temera tanto milhares de anos antes.

— Você está esquecendo uma coisa — disse Owen.

— É tremendamente improvável — respondeu Isaiah. — Mas diga.

— O Evento de Ascendência. — Owen deu um risinho e o tornou convincente. — Monroe deduziu, e o Evento pode impedir o Tridente. Sua superarma é inútil.

O que Owen estava fazendo? Tentando intimidar Isaiah? Blefar para conseguirem sair da situação? Ou só revelando a única carta que possuíam?

— O Evento de Ascendência? — Isaiah inclinou a cabeça de lado e se curvou para olhar Owen nos olhos, os rostos dos dois ficando muito perto. — Você está mentindo.

— Não. — Owen devolveu o olhar de Isaiah. — Não estou.

Alguns segundos se passaram, e Isaiah se inclinou para longe.

— Então, Monroe finalmente conseguiu. Depois de todos esses anos.

— Conseguiu, sim — disse Owen. — Assim, como eu disse, seu Tridente...

— Não precisa se preocupar — interrompeu Isaiah. — Já cuidei disso. Sem Sean, vocês não têm Evento de Ascendência. — Então, ele assentiu. — Você mudou meu pensamento, Owen. Vocês não são úteis. Na verdade, acho que podem até representar um perigo. — Ele virou as costas. — Cole, alinhe os três.

— Sim, senhor.

A mulher chamou mais alguns agentes. Dois deles pegaram Grace pelos braços, perto dos ombros, e meio a arrastaram, meio a levantaram, posicionando-a no centro da estrada. Trouxeram Natalya e Owen do mesmo modo e os colocaram ao lado, e, em seguida, Isaiah pediu uma arma.

— Você vai fazer isso pessoalmente? — perguntou Owen. — Estou surpreso.

— É porque vocês ainda não entendem o que eu sou. — Isaiah se aproximou, agora armado com uma pistola. — Sou o lobo Fenris. Vim engolir o sol e a lua, e não recuo perante a tarefa que preciso realizar.

— Acho que provavelmente existe um nome para o que há de errado com você — comentou Owen.

Grace se perguntou onde ele encontrava a força de vontade para ser tão desafiador. Imaginou para onde sua força de vontade teria ido enquanto sentia os segundos passando, como se sua vida fosse um fio e ela tivesse chegado ao fim dele.

26

— Você me desaponta, Sean — disse Isaiah.

— Desculpe — lamentou Sean. — Desculpe.

Ele queria desesperadamente agradar Isaiah, e tinha tentado, passando horas intermináveis no Animus, revivendo as mesmas memórias de novo e de novo, procurando qualquer detalhe ou pista oculta que pudesse revelar o que havia acontecido com a adaga depois de Styrbjörn deixá-la no altar.

— Deve haver alguma coisa que está deixando de perceber — disse Isaiah. — Já reviramos cada centímetro de terreno num raio de 300 metros em volta daquela pedra, e a adaga não está lá.

— Tem de estar. É o único lugar onde poderia estar.

— Obviamente não. — Isaiah se virou para os técnicos. — Preparem a simulação. Vamos passar de novo...

— Não — disse Sean. — Por favor. Me deixe sair.

— Acho que mostrei o que acontece quando você me diz não.

— Eu sei, eu sei, mas por favor. Não consigo.

O interior de seu crânio parecia raspado, em carne viva. Estivera pendurado no Animus pelo que pareciam dias, mas não dava para ter certeza, porque boa parte do tempo passava na simulação, onde o tempo fluía de modo diferente. Mesmo nos momentos que Isaiah o deixava sair da simulação, Sean experimentava Efeitos de Sangria incontroláveis que o aterrorizavam. Guerreiros vikings apareciam de lugar nenhum e o atacavam com machados e lanças. Gigantes e deuses passavam por cima dele, ameaçando esmagá-lo com os pés. Um lobo gigante saltou para sua garganta, a boca cheia de dentes. Ondas violentas enchiam o cômodo, e o nível da água subia pouco a pouco até cobrir sua boca e tocar seu nariz a ponto de afogá-lo. Cada uma dessas visões, além de muitas outras, parecia absolutamente real, e Sean achava cada vez mais difícil saber o que era ele e o que não era. A claridade ia e vinha, como uma névoa.

— Quando encontrar a adaga, você ficará livre — disse Isaiah. — Quero que isso aconteça. Quero sim. Mas não cabe a mim. É você que precisa merecer.

Sean levantou a cabeça, e Isaiah estava sorrindo, revelando um dente enorme, podre, que vermes tinham comido e enegrecido. Quando Sean piscou, Isaiah era Isaiah de novo.

— A simulação está pronta — avisou um dos técnicos.

— Ótimo. — Isaiah estendeu a mão para o capacete. — Não resista, Sean. Sabe que é pior.

Sean não aguentava mais. Não aguentava fazer aquilo de novo. Sua mente tinha sido reduzida a teias de aranha, com a estrutura destruída muito antes, praticamente irreconhecível. Tinha certeza de que outra passagem pelo Animus iria varrê-lo completamente, como uma vassoura.

— Por favor — gemeu o garoto.

— Tente relaxar. — Isaiah baixou o capacete. — Você vai...

— Senhor! — Uma donzela escudeira irrompeu na sala, carregando um corvo morto, que jogou contra Sean, e ele gritou enquanto o pássaro morto gadanhava e bicava seu rosto.

— Ele está bem? — perguntou a donzela escudeira.

— Não ligue para ele — respondeu Isaiah. — Onde você esteve, Cole?

— Fui a Västerås.

De repente, o pássaro voou por uma janela, e agora Sean reconhecia a donzela escudeira.

— Västerås? — perguntou Isaiah. — Por quê?

— Li uma matéria no jornal sobre uma nova empresa vendendo água engarrafada. Parece que, quando eles escavaram a área durante a construção da fábrica, descobriram uma adaga singular. A matéria tinha uma foto.

— E? — Isaiah pôs o capacete do Animus de volta no gancho, o que significava que talvez não fosse recolocar Sean na simulação, afinal de contas. E, por isso, Sean suspirou, aliviado.

— Eu queria ter certeza antes de contar ao senhor — disse ela. — Por isso fui até a fábrica. Olhe isso. — Ela levantou o celular para que Isaiah visse. — Eles a colocaram numa vitrine.

— Extraordinário. Você agiu bem, Cole. Muito bem.

— Obrigada, senhor. Há outra coisa. Venho usando a rede da Abstergo para monitorar circuitos fechados de TV. Principalmente de aeroportos, por segurança. Acho que hoje cedo vi Owen, Natalya e Grace chegarem ao país na companhia de um Assassino.

— Prepare dois helicópteros e uma equipe de ataque. Eles podem nos alcançar a qualquer momento, e não vou correr riscos. Partimos o quanto antes.

— Sim, senhor. — Cole se virou e saiu da sala.

— Ela encontrou a adaga? — perguntou Sean.

Isaiah estava sorrindo sozinho, e isso durou alguns instantes. Depois olhou para Sean, meio de repente, como se tivesse acabado de ouvi-lo.

— Você disse alguma coisa?

— Cole encontrou a adaga? — perguntou Sean de novo.

— Sim, encontrou.

— Então não preciso mais entrar na simulação?

— Não, Sean. Não precisa.

— Obrigado.

Todo o corpo de Sean relaxou em alívio, e ele esperou que Isaiah soltasse os fechos e as tiras que o prendiam à armadura do Animus. Como o equipamento ainda não estava ligado, a estrutura não podia se mexer, prendendo Sean no lugar. Mas Isaiah não fez menção de soltá-lo.

— Você pode me ajudar? — pediu Sean.

— Ajudar?

Sean sentiu a mente voltando enquanto a névoa recuava. O velho celeiro onde havia passado tanto tempo nos últimos dias parecia quente a seu redor, estimulando o odor defumado das paredes de madeira, o que significava que era tarde. Ele ainda achava que aquele lugar era desconfortável para o Animus, mas não houvera tempo de construir uma estrutura apropriada perto do local de repouso da adaga, e Isaiah fizera uso de uma construção existente.

— Me ajudar a sair daqui? — explicou Sean.

Isaiah pareceu não ter ouvido, virando-se para ir embora.

— Espere! — chamou Sean, forçando os braços contra as amarras. — Por favor.

Mas Isaiah continuou a ignorá-lo enquanto se dirigia à porta do celeiro, e Sean não soube o que dizer. Tudo tinha deixado de parecer completamente real muito antes. A última vez que ele tinha sido ele próprio, sem qualquer névoa de dor ou medo, fora no Ninho da Águia. Porém, desde que saíra de lá, tinha entrado numa existência estranha, como num universo paralelo, como se o Sean de verdade ainda pudesse existir, mas em outro lugar.

Enquanto Isaiah estendia a mão para a maçaneta, Sean entrou em pânico e ergueu a voz.

— Você não pode me deixar aqui assim!

Isso fez Isaiah parar.

— Posso, sim. É isso que se faz com coisas quebradas que não têm mais utilidade.

Sua resposta deixou Sean sem fala por um momento, mas, naquele momento, Isaiah saiu do celeiro sem dizer mais nada, e os técnicos o acompanharam em silêncio, deixando Sean a sós.

Mesmo então, ele teve dificuldade para entender se aquilo estava acontecendo ou não, ou se tudo fazia parte de uma alucinação do Efeito de Sangria. Elas costumavam chegar em ondas e feixes, por isso ele fez um inventário de tudo ao redor: sua cadeira de rodas; o enorme fardo de arame enferrujado no canto; as baias para cavalos, uma delas vazia, uma contendo uma pequena pilha de trapos; o forcado pendurado em dois pregos na coluna de madeira mais próxima; a bicicleta antiquada com a roda da frente ridiculamente grande.

Tudo estava certo, como nos últimos dias.

Portanto, aquilo estava mesmo acontecendo. Isaiah tinha acabado de abandoná-lo, ainda pendurado no Animus, os braços estendidos como um pássaro. Mas não podia ser. Isaiah não faria isso. Sean tinha fé nele.

Os minutos passaram. Um bocado de minutos.

Ouviu o gemido de dois rotores de helicópteros acelerando lá fora, depois o matraquear das pás enquanto eles decolavam. Avistou um deles pelas fendas no teto do celeiro, e pouco depois deixou de escutá-los.

O silêncio se intensificou ao redor, e as sombras sumiram dos cantos do celeiro, como fumaça. Ele testou algumas vezes as amarras do Animus, mas sabia que seria impossível se soltar.

Depois de ficar ali quase uma hora, o maior tempo que passara no Animus sem poder se mexer, seus ombros e os cotovelos começaram a coçar. Depois começaram a doer. Depois de mais uma hora, já exigiam ser movidos, mas Sean não conseguia. Tentou, forçando contra as tiras e fivelas, mas nada trazia alívio. Tudo o que podia fazer para escapar à claustrofobia que esmagava seu corpo era mexer os dedos, e os mexia constantemente, fechando as mãos e bombeando-as como fazia para as enfermeiras que tiravam seu sangue no hospital.

O tempo passou.

Mais tempo.

Horas.

Fazia horas que fora deixado ali. E, enquanto o tempo passava, sua fé em Isaiah foi se esvaindo até ele entender que ninguém viria buscá-lo. Era como se o pior medo de Sean se realizasse. Ele tinha fracassado. Era inútil, afinal de contas.

Ficou ali, a cabeça latejando e o corpo gritando e tremendo, roubado de sua capacidade de fazer o que os corpos foram feitos para fazer. Jamais conhecera uma tortura daquelas e percebeu que precisava distrair a mente, caso contrário explodiria em chamas ou se enrolaria num nó do qual jamais conseguiria se livrar.

Tentou pensar em casa e nos pais. Imaginou o que sabiam — se é que sabiam alguma coisa — sobre onde ele estava, lembrando-se vagamente de ter falado com os dois pelo telefone, em mais de uma ocasião, com Isaiah sentado a seu lado.

Em seguida, tentou cantar. Depois tentou gritar e berrar músicas. Depois ouviu gritos, como se os sons estivessem girando em círculo. Decidiu recitar o alfabeto. Recitou o alfabeto de novo. E de novo. As letras assumiram significados que não tinham nada a ver com os sons, como se ele tecesse um feitiço, invocando uma névoa que se acomodou sobre olhos e mente, carregando-o para longe.

Draugr pretos e inchados se amontoavam a seus pés, ouvindo sua magia enquanto ele continuava pendurado na trave do gol. As arquibancadas estavam vazias, e um vento maligno varria o campo, esticando os metros até virarem quilômetros.

Mas, a distância, uma figura se aproximava, chegando mais e mais perto, parecendo não se abalar com o vento nem com os guerreiros mortos-vivos que sugariam seus ossos se pudessem. Abriu caminho por entre eles até ficar abaixo de Sean, e o garoto o reconheceu.

Era Styrbjörn.

— Estranha essa árvore em que está pendurado — disse seu ancestral. — Por que não desce?

— Não posso. Estou amarrado.

— Arrebente as amarras, então.

— São fortes demais.

— Mas você é forte, não é?

— Não tanto quanto você. Ninguém me chama de Sean, o Forte.

— Talvez devessem. Essa árvore não é nada se você ordenar que não seja. Arrebente as amarras! Ande, arrebente!

— Não consigo.

— Arrebente! Agora!

Sean fechou os olhos e fez força contra as correias. Cada músculo e tendão do pescoço, dos braços, das costas, dos ombros e do peito se esforçando à beira da ruptura.

— É isso! — encorajou Styrbjörn.

Sean rugiu, e Styrbjörn rugiu com ele, e o vento uivou até que Sean escutou um gemido alto e um estalo, e a trave do gol começou a se dobrar e curvar.

Styrbjörn assentiu em aprovação e, sem se despedir, voltou pelo campo, na direção de onde viera, e, então, o vento começou a rasgar pedaços dos *draugr*, arrancando membros, dentes e olhos, até todos terem sido levados embora e Sean rugisse sozinho. Puxou, puxou e puxou...

Algo o acertou.

Ou ele acertou algo. Quando abriu os olhos, estava caído ao pé do Animus, sob o anel de segurança. Estava livre. Partes da armadura continuavam presas a ele, mas a maior parte pendia acima, balançando, retorcida e quebrada. Não sabia exatamente o que havia acontecido nem como o fizera, mas estava livre.

Depois de soltar todas as partes do Animus ainda presas a ele, arrastou-se pelo piso do celeiro até a cadeira de rodas, na qual se sentou, e, então, seguiu para a porta do celeiro. Do lado de fora, viu a pedra enorme onde Styrbjörn se casara com Thyra e a grade de cordas em volta, no piso, que Isaiah ordenara que fosse feita para ajudar na escavação. Alguns agentes, técnicos e guardas ainda patrulhavam o local, e Sean atravessou o acampamento o mais rápida e silenciosamente que pôde, tentando passar despercebido.

Quando chegou ao estacionamento na borda do acampamento, sorriu. Isaiah fora embora nos helicópteros e não pegara nenhum dos veículos.

Ali estava Poindexter. Sean foi até o carro, e, quando se aproximou, a porta se abriu e a rampa desceu.

— Olá, Sean — cumprimentou Poindexter.

Sean subiu na rampa, depois manobrou a cadeira para a parte de trás do veículo.

— Olá, Poindexter.

A rampa se levantou de volta ao lugar, e a porta se fechou.

— Aonde você gostaria de ir? — perguntou Poindexter.

Sean não fazia ideia. Só sabia que precisava ir embora enquanto a cabeça continuava clara. Estava na Suécia, pelo menos sabia disso. Isaiah se dirigira a um lugar chamado Västerås para pegar a adaga, preocupado com a hipótese de Victoria alcançá-lo a qualquer momento. Aquilo provavelmente significava que um dos outros, Owen ou Javier, ou alguém, também devia ter tido um ancestral viking. Talvez Isaiah estivesse certo, e eles também estivessem na Suécia. E, se estavam, talvez fosse possível contatá-los.

— Poindexter — chamou Sean. — Você ainda está conectado com a Abstergo?

— Não — respondeu o veículo. — Os sistemas de comunicação estão desligados.

— Você pode ligá-los de novo?

— Posso — respondeu Poindexter. — Um momento...

Sean esperou, olhando periodicamente pelas janelas para garantir que ninguém o vira, esperando ser capaz de perceber algo antes que outra rajada do Efeito de Sangria o desorientasse.

— Sistemas de comunicação reativados — disse o veículo. — Há alguém que você gostaria de contatar?

— Pode ligar para a instalação do Ninho da Águia? Ou para Victoria Bibeau?

— Sim. Conectando com o Ninho da Águia...

Sean olhou para o pequeno monitor no console à frente, onde ícones simples mostravam uma linha pontilhada viajando entre um carro, um satélite e um telefone. Um instante depois, ouviu um sinal de ligação, e, alguns instantes após, a tela mudou para uma imagem de Victoria. Ele quase não conseguia acreditar. Ela estava ali, encarando-o pelo monitor. Era a primeira coisa real que ele parecia ver em semanas.

— Sean? — disse ela. — Como...?

— Victoria. Graças a Deus. Escute, eu escapei de Isaiah, mas não sei exatamente onde estou nem para onde tenho de ir. Preciso que você me diga o que fazer.

— Sean? — repetiu ela. — Eu... não consigo acreditar. Certo. Você está machucado? Está bem?

— Minha cabeça não está. Acho que passei tempo demais no Animus. Mas é algo intermitente.

— Certo, vamos cuidar disso. Você vai ficar bem. Eu... eu não acredito que você me ligou. Griffin está aí na Suécia com Owen, Grace e Natalya, mas perdi o contato com eles. Ninguém está atendendo ao telefone. Vejo que você está num veículo. Poderia chegar até o último local onde eles estiveram? Você não pode... você pode dirigir?

— Tenho um carro que se dirige sozinho. Só diga aonde quer que eu vá. Poindexter, escute.

Victoria leu algumas coordenadas, e o veículo as situou.

— Chegada estimada em 47 minutos e 13 segundos — informou Poindexter, engrenando.

Assim, Sean estava na estrada, deixando para trás o acampamento de Isaiah, dirigindo por uma floresta densa. A luz do sol relampejava repetidamente entre folhas e galhos, criando um estroboscópio, e Sean cobriu o rosto para afastá-la. No entanto, ao fazer aquilo, viu outra floresta, cheia de espinhos envenenados e touros disparando entre as árvores. E, quando abriu os olhos, os animais continuavam ali, correndo pela estrada à frente.

— Victoria? — disse ele. — Você ainda está aí?

— Estou. Não vou a lugar algum até trazer todos vocês de volta, em segurança.

— Você é psiquiatra, certo?

Ela fez uma pausa.

— Sou.

Sem aviso, Sean sentiu a voz falhar.

— Acho que preciso de ajuda.

27

Owen sentia que estava prestes a vomitar. Ainda assim, continuou, porque não havia mais nada a fazer, e ele não pretendia ficar parado. Natalya e Grace tinham ficado em silêncio, e ele achou que as duas podiam estar em choque. Queria acordá-las. Queria que elas lutassem, mesmo que não pudessem vencer.

— Sério? — perguntou ele, apesar de Isaiah estar armado a sua frente. — Você acabou de se comparar com um mito nórdico? Ei, Grace, o que acontece com aquele lobo no final?

Grace olhou para ele, mas não disse nada. Owen esperou, subitamente sentindo-se sozinho e exposto. Mas, então, ela pigarreou.

— Um dos filhos de Odin mata o bicho — respondeu a garota. — Rasga suas mandíbulas.

— Certo. — Owen assentiu ligeiramente para Grace. Depois se virou de volta para Isaiah. — Então, se você é mesmo o tal lobo, acho que precisa encarar isso.

Isaiah não reagiu, nem com raiva nem com diversão. Em vez disso, pôs a mão no ombro de Owen, num gesto paternal, e Owen se encolheu, afastando-a.

— Não toque em mim — disse ele, mesmo sabendo como aquilo soava ridículo quando Isaiah estava com a arma. Owen, porém, tinha a lâmina oculta. O único problema era que, assim que a usasse contra Isaiah, todos aqueles agentes abririam fogo, matando Grace, Natalya e ele.

— Você se lembra da simulação em que mostrei seu pai? — perguntou Isaiah.

Depois de ter acabado de perder Griffin, a pergunta sobre o pai foi como um soco emocional na barriga de Owen, e sua confiança vacilou.

Apesar do modo como estivera cantando vantagem, ele mal conseguia se manter de pé. Não conseguia lidar com Isaiah falando do pai. Não naquele momento.

— Sem dúvida, você deduziu que eu manipulei aquela memória, não foi? — perguntou Isaiah.

Owen se recusou a responder qualquer coisa. Não podia perder o controle.

— Gostaria de saber o que eu vi na memória de verdade? — Isaiah se curvou de novo e olhou nos olhos de Owen, mas, daquela vez, o garoto se recusou a olhar de volta. O que quer que Isaiah fosse dizer, ele não queria ver nem ouvir. Mas não podia impedir. — Não havia nenhum Assassino lá. Seu pai...

— Cale a boca! — disse Natalya, a primeira coisa que ela pronunciava desde a captura. — Cale a boca e o deixe em paz.

— Por que está pegando no pé dele assim? — acrescentou Grace. — Você já tem a arma. O que você ia dizer só faz que pareça patético.

Isaiah recuou alguns passos, batendo com o cano da pistola na coxa. Owen ficou feliz em ter Grace e Natalya de volta, mesmo se aquilo significasse o fim.

Isaiah, no entanto, não apontou a arma, como Owen esperava. Em vez disso, simplesmente andou na frente deles por alguns instantes, olhando pela estrada.

— Lá na Mongólia, eu vi tudo — disse ele, finalmente. — O que o Tridente mostrou a vocês, mostrou a mim também. — Ele girou para encará-los. — Antes de eu matar aquela Assassina com o dente, vi o que ela temia mais que qualquer coisa. Querem saber o que era?

— Não — respondeu Natalya, com um som gutural de fúria.

— Ela temia o próprio pai — disse Isaiah. — As coisas que ele fez com ela. Ela reviveu todas. Morreu com isso na mente...

Natalya fez um som engasgado, e Owen olhou para ela. Ela estava chorando baixinho.

— Cale a boca — insistiu Owen. — Só faça o que vai fazer.

Mas Isaiah o ignorou e foi para perto de Natalya, com as costas eretas, olhando para ela. Ela não devolveu o olhar.

— É — disse ele. — A morte dela é culpa sua, assim como aquele pesadelo em que seus avós são assassinados. Sempre haverá alguma coisa que você poderia ter feito de modo diferente.

Os ombros de Natalya sacudiram uma vez, duas, com seu choro.

— Não dê ouvidos a ele — pediu Owen. — Natalya, isso não é real.

Mas, ao mesmo tempo em que pronunciava as palavras, ele percebeu que era a coisa errada a dizer. A morte de Yanmei fora muito real.

Isaiah se virou para Grace e foi para perto dela.

— E você. Saiba do seguinte: não pode salvar seu irmão, não importa o quanto tente. Depois disso, vou ao Ninho da Águia encontrá-lo.

Grace saltou para ele, mas Isaiah a fez parar, levantando a pistola contra sua cabeça. Ela ergueu os braços e recuou, mas a expressão de fúria não abandonou seus olhos.

— Se você machucar meu irmão...

— Ah, quero ver como essa frase vai acabar. — Então Isaiah esperou.

Mas Grace não disse mais nada e Isaiah se virou para Owen, que sabia exatamente o que vinha em seguida. Tentou se preparar enquanto Isaiah chegava mais perto. Tentou dizer a si mesmo que não era real, que não era verdade.

— Quanto a você, Owen — disse Isaiah. — O que posso dizer que já não saiba? Você simplesmente não quer admitir. Mas seu pai fez tudo aquilo. Sozinho. A sangue-frio. — Ele se inclinou mais para perto. — Estou falando das memórias de seu pai sobre o que ele fez, claro. Ele ficou sentado olhando aquele segurança sangrar. Ficou surpreso com a rapidez com que tudo terminou.

Owen trincou os dentes com tanta força que achou que eles iriam se partir. Mas não ofereceu nenhuma outra reação a Isaiah. Nenhuma outra satisfação. Isaiah estava mentindo sobre seu pai. Seu pai era inocente.

Ele era inocente.

Ele era inocente.

Ele era inocente.

Mas ao mesmo tempo que dizia isso a si mesmo, pela milionésima vez, o mantra pareceu vazio. Percebeu que não sabia a quem tentava convencer. Percebeu que não sabia se ainda acreditava. Não tinha certeza se já havia acreditado, e pensou que, talvez, durante todo aquele tempo, estivesse com raiva das pessoas erradas e as culpasse pelos próprios erros.

Sua mãe não era fraca.

Ele é que era.

Seus avós não eram equivocados e teimosos.

Ele é que era o idiota que mentia para si mesmo, e agora não sabia o que fazer com a verdade.

Isaiah se afastou de novo, recuando para olhar os três, um pesquisador medindo crateras de impacto. Em seguida, levantou a pistola, e Owen soube que aquele era seu último momento. No entanto, Isaiah parou na metade do caminho, e Owen escutou o som de um veículo chegando.

Aquele som o despertou.

Olhou para a esquerda enquanto dois faróis altos surgiam numa curva da estrada, e, então, um grande SUV branco veio a toda velocidade em sua direção. Estendeu as duas mãos, agarrando o braço de Natalya com uma e o de Grace com a outra, e as puxou para trás de modo que o veículo passasse entre eles e Isaiah. Tinha pensado que, talvez, poderiam usar a distração para escapar pela floresta do outro lado da estrada.

Mas, em vez disso, o SUV parou cantando pneus e parou na frente do grupo. A porta lateral se abriu, e ali estava Sean.

— Entrem! — disse ele.

O queixo de Natalya caiu.

— Sean?

— Depressa! — insistiu o rapaz.

Owen pulou no banco do carona, e Grace e Natalya passaram por cima de Sean, na parte de trás. Então, Owen viu o banco do motorista vazio.

— Que diabo...?

Tiros espocaram, sacudindo o SUV com suas pancadas. Porém, aparentemente, o carro era à prova de balas.

— Poindexter — disse Sean. — Vamos embora. Depressa.

— Sim, Sean — respondeu uma voz computadorizada. O SUV acelerou e partiu pela estrada, empurrando Owen mais fundo no banco enquanto a floresta virava um borrão de preto e cinza na escuridão.

— Um carro que se dirige sozinho — disse Grace, sentando-se ao lado de Sean.

— É — concordou ele. Depois levantou a voz ligeiramente e disse: — Victoria? Ainda está aí?

— Estou — respondeu Victoria, a voz despontando dos alto-falantes do carro.

— Estou com eles — explicou Sean.

— Ah, graças a Deus. Todo mundo está bem? Posso falar com Griffin?

Sean olhou em volta, como se apenas naquele momento tivesse percebido que Griffin não estava ali. Olhou para Grace.

Ela levantou a voz um pouco:

— Victoria, Griffin morreu.

A linha ficou silenciosa.

— Como?

— Os agentes de Isaiah — respondeu Owen. Em seguida olhou para o pulso. — Atiraram nele.

Dizer aquilo em voz alta tornava a coisa real, de um modo que não havia sido apenas alguns minutos atrás. O carro que os levava para longe de Isaiah também os levava para longe do corpo de Griffin, que estava na floresta perto do riacho, onde ficaria.

Owen aprendera um bocado com Griffin. Eles tinham discordado sobre várias coisas, mas ele respeitava Griffin e até o admirava. O Assassino colocara a vida em risco para salvar a de Owen várias vezes, e abrira mão da coisa mais importante da própria vida — a Irmandade — para impedir Isaiah.

— Sinto muito — lamentou Victoria. — Como vocês estão? Alguém se feriu?

— Estamos bem — respondeu Grace. — Só... abalados.

— Imagino.

— Isaiah está com o terceiro dente — disse Natalya do distante banco de trás.

A linha ficou silenciosa de novo.

— Eu fretei um jato — explicou Victoria. — Vocês devem ir para lá agora, e ele vai trazê-los de volta. Precisamos desligar; mantenham o carro desconectado. Caso contrário, Isaiah poderá rastreá-los. Portanto, fiquem juntos, fiquem em segurança, e eu os verei em breve. Está bem?

— OK — respondeu Grace.

— Mais uma coisa — acrescentou Owen. — Eu... ah, eu disse a Isaiah que Monroe tinha deduzido o Evento de Ascendência. Falei que isso poderia impedir o Tridente. Acho que Isaiah pode atacar o Ninho da Águia. Sinto muito.

— Então temos trabalho a fazer. Vejo vocês em breve. Não esqueçam de se desconectar. Adeus. — A ligação terminou.

— Poindexter — disse Sean.

— Sim, Sean.

— Desconecte os sistemas de comunicação.

O carro reagiu à ordem; então, Natalya se inclinou no banco de trás.

— Certo — disse ela. — Agora pode contar o que aconteceu com você e o que está fazendo neste carro.

Owen girou no banco para ouvir.

— Bem — começou Sean, coçando a testa. — O negócio é que não sei de verdade. Quero dizer, eu sei, mas não sei se posso confiar no que acho que sei, saca...? — Ele parou e balançou a cabeça. — Tudo bem, isso pareceu confuso.

Sean se comportava de modo diferente de como fora no Ninho da Águia. Estava agitado e parecia desorientado.

— Passei tempo demais no Animus. Isaiah me obrigou a fazer a mesma coisa de novo e de novo. Os Efeitos de Sangria estão bem fortes.

— Ele parou, assentindo. — Bem ruins. E Isaiah usou o Tridente comigo, o que... fez com que eu me sentisse como se não fosse eu.

— Ah, Sean. — Natalya se inclinou para a frente e pôs a mão no ombro do garoto.

Owen tentou se imaginar passando por uma coisa assim, mas não conseguiu.

— Como você escapou?

— Isaiah me deixou no Animus e foi procurar o terceiro dente. Não sei como... consegui quebrar a máquina e me libertar. Então, entrei no Poindexter e liguei para Victoria. Depois disso, ela basicamente cuidou de tudo.

— Bem, agora você está em segurança — disse Grace. — Você voltou.

— Estou voltando. Mas ainda não me sinto bem. Victoria diz que isso vai demorar, mas que pode me ajudar.

Natayla apertou o ombro do garoto outra vez, e Sean sorriu. Então, o veículo ficou silencioso, e, à medida que a surpresa e a empolgação se acomodavam, ecos de tudo que Isaiah tinha dito voltaram. Owen se sentia tão vulnerável em relação a eles quanto antes. Era possível que Isaiah tivesse mentido de novo. Na verdade, aquilo era provável. Mas agora havia uma dúvida que antes não estivera em sua mente, ou que, pelo menos, jamais fora abertamente reconhecida, nem por ele mesmo. Porém, agora que sabia que ela estava ali, não podia ignorá-la. Mais que qualquer coisa, queria voltar ao Ninho da Águia. Era hora de Monroe deixar que ele descobrisse a verdade, qualquer que fosse.

Pouco depois, o carro parou num aeroporto particular. Owen examinou o ambiente ao redor e não viu nenhum sinal de Isaiah ou de qualquer agente da Abstergo. Em vez disso, três aviões esperavam na pista, dois pequenos, a hélice, e um jato maior. A piloto, uma mulher de meia-idade com cabelo louro dourado, esperava-os com dois comissários de bordo ao pé de uma escada móvel.

— Sou só eu — perguntou Grace — ou vocês também suspeitam de todo mundo agora?

— Não é só você — respondeu Owen.

Um dos comissários usava uma camisa vermelha e justa com gravata preta, e a mulher a seu lado vestia uma saia azul-marinho com blusa branca. Qualquer um deles, ou mesmo a piloto, podia estar a serviço de Isaiah. Era possível, e bastava aquilo para deixar Owen preocupado.

O carro chegou perto do jato, e, depois de parar para eles saltarem, a porta lateral se abriu e uma rampa baixou.

— Adeus, Sean — despediu-se o carro.

— A... adeus, Poindexter — respondeu Sean, e desceu depressa pela rampa na direção do avião.

A piloto e os comissários de bordo os cumprimentaram, depois ajudaram todos a embarcar. A cabine parecia quase exatamente como a dos jatos particulares que Owen vira em filmes. Poltronas macias com bastante espaço ocupavam os dois lados, com um amplo corredor no meio. Owen se perguntou quanto aquele voo custaria à Abstergo, mas decidiu que não queria saber. Só agradecia por Victoria ter conseguido. Todos se acomodaram em seus assentos, e o comissário de bordo empurrou a cadeira de Sean para guardá-la na parte de trás do avião.

A tripulação trouxe mudas de roupa de fabricação da Abstergo, e, pouco depois, o avião decolou. Logo, Sean estava dormindo. Owen demorou mais para conseguir. Sua mente ficava saltando entre o pai e Griffin. Porém, com o tempo, ficou sonolento e se permitiu fechar os olhos.

Victoria estava à espera no aeroporto, e Owen ficou feliz em vê-la. Grace e Natalya pareciam sentir o mesmo, e Victoria até deu um rápido abraço em Sean. Owen supôs que o garoto lhe despertava uma culpa diferente da que sentia pelos outros.

Na base da escada, todos entraram num veículo do aeroporto, que os levou pela pista, e logo chegaram a um heliponto, onde um grande helicóptero os aguardava. Ali estava outra experiência nova para Owen que, considerando o barulho e o espaço mais apertado, preferia de longe o jato particular. Não que jamais na vida precisasse fazer essa escolha.

O helicóptero os levou na direção das montanhas e em seguida as sobrevoou. Enquanto se aproximavam do local de pouso, Owen viu o complexo do Ninho da Águia de cima. Ele se estendia desordenadamente sobre o pico, mas não de modo agressivo. Em vez disso, parecia ter se insinuado sutilmente na floresta ao redor, com os corredores de vidro serpenteando entre as árvores, boa parte da estrutura nas sombras das copas. Depois de pousar, passaram pelo vento forte provocado pelas pás do helicóptero e entraram no átrio principal do Ninho da Águia.

Owen ficou surpreso ao ver como era bom estar de volta, e, a seu lado, Sean sorria conforme atravessava o espaço aberto em sua cadeira de rodas. Foram para a sala comunitária, e logo Monroe, Javier e David se juntaram a eles, mas a ausência de Griffin mantinha a sala num clima sombrio.

Javier e David haviam terminado a simulação do inconsciente coletivo, e, até onde Monroe sabia, era basicamente a mesma que Owen, Grace e Natalya tinham experimentado. A mesma cápsula de tempo genética. Ainda assim, Owen não entendia como aquilo iria ajudá-los ou protegê-los do Tridente ou de qualquer outra coisa.

— Isso não nos protegeu na Suécia — disse Owen.

— Isaiah usou os pedaços do Trindente contra vocês? — perguntou Victoria.

Owen balançou a cabeça.

— Diretamente, não. Mas usou os medos que todos nós experimentamos na Mongólia. Até sabia quais eram. Não me pareceu que havia nenhuma proteção. Nenhum escudo.

Monroe se virou para Grace e Natalya.

— E vocês duas?

— A mesma coisa — respondeu Natalya.

— Praticamente — disse Grace.

Monroe franziu a testa e esfregou a palma da mão contra a barba crescida no queixo.

— Deixe-me colocar Sean na simulação, então poderemos pensar em alguma coisa.

— Acho que não posso recomendar isso — avisou Victoria. — Sean passou por uma quantidade enorme de trauma psíquico.

— Então, acho mais importante ainda deixarmos a decisão com Sean — contrapôs Monroe.

Sean olhou para um e para o outro.

— Se é uma coisa que todos os outros fizeram, eu faço. Já estou me sentindo melhor.

— Muito bem. Acho que é importante que passem por isso. Todos vocês. Parece que é assim que a coisa foi projetada.

— Vigie-o com atenção — recomendou Victoria.

Monroe levantou o polegar para ela; então, saiu com Sean da sala comunitária.

— Quanto ao resto — continuou Victoria —, vocês têm uma decisão a tomar. É muito provável que Isaiah esteja vindo para cá. O Evento de Ascendência sempre foi sua obsessão, e agora sabemos o porquê. Isaiah virá atrás do trabalho de Monroe porque sabe que é uma ameaça. A escolha que vocês precisam fazer é se querem estar aqui quando ele chegar. — Ela pousou seu tablet na mesa e cruzou as mãos perto dele. — A morte de Griffin é um lembrete do que estamos enfrentando. Já falei isso, mas vou repetir uma última vez. Se algum de vocês quiser partir, pode ir. Não vou forçar ninguém a ficar.

Owen só precisou pensar por um instante.

— Acho que sabemos o que nos espera — disse o garoto. — Isaiah deixou bem claro na Suécia, quando nos apontou uma arma e disse que ia comer o sol e a lua. Agora que ele tem o Tridente completo, pode se chamar de lobo Fenris ou do que quiser, porque será impossível pará--lo. Não sei de que adiantaria irmos a qualquer outro lugar. Por isso, vou ficar e enfrentá-lo.

— Eu também — concordou Natalya.

Grace e David se entreolharam e pareciam passar pelo mesmo cabo de guerra sem palavras que disputavam desde que Owen os conhecera. David queria ficar e lutar, e Grace queria proteger o irmão menor. David se recusou a ir embora, por isso Grace decidiu que precisava ficar, e foi assim.

— Parece que estamos todos dentro — disse Javier. — Isso é por Griffin.

Owen se virou para seu melhor amigo. Não sabia se essa era a hora certa, mas também não sabia se jamais haveria uma hora certa com Isaiah a caminho. Puxou a manga do agasalho e soltou as tiras da lâmina oculta.

— Isso é o que acho que é? — perguntou Javier.

Owen confirmou com a cabeça.

— Ele queria que você ficasse com ela. Mandou dizer que você fez por merecer.

— Verdade?

Owen deslizou a lâmina de cima do braço e a entregou a Javier.

— Foi o que ele falou.

Javier pegou a lâmina e a olhou com intensidade, rugas profundas na testa.

— Mas eu não fiz por merecer. Não sou um Assassino.

— Só estou contando o que ele disse, dando o que ele queria que ficasse com você. Acho que você vai ter de decidir o que fazer com isso.

Javier assentiu e pôs a lâmina na mesa.

Victoria levantou uma sobrancelha.

— Vou fingir que não vi. Em vez disso, precisamos bolar um plano.

28

— Isaiah usará todas as suas armas — avisou Victoria. — Não só o Tridente. Ele vai trazer cada agente Templário que conseguiu controlar, porque vai presumir que o Ninho da Águia está bem protegido.

— Quando, na verdade, nós estamos sozinhos — observou David.

Victoria suspirou.

— É, exatamente.

— Então, como vamos fazer? — perguntou Natalya. — Não temos chance de verdade, temos?

— As probabilidades não estão a nosso favor — respondeu Victoria.

— Então, vamos igualar as chances — decidiu Javier. — Vai ser como a batalha na simulação dos vikings.

— Certo. — David tinha começado a assentir. — Só precisamos atrasá-los e derrubar o maior número deles que pudermos. Como Östen e Thorvald.

— Como? — perguntou Grace.

Javier se virou para Victoria.

— Já sabemos que o Ninho da Águia tem algumas defesas. Invadimos esse lugar uma vez. A questão é: como acham que Isaiah vai atacar?

— De helicóptero — respondeu ela.

— Então, a primeira coisa que precisamos fazer é garantir que os helicópteros não pousem.

— Algumas forças de Isaiah vão subir a montanha de carro — argumentou Victoria.

— Aí fechamos as estradas — disse David. — Faremos com que subam a montanha a pé.

— E vamos colocar armadilhas na floresta — propôs Javier. — Vamos impedir que o maior número possível deles chegue ao topo.

Victoria assentiu, com um esgar.

— Imagino que isso tenha funcionado para seus ancestrais.

— Então, temos um monte de trabalho a fazer — disse Javier.

A primeira coisa que fizeram foi abrir o depósito do Ninho da Águia e arrastar para o heliponto cada caixa e caixote pesados que puderam encontrar. Depois, eles os empilharam a intervalos aleatórios, cobrindo a superfície com entulho suficiente para tornar impossível o pouso de qualquer helicóptero. As árvores que cobriam o resto da montanha não deixavam nenhuma abertura com tamanho suficiente, o que significava que, se os helicópteros quisessem pousar, teriam de fazer isso longe das instalações.

Em seguida, dirigiram até a base da montanha com Monroe, que usou uma motosserra do depósito de ferramentas do Ninho da Águia para cortar várias árvores grandes, derrubando-as na estrada. Enquanto o motor ensurdecedor da serra berrava e lascas perfumadas de madeira voavam, Owen receou que não ouvissem a chegada de algum helicóptero. Em pouco tempo, porém, tinham derrubado três árvores modestas, mas o bastante para impedir que qualquer veículo, a não ser talvez um tanque, chegasse ao Ninho da Águia pela estrada.

Com isso, restavam as armadilhas que eles planejavam colocar na floresta.

O Ninho da Águia ainda tinha o seu sistema de sentinelas, embora Griffin o tivesse superado com tanta facilidade que, para Owen, aquilo não retardaria muito Isaiah e sua equipe. Javier, porém, teve outra ideia, algo que ele havia trazido da experiência nas memórias do ancestral viking.

O Ninho da Águia tinha um suprimento de material para controle de pragas, inclusive bombas de cianeto M-44. Quando Owen viu uma, percebeu que não era bem uma bomba, mas uma cabeça de aspersor. A Abstergo usava-as para diminuir o número de animais predadores, como coiotes e raposas, nos arredores das instalações. Isaiah provavelmente tinha deixado as M-44 para trás porque não considerava que fossem uma arma útil. Mas o cianeto podia ser muito eficaz para retardar ou mesmo incapacitar qualquer agente que tentasse subir a montanha. Assim, a última coisa necessária nos preparativos para a chegada de Isaiah era colocar as M-44 em intervalos periódicos na floresta e esperar que a nuvem de gás tóxico envenenasse qualquer invasor.

Depois disso, só podiam aguardar.

Sean terminou sua passagem pelo inconsciente coletivo, o que, na verdade, pareceu até ajudá-lo a se recuperar um pouco dos abusos infligidos por Isaiah. Mas Owen presumiu que iria demorar um bocado até que ele, de fato, voltasse ao normal.

Com os preparativos completos, todos se reuniram na sala comunitária para discutir estratégias adicionais. Monroe ficou de pé junto à cabeceira da mesa.

— Quando os helicópteros não puderem pousar — disse ele —, há uma boa chance de que os agentes desçam por rapel. São com esses que precisamos nos preocupar primeiro. As estradas bloqueadas e as armadilhas vão manter as tropas terrestres ocupadas.

— E o que vamos fazer com os que caírem em cima de nós feito aranhas? — perguntou Natalya.

— Vamos lutar — respondeu Owen.

— Griffin tinha algumas armas em seu equipamento — disse Javier. — Algumas granadas. Geradores de pulso eletromagnético e algumas bombas de sono. Se os usarmos com eficácia, podemos causar algum dano.

— Precisamos escolher uma localização central como nossa fortaleza — disse Victoria. — Eu recomendaria a garagem subterrânea. Há uma quantidade limitada de entradas e nenhuma janela. Como estamos em menor número, acho que precisamos afunilar os inimigos.

— É — concordou Monroe. — Todo mundo pegue o que precisar; vamos pôr lá embaixo.

Owen não tinha grande coisa, mas, depois de procurar no Ninho da Águia, principalmente entre as ferramentas, encontrou alguns objetos que poderia usar como armas de modo mais eficaz do que as pás o fizeram na Suécia. Depois colocou tudo na garagem, com o restante das coisas que tinham encontrado, e passaram a fazer uma barricada nas portas.

A última coisa que Monroe trouxe para baixo foi o núcleo do Animus contendo todos os dados do Evento de Ascendência. Era isso que Isaiah desejava, e ele precisaria lutar se quisesse pegá-lo. Depois, todos se juntaram de novo na sala comunitária para esperar, e, dessa vez, ninguém falou. Todos ficaram atentos ao som de helicópteros.

Tinham feito tudo o que podiam. Owen duvidava de que fosse suficiente. Mesmo assim, estava pronto para enfrentar o inimigo, ainda sem saber como o pacote secreto de Minerva iria ajudá-los.

Esperaram.

E esperaram.

E, com o tempo, ouviram exatamente o que tinham esperado ouvir: o matraquear distante de helicópteros. Isaiah viera atrás deles.

— Às posições — instruiu Monroe.

Sem falar, todos se levantaram da mesa e marcharam para fora da sala comunitária, saindo no átrio principal. Alguns minutos depois, helicópteros circularam no alto, tendo aparentemente percebido o heliponto atulhado.

— Preparem-se — disse Victoria.

Owen pegou a única granada de pulso magnético que tinha, depois se lembrou da primeira vez que havia encontrado um helicóptero da Abstergo, fora da casa de Ulysses Grant, no monte McGregor.

Fitou a aeronave acima, examinou o instrumento em sua mão e se virou para Javier.

— Vou para o teto — avisou o garoto.

Javier o encarou por um momento e assentiu, percebendo o que o amigo pretendia fazer.

— Vamos lá.

Partiram correndo, e Monroe gritou atrás deles, mas os dois o ignoraram. Passaram direto pelos elevadores e foram para a escada, subindo de três em três ou quatro em quatro degraus, passando por cada andar do Ninho da Águia até chegarem à sacada mais alta.

Pararam junto à porta antes de sair. No momento que aparecessem, poderiam tornar-se alvos de tiros.

— Está preparado? — perguntou Javier.

Owen armou a granada.

— Faça a contagem.

— Em três, dois, um...

Javier empurrou a porta com o ombro, e Owen passou rolando numa cambalhota. Quando se levantou, descobriu o helicóptero mais próximo, esperando que fosse o que carregava Isaiah, e jogou a granada de pulso magnético naquela direção.

No segundo em que ela saiu de sua mão, Owen escutou os primeiros disparos e mergulhou de volta para dentro, com Javier, enquanto as balas batiam na sacada de cimento soltando fagulhas, lascas e pó.

— Acertou? — perguntou Javier.

Owen não sabia, mas se virou para olhar e viu as pás do helicóptero ficando mais lentas.

— Acertei — respondeu.

O pulso eletromagnético desligara os sistemas elétricos do helicóptero, que estava caindo num giro descontrolado, forçando o outro a se desviar.

— Boa! — exclamou Javier.

A aeronave inutilizada passou acima, com a cauda perigosamente perto das janelas do Ninho da Águia, e ocorreu a Owen que ela poderia se chocar contra o prédio, algo que ele não tinha considerado.

— É melhor a gente voltar para perto dos outros.

Assim, desceram correndo de volta, voando pelos degraus muito mais depressa do que tinham subido, e encontraram Monroe ainda furioso. Mas os outros também notaram o helicóptero e o olharam através do teto de vidro do átrio, chegando mais e mais perto, até ficar claro como ele finalmente perderia o cabo de guerra contra o chão.

— Corram! — gritou Victoria.

Todos correram na direção dela e da garagem, onde tinham planejado se esconder, justo quando o teto acima explodiu numa chuva de vidro e o prédio gemeu com as ferragens retorcidas. Então, um helicóptero inteiro mergulhou no átrio, de focinho para baixo, as pás rasgando o prédio à medida que ele caía.

Os outros conseguiram sair do caminho antes que o helicóptero batesse no piso do átrio, mas estavam do lado oposto em relação a Owen e Javier.

As pás do helicóptero se chocaram contra o chão, provocando uma explosão de ladrilhos e contrapiso, e um pedaço enorme de uma pá se partiu e saiu voando, cortando o ar acima da cabeça de Owen. Ele e Javier mergulharam, depois mergulharam de novo para sair do caminho enquanto o corpo do helicóptero se chocava contra o chão e rolava através das paredes de vidro da sala de reuniões e do saguão, alojando-se na porta da frente.

— Vá! — gritou Javier.

Ele empurrou Owen, e os dois correram para se juntar aos outros, justo quando as primeiras cordas, lançadas pelo helicóptero que restava, se desenrolavam pelo teto agora aberto. Um instante depois, agentes desciam pela abertura, as armas já disparando.

Owen e Javier alcançaram o resto do pessoal enquanto saíam correndo do átrio, disparando pelos corredores até chegar ao túnel de vidro que iria levá-los por parte do caminho pela encosta da montanha até a entrada da garagem.

— Aquilo foi incrivelmente idiota! — gritou Monroe.

— Mas eu derrubei um helicóptero! — retrucou Owen.

— Você derrubou a maior parte do prédio! E quase levou a gente junto!

Dentro do túnel, Owen teve uma visão melhor da floresta e, através do vidro, podia ouvir gritos e tiros ao longe, disparados pelas sentinelas do Ninho da Águia. Não sabia se as M-44 estavam fazendo o serviço, mas não sairia naquela confusão para descobrir.

Alguns instantes depois, chegaram à garagem e ocuparam as posições, guardando as portas em grupos com as poucas armas que tinham. Owen trazia mais uma granada de pulso eletromagnético, e Javier, uma de sono. Os outros contavam com as próprias armas, também tiradas do equipamento de Griffin.

— Preparem-se! — gritou Victoria.

Owen ouviu o som distante do que devia ser o primeiro helicóptero explodindo. A qualquer momento, os primeiros agentes iriam encontrá-los. Seu corpo ficara entorpecido com a adrenalina, mas ele continuava alerta e preparado.

— Se eles chegarem até sua porta, você sabe o que fazer — disse Monroe, com Sean na cadeira de rodas ali perto e Natalya ao lado.

Vários instantes depois, ele ouviu o som de passos se aproximando e vozes falando em rádios. Ele e Javier se prepararam, e, quando o inimigo surgiu, usando o equipamento paramilitar da Abstergo, os dois atacaram. Owen jogou a última granada de pulso eletromagnético, desligando os sistemas de comunicação e aprimoramento visual em seus capacetes.

Então, ele e Javier se lançaram no combate corpo a corpo. Owen recorreu a cada experiência, cada Efeito de Sangria com que podia contar, e partiu para os inimigos com os punhos, os pés e uma barra de ferro que tinha encontrado no meio das ferramentas, derrubando o maior número possível de inimigos antes de recuar para a garagem.

Do outro lado do espaço grande e aberto, Monroe e Natalya tinham partido contra um grupo de agentes, e Owen queria ajudá-los, mas aquilo deixaria sua porta desguarnecida. Alguns segundos depois, ficou feliz por não ter cedido à tentação, porque outra onda de Templários surgiu contra ele e Javier.

Sem uma granada de pulso eletromagnético, a única coisa que tinham era a granada de sono de Javier, que ele jogou no corredor. Mas os efeitos não eram suficientemente rápidos, e alguns agentes conseguiram passar. Owen sabia que eles não conseguiriam se segurar pelo tempo necessário.

Outro grupo de agentes atravessou a porta que Victoria, David e Grace estavam vigiando, e agora Owen partiu em seu auxílio, usando cada movimento, cada finta, para tentar desarmar os agentes.

— Recuem para perto de mim! — gritou Monroe.

A batalha se transformara numa derrota mais rápido que Owen havia esperado. Primeiro ele e Javier se juntaram a Victoria, David e Grace. Victoria se sustentava bem contra os ex-aliados, e David e Grace tinham obviamente adquirido Efeitos de Sangria a partir das simulações.

Mas era inútil.

Mesmo se derrotassem todos, pelo jeito Isaiah nem tinha aparecido ainda.

E, com aquele pensamento, como se tivesse sido invocado, Isaiah entrou na sala com o Tridente completo.

— Acabem com eles! — gritou ele.

— Não! — berrou Sean, suficientemente alto para Isaiah escutar. — Eu quero você! Eu desafio você, Isaiah!

— Alto! — bradou Isaiah, e, em segundos, seus agentes cessaram toda a agressão e os ataques. — Depois de todos os seus fracassos, você ainda me desafia, Sean?

— Sim, desafio! — respondeu Sean, avançando na cadeira de rodas.

— Você ainda acha que é Styrbjörn?

— Não. Mas não preciso ser Styrbjörn para impedi-lo. E sei que é disso que você tem medo. É por isso que está aqui.

Isaiah fez cara de desprezo. Ele usava um macacão blindado, branco e justo, e o Tridente do Éden tinha todos os dentes numa formação maligna no topo de uma longa haste de metal. Agora, Owen via o objeto não somente como fonte de poder, mas como uma arma capaz de infligir ferimentos e morte.

— A renovação da Terra começa agora — disse Isaiah. — Começa com a morte de vocês. Vocês mesmos a provocaram.

— Na verdade — contrapôs Owen, dando um passo na direção dele e ficando ao lado de Sean. — Ela começa com...

Isaiah bateu com a base do Tridente no chão, como se estivesse plantando-o ali. O chão de concreto abaixo se rachou e o metal cantou, o som preenchendo a garagem.

E, então... *medo.*

Owen fechou os olhos, segurando a cabeça contra a tempestade. Já estivera ali antes. Já vira aquilo. As piores coisas ditas sobre seu pai se tornavam verdadeiras. Sabia que agora os outros experimentavam suas versões daquele inferno. Para Owen, no entanto, aquilo se transformara em outra coisa desde a última vez que experimentara tal emoção. Monroe sempre havia questionado se ele estava pronto para ver as memórias do pai, e Owen nunca entendera o que ele quisera dizer.

Agora entendia.

Antes, Owen jamais havia considerado a possibilidade de que as memórias do pai revelassem algo que não fosse sua inocência. Mas Monroe questionava o que aconteceria se aquelas memórias mostrassem algo diferente. Algo que Owen não estava preparado para ver. Para apaziguar Monroe, Owen precisaria aceitar que seu maior temor fosse confirmado. Precisava aceitar que seu pai poderia ser um criminoso. Precisava aceitar que seus avós estivessem certos.

Precisava *aceitar.*

Aquele era o verdadeiro oposto do medo. Não era a coragem, tampouco a bravura. Ele podia ser corajoso e ter medo ao mesmo tempo, mas, se parasse de lutar contra o medo e o aceitasse, o medo perdia o poder. Assim como Natalya tinha aceitado que a Serpente iria comê-la.

Seria isso que Minerva lhes dera? Não uma imunidade, mas um modo de enfrentar os efeitos do Tridente?

Owen olhou diretamente para a visão que o Pedaço do Éden mostrava.

E aceitou que aquilo poderia ser verdade.

Aceitou que não sabia o que o pai fizera, e talvez nunca soubesse, talvez nem precisasse saber. Poderia superar e viver a vida.

Com aquilo, a visão fugiu, levando embora o medo, e Owen abriu os olhos.

Os outros cambaleavam sob o peso de suas visões, e Owen gritou para eles:

— Vocês precisam aceitar o medo! Lembrem-se da Serpente e entrem em sua boca!

Um a um, seus amigos abriram os olhos enquanto escapavam dos terrores, mantendo-se mais eretos, piscando para afastar lágrimas, finalmente entendendo o escudo que a antiga Minerva lhes dera.

— Ouçam! — exclamou Javier. — Vamos atacá-lo ao mesmo tempo. Usem tudo o que têm. Cada Efeito de Sangria e cada habilidade.

— Não! — gritou Isaiah; então, bateu no chão de novo.

Daquela vez, Owen sentiu a mente bombardeada por uma onda de espanto reverente após outra, emanando de Isaiah.

— Eu lhes ofereço um mundo melhor! — disse Isaiah. — Não entendem? Não veem? A Terra está fraca e doente, foi mantida viva por tempo demais. Ela deve morrer para renascer. Eu lhes ofereço isso. A nova Terra será sua herança caso vocês se juntem a mim!

Isaiah ardia radiante, atraindo Owen, e o garoto queria servir àquela luz. Só queria estar perto dela, sentir seu calor. Mas obrigou-se a fechar os olhos e apagar aquele brilho. Voltou à parada seguinte no Caminho, ao Andarilho que tinham encontrado e ao Cão que viajara com ele numa completa devoção. E, quando precisara encontrar um novo companheiro para aquela devoção, não escolhera o homem rico em sua torre nem o pastor com seus rebanhos. Escolhera outra Andarilha, alguém que buscava a verdade.

Isaiah não merecia devoção porque sua luz era uma mentira.

Owen abriu os olhos, e a claridade em volta de Isaiah se manchou e esfriou. Então, Owen deu outro passo na direção dele. Os outros fizeram o mesmo, encontrando as próprias respostas no presente de Minerva.

Agora o rosto de Isaiah mostrava sua fúria, e ele bateu com o Tridente no chão pela terceira vez. A inundação fria que jorrou sobre a mente de Owen era uma maré de desespero, empurrando-o para um abismo que o chamava ao esquecimento.

Por cima daquele chamado de sereia, ouviu Isaiah dizendo:

— Nenhum de vocês pode ver o que eu vejo. Nenhum de vocês entende o que eu entendo. Mas posso levá-los para longe desta Terra caída. Posso carregá-los para um mundo de esperança e renascimento.

Owen sentiu o abismo puxando sua mente, e ali estava ele, de volta à montanha, com o vento gadanhando seu rosto, o Cume impossivelmente distante. Num caminho, Isaiah oferecia uma corda na qual se segurar. A promessa de segurança. Mas, no outro, Owen contaria consigo mesmo. Sem corda. Só com sua força. Suas mãos. Sua vontade.

Deu as costas para o abismo e para a corda oferecida por Isaiah. Em vez disso, colocaria a esperança e a fé em si mesmo.

Com isso, a torrente de desespero se esvaiu, e, quando abriu os olhos pela terceira vez, Owen estava a apenas alguns metros de Isaiah. Os outros também quase tinham chegado até ele enquanto subiam suas próprias montanhas, mas Owen decidiu não esperar.

Atacou, deixando seus ancestrais Assassinos surgirem através dele. Varius e Zhi, dois guerreiros diferentes de épocas diferentes e partes diferentes do mundo. Ambos trabalhando na escuridão para servir à luz. Mas Isaiah estava preparado, e, ainda que o Tridente não tivesse mais poder sobre a mente de Owen, seus gumes mortais agora lhe buscavam a carne.

Isaiah saltou para longe, girando o Tridente em volta do corpo, tornando difícil a aproximação de Owen. Porém, aos poucos, os outros se juntaram a ele. Javier, David, Natalya e Grace.

A fúria que Owen vira no rosto de Isaiah virou medo, e isso fez o garoto gargalhar. Agora Isaiah finalmente entendia o Evento de Ascendência.

Isaiah girou o Tridente e saltou para Owen, mas os outros se juntaram à batalha e o defenderam, sem armas, lutando com as mãos. Isaiah se mostrou um lutador mais formidável do que Owen esperaria. Ele girava, saltava, dava estocadas e brandia os dentes da arma, mas Owen e os outros se contrapunham a cada golpe, e ele começou a vacilar.

Monroe e Victoria estavam parados, esperando e assistindo, assim como os agentes de Isaiah, como se entendessem que o desafio precisava chegar ao final.

Mas o fim estava próximo; a batalha, quase terminada. Owen e os outros pressionavam Isaiah, dando socos e chutes, até que finalmente começaram a acertar. Isaiah grunhia, encolhia-se e cambaleava enquanto eles atacavam sucessivamente, até, enfim, o desarmarem e jogarem o Tridente de lado.

Isaiah viu o Tridente abandoná-lo, e, quando estendeu a mão para ele, Javier estava ali, com a lâmina oculta de Griffin.

Um golpe, e tudo acabou.

Isaiah tombou no chão, e ninguém se mexeu nem disse uma palavra durante um longo tempo. Todos ficaram parados junto ao corpo, ofegando.

Aos poucos, o domínio que ele tinha sobre os agentes Templários pareceu se esvair, e todos ficaram se entreolhando, confusos. Victoria ordenou que todos saíssem da garagem, enquanto ainda estavam atordoados e desequilibrados, e, em seguida, correu para o Tridente.

Mas Natalya chegou mais rápido.

Pegou a arma e a segurou com força e determinação.

— Natalya — disse Victoria. — Por favor. Me dê o Tridente.

— Não. — A voz de Natalya saiu calma e forte.

— Natalya — insistiu Victoria. — Não vou pedir de novo. Me dê o...

— Você sabe tanto quanto eu que não pode tirar o Tridente dela — disse Monroe. — Se bem que seria interessante vê-la tentar.

Victoria levantou a voz.

— Você não tem nada que se intrometer, Monroe. Você abandonou a Ordem. Abandonou tudo. Mas eu, não. Ainda estou comprometida em tornar este mundo o que deve ser.

— Como Isaiah? — perguntou Natalya. — Onde isso acaba, Victoria? — Ela olhou para a arma em sua mão, depois para Owen. — Minerva queria que a gente fizesse outra coisa. Uma coisa que só nós seis podemos fazer. — Ela estendeu o Tridente, e todos se juntaram para segurá-lo.

Ao tocá-lo, Owen sentiu uma onda empolgante de poder que atravessou os músculos de seus braços e chegou ao coração, que passou a bater acelerado. No entanto, aquele poder parecia invocar outra coisa de seu âmago. Sentiu uma presença subindo pela mente, como se estivesse no Animus, uma consciência tão incognoscível e vasta que ele não conseguia encontrar seus limites ou sequer entendê-la.

Então, escutou a voz de Minerva bradando:

CHEGOU A HORA. VOCÊS TODOS ME TROUXERAM AQUI, E AGORA FAREI O QUE DEVERIA TER FEITO ERAS ANTES.

O poder dentro de Owen recuou para fora do peito, desceu pelos braços e entrou no Tridente. A haste e as lâminas começaram a vibrar, primeiro levemente, mas logo com mais e mais força, até Owen achar que não conseguiria mais segurá-lo. Olhou para os outros, e todos pareciam trincar os dentes, segurando intensamente, e o Tridente era quase um borrão em suas mãos, até que, de repente, pareceu que alguma coisa cedeu dentro de si. Uma rachadura finalmente surgiu, liberando todo o poder e a energia que estavam armazenados, fazendo-os irradiar para fora numa onda de choque. Depois disso, o Tridente se tornou apenas um pedaço de metal.

Exausto, Owen o soltou. Os outros fizeram o mesmo, e o Tridente caiu no chão com um estrépito.

— O que foi que vocês fizeram? — perguntou Victoria.

Natalya se virou para ela e disse:

— Salvamos o mundo.

EPÍLOGO

Quando o carro de luxo entrou na rua de Grace e David, ela sentiu uma estranha inquietação por chegar ao lar. Em alguns sentidos era o mesmo lugar de sempre, mas, em outros, parecia totalmente distinto. Agora sabia coisas que ninguém mais sabia. Fizera coisas que ninguém no bairro tinha feito. Victoria havia dito a todos que, provavelmente, demorariam para se ajustar àquela nova normalidade, mas que, com o tempo, conseguiriam. Também prometera que os Templários iriam deixá-los em paz, desde que não fizessem nada para atrair sua atenção. A promessa pareceu um tanto vazia para Grace. Significava que seriam vigiados. Mas ela não tinha intenção de entrar no mundo da Ordem e da Irmandade nunca mais, por isso disse a si mesma que não havia com que se preocupar.

O carro parou na frente de sua casa, e, a seu lado, David deu um suspiro.

— Chegamos — disse ele.

— Chegamos.

— Que bom que Victoria mandou a gente no carro. Papai iria pirar de vez se visse aquele helicóptero caído no meio do Ninho da Águia.

— Por falar em papai, estamos de acordo que não vamos contar nada a ele nem a mamãe, certo?

— Certo.

Grace o olhou com intensidade.

— O quê? — perguntou ele. — Não vou contar nada.

— Ótimo.

— Você não precisa mais se preocupar comigo.

— Sei que não. Mas isso não quer dizer que não vou. Você vai fazer o que precisa fazer, e eu aceitei isso. Mas não quer dizer que não o deixarei com um olho roxo se sair da linha.

— Você vai estar sempre por perto, Grace. É isso que eu aceitei. E tudo bem.

Ela lhe deu um leve empurrão.

— Saia. Vamos entrar e dizer que chegamos.

— Está bem.

Ele abriu a porta do carro, os dois saíram e foram juntos até a varanda. Sua mãe abriu a porta antes de eles chegarem ao degrau de cima, e Grace sentiu o cheiro do bolo de banana assando no interior da casa.

Natalya abriu a porta do apartamento dos avós e entrou. Não sentiu cheiro de nada cozinhando no fogão nem no forno, mas tudo bem, porque a única coisa que desejava era um abraço, e, quando sua avó a recebeu junto à porta, Natalya a envolveu com os braços e apertou um pouco demais. Porém, a avó era uma mulher forte; ela aguentava.

— Que bom vê-la, Natalya. Que bom vê-la! Sentimos sua falta. Voltou de vez daquela escola?

— Voltei. De vez.

— E se saiu bem?

Natalya sorriu.

— Saí, sim.

— Então, por que a mandaram para casa?

— Eles mandaram todo mundo para casa. Acabaram com o tal programa.

— Que pena.

Entraram na sala, onde seu avô estava sentado na espreguiçadeira, lendo o jornal, os óculos tão baixos na ponta do nariz que Natalya se perguntou como ficavam no lugar.

— Natalya! — exclamou ele, dobrando o jornal e deixando-o de lado.

Ela foi até ele e se inclinou para um abraço.

— Oi, *dedulya*.

— O que há de errado com essa escola para a mandarem para casa?

— Nada. Era só um programa temporário. Acabou.

— Ah — disse ele, olhando-a por cima do aro dos óculos. — É, você é boa demais para eles. Ouviu? Não se preocupe com isso.

Natalya sorriu.

— Não vou me preocupar — garantiu ela, passando o braço em volta da avó. — Há um monte de coisas com as quais estou tentando não me preocupar mais.

Owen pediu que o carro o deixasse a dois quarteirões da casa dos avós. Queria um tempinho a mais para pensar no que diria ao entrar. Eles achavam que ele tinha fugido, e haveria um monte de perguntas. A princípio, existiria um monte de dúvidas e suspeitas, e Owen entendia o porquê. Aceitava aquilo.

Seu avô, provavelmente, iria levá-lo para comprar sorvete, para ver se Owen contaria algo que não contaria à mãe ou à avó. A mãe entraria em seu quarto naquela noite pelo mesmo motivo. Mas Owen não contaria nada além do que já tinha decidido, que era ser honesto.

Fora procurar informações sobre seu pai.

Eles quereriam saber onde e se ele havia descoberto alguma coisa.

Ele diria que estivera procurando no lugar errado e que não descobrira nada. Monroe havia cumprido com a promessa e oferecido a simulação das memórias de seu pai, mas, no fim, Owen deciaiu não aceitar. Se precisava tanto saber as respostas àquelas perguntas, as respostas teriam poder demais sobre ele, não importando quais fossem. Decidira que não queria aquilo.

Queria ficar bem, mesmo sem saber. Queria aceitar que o pai podia ter feito as coisas das quais Isaiah havia falado. Mas também queria esperar que seu pai não tivesse feito nada. Era um lugar estranho para fica , bem no meio, sem respostas. No entanto, era o melhor lugar para seguir em frente. Como o pai gostaria.

Finalmente, seu passo lento o levou à porta dos avós, e ele experimentou a maçaneta. Estava trancada. Por isso, bateu à porta e respirou fundo.

Estava em casa.

Javier sentou-se no quarto com a porta trancada. Sozinho. Finalmente.

Tinha demorado horas para a mãe se acalmar, mas ela se acalmou e aceitou que, por enquanto, ele não queria falar sobre onde havia estado. Ela não iria largar de seu pé, e ele sabia, mas, pelo menos, ela lhe daria um pouco de privacidade. Seu irmão também não largaria de seu pé. O pai simplesmente deixaria a mãe e o irmão fazerem o serviço de incomodá-lo, mas também quereria saber.

Acima de tudo, todos estavam felizes por tê-lo em casa, em segurança. Ficaram mais preocupados que o necessário, mas Javier entendia o motivo. Ainda existiam lugares onde não era seguro ser ele próprio, abertamente. No entanto, aquilo também estava melhorando.

Sentou-se na cama e olhou para duas coisas. A primeira era a adaga de cerâmica que Griffin lhe legara. A segunda era um número de telefone.

Não tinha pedido aquilo a Monroe. No entanto, Monroe lho dera e pedira que não contasse a Victoria em hipótese alguma. Javier simplesmente deveria guardar aquele número e usá-lo quando soubesse o que desejava fazer. Quem ele queria ser.

Olhou mais um momento para a luva de Assassino, depois a enfiou numa caixa de sapatos embaixo da cama. Em seguida, memorizou o número de telefone e rasgou o papel. Javier sempre tivera a melhor memória dentre todo mundo que ele conhecia. Agora que o número estava guardado na cabeça, ele jamais iria perdê-lo. Não sabia exatamente quem atenderia, mas tinha uma boa ideia. Poderia ligar, se assim decidisse.

Mas bem no fundo sabia que não era uma questão de "se".

Era de "quando".

*

Sean estava sentado na sala de espera, folheando uma revista desinteressante que pegara sem pensar. Ele e a recepcionista já haviam terminado o diálogo de costume. Ele dissera que estava indo bem na escola. Que estava se sentindo melhor. Depois, ela voltara a atender ao telefone e Sean se dirigira a um espaço entre duas poltronas.

Antes de chegar às últimas páginas de anúncios da revista, a porta se abriu e Victoria chamou seu nome.

— Que bom vê-lo — cumprimentou ela.

Ele deixou a revista cair ruidosamente na poltrona ao lado.

— É bom vê-la também.

Ela segurou a porta aberta enquanto ele passava, depois o guiou pelos escritórios da Abstergo no centro da cidade até outra porta onde havia uma placa com seu nome. Ela a abriu, e Sean entrou.

Victoria sentou-se numa poltrona de couro branco, cruzou as pernas e segurou o joelho com os dedos cruzados.

— Alguma alucinação visual essa semana?

Sean girou a cadeira para encará-la, estacionando a uns 2 metros de distância.

— Não.

— E auditiva?

— Ainda ouço algumas coisas. Quando estou caindo no sono. Mas não consigo mais discernir o que é.

— Isso provavelmente significa que também estão sumindo.

— Espero que sim.

Ela pegou o tablet e mexeu na tela por um momento.

— Seus sinais neurológicos certamente melhoraram. Quase voltaram aos parâmetros normais. Você tem feito os exercícios de meditação?

— Tenho. A não ser quando esqueço.

Ela franziu a testa, mas o gesto pareceu um sorriso.

— E com que frequência isso acontece?

— Ah. Só nos dias de semana e nos fins de semana.

— Sean. Você sabe como são importantes!

— Eu sei. — A meditação deveria promover a atenção e conectar Sean ao corpo, mas ele não sentia necessidade de fazer aquilo três vezes por dia durante vinte minutos. Estava se sentindo melhor.

— Assim que você estiver totalmente recuperado, podemos voltar ao trabalho que a Abstergo começou com suas próteses. Você está quase chegando lá.

— Eu sei.

Ela o encarou, batendo no lábio com a caneta eletrônica, depois deixou o tablet de lado.

— Você não quer uma prótese que o ajude a andar?

— Quero, sim.

Seria fantástico poder andar de novo. Como não seria? De certo seria mais conveniente que aquela cadeira de rodas. Ainda havia um monte de lugares que não eram acessíveis para ele, como algumas lojas e restaurantes que não seguiam o código de acessibilidade.

— Então o que é?

— Eu... — Sean deu de ombros. — Acho que não estou com pressa.

Victoria assentiu.

— Bom. Vou aceitar isso como sinal de sua recuperação. Logo você vai estar como antes.

— Não. Vou estar melhor.

Monroe tinha desaparecido uma vez antes e poderia fazer aquilo de novo. O Evento de Ascendência tinha mostrado que seu trabalho não estava completo, mas ele não poderia fazê-lo em cooperação com os Templários ou os Assassinos. Eles jamais poderiam enxergar além das próprias ideologias. Ele precisaria trilhar o caminho sozinho, como estivera fazendo ao encontrar Owen e os outros.

Os faróis do esguio carro da Abstergo que ele roubara se estendiam à frente enquanto ele viajava pela estrada escura. Seu Animus e o que restava do Tridente estavam no banco de trás, também roubados. Natalya insistira que o poder do Pedaço do Éden havia acabado, mas

Monroe não estava convencido de que a relíquia revelara todos os seus segredos e planejava estudá-la assim que encontrasse um lugar suficientemente seguro.

Além disso, suspeitava de que não tinha terminado com aqueles jovens. Como acontecia com o Tridente, seu DNA guardava segredos profundos que Monroe tinha apenas começado a desvendar.

Mas, por enquanto, eles mereciam um longo descanso.

E, como sempre, a liberdade.

Este livro foi composto na tipografia Minion
Pro, em corpo 11/16, e impresso em
papel off-white no Sistema Cameron da
Divisão Gráfica da Distribuidora Record.